J. DE BOISGROLAU

GUIDE-ROMAN

AU MONT-DORE

UN ÉPISODE DE LA VIE DES EAUX

PARIS

LIBRAIRIE DES BIBLIOPHILES

Rue Saint-Honoré, 338

M DCCC LXXX

GUIDE-ROMAN

AU MONT-DORE

1380

PRÉFACE

_____

Le roman peut être une œuvre futile et amusante seulement, comme il peut être aussi une œuvre sérieuse et moralisatrice. Une certaine fusion de ces deux choses est possible, et nous pensons que mettre en action les principes du devoir sous une forme agréable, qui les fasse accepter aux plus rebelles sans les ennuyer, serait le but le plus digne du romancier. C'est vers ce but que se sont dirigés tous nos efforts en écrivant cette fiction dont nous avons eu sous les yeux des exemples bien réels. Les sentiments intérieurs ainsi que les décors de la scène sont vrais, les uns et les autres sont pris sur nature, étudiés à la lumière de la foi chrétienne, de l'honneur humain et de la sensibilité du cœur.

Ce roman pourra aussi servir de guide au Mont-Dore. Les diverses excursions qu'on y peut faire *y sont décrites ; le lecteur s'en appropriera la connaissance sans fatigue au cours du récit. Nous pensons qu'après l'avoir lu, il sera plus instruit sur ces lieux que la plupart des visiteurs en possession de guides étendus et indispensables au point de vue des renseignements matériels, mais dont toute la perfection est insuffisante, la plupart du temps, pour captiver l'attention du voyageur.*

Si nous avons pu rendre ce service et nous faire comprendre, notre ambition sera comblée.

GUIDE-ROMAN

AU MONT-DORE

UN ÉPISODE DE LA VIE DES EAUX

PROLOGUE

> La fermeté d'une femme qui résiste
> à son amour est la chose la plus
> admirable qui puisse exister sur terre.
> STENDHAL.

L'aimable et charmante marquise de Varnay
était à la campagne, dans une villa près de ***. Des
ciseaux de jardin à la main, elle se plaisait à cueillir
ses fleurs aimées, choix délicat qu'on ne saurait confier à une main étrangère. Il y a un sentiment d'é-
légance qui se dénote dans la recherche d'une rose
inclinée avec grâce sur sa tige ; ce sont de délicieux
petits riens qui, comme autant de perles fines, formaient un collier d'un goût délicat et exquis jeté
sur sa beauté.

Tout en prenant ce divertissement, la petite marquise pensait avec complaisance à la fête de la veille, dont elle et son amie la vicomtesse de Nanzac avaient été les reines.

Souvent l'épithète de petite marquise avait été donnée à Mme de Varnay, quoique très grande dame d'allure, à cause de sa taille mignonne plutôt que petite cependant; mais surtout parce qu'elle avait su conserver une grâce si enfantine et si naturelle, dans tous ses mouvements, qu'un charme éternel de jeunesse semblait dévolu à la gentillesse de sa personne.

La petite marquise donc n'était nullement envieuse des succès de son amie, car elle était aussi bonne qu'elle était belle et son cœur savait aimer et se dévouer.

Du reste, les succès de la vicomtesse de Nanzac étaient d'une nature toute différente de ceux de la petite marquise. Sa taille à elle dépassait la moyenne, et son aspect était plutôt majestueux que sémillant; mais une affabilité pleine de grâce, unie à sa beauté, la faisait aimer et apprécier.

Ces deux natures, qui sympathisaient tant par les contrastes de leurs qualités, étaient faites pour séduire des gens de caractère différent, en sorte que les attentifs de l'une n'eussent jamais pensé à être les adorateurs de l'autre.

La petite marquise revenait du parc les mains

chargées de fleurs, respirant leur doux parfum, en songeant que les femmes jolies et aimables devaient être dans un salon comme ces charmantes fleurs, lorsque l'on sonna bruyamment à la porte. Elle entendit des chevaux piaffer et il lui sembla deviner à leur impatience le pas hâtif avec lequel ils étaient venus. Elle ne s'était point trompée ; à peine les portes furent-elles ouvertes que la calèche de Mme de Nanzac gagna le perron en un instant, et son amie sauta de la voiture avant que le valet de pied eût eu le temps d'aller ouvrir la portière.

« Qu'y a-t-il ? demanda la petite marquise en accourant à elle.

— Es-tu seule ?

— Oui. Pourquoi ?

— Parce que j'ai à te parler. Ton mari est-il là ?

— Non. Il est sorti à cheval, malgré notre nuit de bal.

— C'est bien. Alors emmène-moi dans ta chambre. »

Les deux amies s'y rendirent hâtivement, se tenant la main. A peine entrées, Mme de Nanzac éclata en sanglots.

« Voilà quatre ans que je suis mariée, dit-elle, jamais il n'était survenu le moindre nuage entre mon mari et moi ; mais hier, sitôt sortie du bal, il me fit, dans la voiture, une scène de jalousie abominable. Voyons, sois mon juge et parle-moi franchement. T'ai-je paru coquette, cherchant l'hommage des hommes d'une manière qui fût en dehors des usages admis ? T'a-t-il semblé que j'aie dépassé en quelque chose les bornes convenues en amabilité et en gracieusetés permises, et, — que dirai-je, moi? — cette manière d'être qui constitue la femme élégante et aimable, sans quoi les réunions mondaines ne sauraient exister ou tomberaient dans une platitude de mauvais goût?

— Calme-toi, calme-toi, dit la petite marquise; te voilà éperdue à la moindre escarmouche des difficultés du ménage.

— Tiens, comme tu prends cela, toi! Tu as donc eu déjà bien des difficultés avec ton mari?

— Oh! mon Dieu, non : le marquis est le meilleur homme du monde, il m'aime beaucoup, et sa confiance est aveugle en moi; mais chacun a sa trempe particulière de caractère, et il faut savoir trouver le joint.

— Le joint, le joint..., c'est très bien, mais quand on est accusée injustement! Voyons, réponds-moi, qu'en penses-tu?

— Mais je pense, ma chère amie, que tu es parfaitement innocente, oh! bien certainement. Seulement.....

— Seulement?

— Seulement tu es peut-être quelquefois un peu inconséquente.

— Oh ! Mathilde! exclama Mme de Nanzac, tu me sembles bien sévère?

— Non, reprit Mme de Varnay, mais, si tu te
récries ainsi à la moindre explication, et si tu te
cabres devant ton mari au premier feu....., ce n'est
pas la peine de me demander conseil. Voyons, ma
chère amie, ma chère Thérèse, ne prends pas mes
paroles en mauvaise part, mais comprends donc que
M. de Nanzac, ton cher mari, a trop de bon sens et
est trop digne d'être aimé de toi pour s'être ainsi
emporté sans motif.

— Alors tu me condamnes?

— Oh! certes non, reprit la petite marquise en
lui serrant affectueusement les mains, qu'elle n'avait
cessé de tenir dans les siennes; mais, vois-tu bien, ce
sont des petits riens dont tu ne t'aperçois pas précisément, n'y voyant aucun mal, mais qui inquiètent
ton mari, parce que d'autres agissent avec moins
d'innocence.

— Alors, tu me trouves naïve? reprit la vicomtesse.

— Ma chère amie, dans le Dictionnaire, au mot
naïf, on trouve : « naturel, ingénu ». Eh bien, tu n'es
point ingénue, mais tu es naturelle, et c'est une
grande qualité que tu as su garder au milieu d'une
civilisation qui la perd tous les jours en se falsifiant.
Ne te plains donc point de la plus aimable des vertus;
la question est de la faire accepter et surtout apprécier de ton mari. Voyons, en somme, que t'a-t-il
reproché?

— Mais il m'a reproché d'être coquette, de cher-

cher l'hommage des hommes par mes amabilités,
mes gracieusetés, toutes choses que je soumettais tout
à l'heure à ton appréciation.....

— T'a-t-il parlé de quelqu'un en particulier, interrompit la petite marquise, a-t-il pris ombrage.....
de M. de Bretèche, par exemple ?

— Non, du tout.

— Tant mieux. Ni d'aucun autre de tes attentifs ?

— Mais, ma chère, si j'ai des attentifs, n'as-tu donc
point toute une cour d'adorateurs ?

— Oh ! moi, c'est différent.

— Comment, c'est différent ! N'es-tu donc point
aussi jeune que moi, plus belle et plus... entourée ?

— Oui..... mais.....

— Mais quoi ?

— Ah ! tu creuses trop la question.

— Comment, comment ? »

La petite marquise fit une charmante petite moue
en gardant le silence. Mais, Mme de Nanzac persis-
tant, il fallut bien s'expliquer ; elle reprit donc un
peu vivement :

« Oh ! oui, pour moi, c'est différent, parce que je
les traite sans conséquence.

— Hé ! chère Mathilde, crois-tu donc que je ne
les traite pas sans conséquence de mon côté, et que
M. de Bretèche, pas plus que tout autre, me fasse
battre le cœur et me monte la tête ?

— Mais non, je ne le crois pas et j'affirme de nouveau ma foi en ton innocence; seulement il ne faudrait pas non plus qu'on pût s'y tromper le moins du monde, afin que ton mari ne se méprenne pas plus que moi sur des apparences toutes mensongères. Tiens, chère amie, ne prends pas le change et ne méconnais pas mes bonnes intentions, et surtout n'allons pas gâter une si douce amitié par des susceptibilités. Venez-vous toujours au Mont-Dore avec nous?

— Mais oui, certainement.

— Eh bien, veux-tu que pendant cette saison d'eaux nous soyons l'une pour l'autre..... un ange gardien, je ne dirai pas pour ne pas faillir, car je me sens forte, comme je sais que tu l'es toi-même, mais bien, pour nous préserver de toute inconséquence fâcheuse et nous aider mutuellement à nous faire apprécier de nos maris? Veux-tu bien m'accorder cette confiance?

— Oh! oui, certainement, reprit Mᵐᵉ de Nanzac, un peu émue.

— Et si mon mari, à moi, n'est que trop tranquille sur mon compte et même un peu indifférent, peut-être toi pourras-tu lui faire comprendre que je ne suis pas sans en souffrir... parfois. Rien ne vaut mieux que le théâtre d'une saison d'eaux pour faire valoir toutes ces choses.

— Eh bien, soit, chère Mathilde, dit la vicomtesse en se levant, d'ici là je vais faire l'enfant soumis envers mon mari. Ce cher Edgar, je n'aime bien

1.

que lui au monde, et il se méprend étrangement;
mais cependant je voudrais ne point le voir devenir
un tyran domestique, prendre la mouche..... pour
une mouche qui vole et qui bourdonne d'une manière inoffensive, devenir jaloux sans motif et, par
suite, contrarier mes relations et le plaisir que je
trouve dans le monde.

— Tu tiens donc bien au monde? reprit la petite
marquise, restée assise dans une pose méditative.

— Eh bien, et toi?

— Oh! moi, si j'avais une passion, il me serait
bien vite indifférent.

— Ah! voyez donc la belle sermonneuse! Que
dis-tu donc là?

— Oh! mais j'en parle à mon aise, car je n'ai point
de passion pour personne.

— Pas même pour ton mari?

— Tiens, chère Thérèse, je te l'ai déjà dit, tu creuses trop les questions. Au Mont-Dore, la morale en
action! Veux-tu?

— C'est dit : j'accepte, répondit Mme de Nanzac en embrassant son amie au front. Au Mont-
Dore! »

I

BAIGNEURS ET HOTEL

Dans l'après-midi de l'un des premiers jours d'août 1879, une berline poudreuse de l'administration Andrieux, couverte d'énormes malles, s'arrêtait sur la place de la petite ville du Mont-Dore, à la porte de l'un des principaux hôtels.

Edgar de Nanzac, qui guettait cette arrivée, accourut au bruit et présenta sa main à la petite marquise. Après elle descendirent le marquis, les enfants, la gouvernante.

Les domestiques empressés de l'hôtel se précipitèrent sur les colis, et le tout fut emmagasiné dans de petites chambres retenues à l'avance et que l'on avait supposées plus vastes et plus confortables.

Le marquis fronça le sourcil et, prenant son ami Edgard par le bras :

« Eh bien, mon cher, comment est-on ici ?

— On y est... on y reste, cher marquis ; mais c'est à l'étroit, des lits au milieu des chambres pour les

enfants, et tout à l'avenant. On vous traite par trop
en famille. Depuis deux jours que nous sommes arrivés, je n'ai pas pu obtenir mieux ; mais vous avec
votre grand air ?... »

Le marquis haussa les épaules.

« Je ne plaisante point, continua Edgar en le toi-
sant des pieds à la tête, je vous admire, vous avez
une allure comme il ne s'en trouve plus, et avec cela
on peut faire rentrer sous terre tous les hôteliers du
monde.

— Mes grands airs, mes grands airs !... J'imagine
en tous cas que, s'ils pouvaient être d'un certain effet
sur les hôteliers, ce ne serait qu'au détriment de ma
bourse. Tant qu'à les faire rentrer sous terre, mon
cher ami, je n'ai pas plus ce pouvoir que d'en faire
sortir des armées. Je n'essayerai même pas à tempêter.

— Eh bien, moi, j'ai essayé, répondit Edgar ; j'ai
un peu tempêté.

— Et qu'avez-vous obtenu ?

— Oh ! rien de plus, c'est vrai : on m'a fait des
promesses qui ne se réalisent point ; on m'a dit que
tout allait s'arranger et que je m'en irais très satisfait,
sans me fâcher ; ce à quoi j'ai répondu que ce n'était
pas bien sûr.

— Eh bien, moi, je vais prendre mon mal en patience et m'efforcer de calmer ma famille au besoin.»

Quand le marquis eut pu apprécier *de visu* la situation :

« Je trouve, revint-il dire au vicomte, qu'en dédommagement du manque d'apparat des grands hôtels, de l'absence de bureau, d'antichambre et de gens pour vous servir, on n'y est point ahuri par les valets de pied en livrée de convention ; il n'y a point de *chasseur* ni de *petit tigre ʒébré,* comme dit *le Figaro,* pour vous dévorer à la porte, et, si on ne paye pas moins cher, on a la tranquillité en plus. On se tire, il est vrai, un peu d'affaire comme on peut ; mais, en vérité, je ne sais si cela ne remplace pas avec avantage le prétendu *chic du Grand-Hôtel* et toucet appareil de luxe d'emprunt qui s'efforce de rendre grands seigneurs un tas de gens qui ne le sont pas chez eux. Ici, chacun se trouve réduit à sa valeur personnelle, et ça me semble préférable : vous jugez les gens sur leur mine et leur véritable distinction, et je ne vois point que nous ayons à nous en plaindre. Il n'y a presque *ici,* du reste, que des gens titrés ou appartenant au meilleur monde et quelques célébrités artistiques.

— Bravo, mon cher ! vous avez raison, il vaut mieux voir les choses en beau comme vous, et vous réussirez peut-être mieux, en les prenant ainsi, à améliorer la situation, que moi avec toutes mes récriminations. »

Telles furent les premières impressions de l'installation.

Le dîner arriva. Il y avait une grande salle à

manger qui contenait cent couverts en deux tables ;
puis encore plusieurs petits salons étaient remplis ;
ceux qui y mangeaient prétendaient que la société
y était plus choisie ; ceux des grandes tables disaient
d'eux qu'ils mangeaient aux petites tables. C'est ainsi
que chacun contentait son amour-propre, et c'étaient
encore les meilleurs et les plus accommodants, car
d'autres esprits mal tournés, envieux ou se croyant
toujours dédaignés, voulaient déménager de la grande
salle dans les petites ou des petites passer dans la
grande.

Nos voyageurs ne purent être réunis dès le début ;
mais, à l'aide des départs et arrivées continuels, ils
purent assez promptement se rallier tous d'un commun accord vers le milieu de l'une des tables de la
grande salle.

Mme de Nanzac avait déjà été remarquée par sa
beauté et l'élégance de ses toilettes ; l'apparition de la
petite marquise, d'une physionomie plus piquante,
d'une allure plus vive, vint former un groupe qui
attira les yeux de tous. De charmants enfants com-
plétaient le tableau.

On se réunissait peu au salon, et le genre actuel de
ne pas chercher à se connaître semblait avoir prévalu.
Il ne faut rien moins que des présentations en règle
pour frayer ensemble. Mais cette grande réserve que
les uns tiennent à maintenir est détruite chez les
autres par l'ennui de l'isolement, et bien des connais-

sances, par petits groupes au moins, se font quand même.

Du reste, les matinées étaient prises par le traitement, les après-midi par les excursions, la musique au parc avant dîner, et le soir il y avait un casino qui, à huit heures, servait aux abonnés deux petites pièces, vaudeville et opérette, jouées d'une manière très satisfaisante, et parfois quelques petites sauteries dans le salon de certains hôtels.

Les premiers jours furent brumeux; ils se passèrent du reste en consultations chez les médecins et en organisation d'un traitement qui est assez compliqué. Chacun avait à soigner ses granulations, sa petite laryngite, son extinction de voix ou ses affections herpétiques. Ces maladies sont devenues très à la mode et gagnent tout le monde de proche en proche, on ne sait comment, en sorte qu'une douzaine de médecins ne sont point de trop au Mont-Dore, et que, malgré quatre-vingts baignoires environ, qu'on va augmentant en vain, il faut commencer à se baigner dès deux heures du matin. Les heures privilégiées sont de six à huit, parce que, sans se lever trop tôt, on a le temps de se recoucher après le bain, ce qui est très salutaire. Mais cela n'empêche pas que, dès quatre heures pour le moins, même dans les hôtels qui se respectent, on vient vous chercher en chaise à porteurs, vêtus ou vêtues d'un ample pantalon de laine, peignoir de laine, capuchon de laine

et gros sabots, et c'est le cas de redire avec la chanson :
« Nous n'étions ni hommes ni femmes, nous étions
tous Auvergnats. » Le sexe disparaît sous ce déguisement uniforme.

Mais le bain et douches de toutes sortes, ne sont
qu'une première partie du traitement ; ensuite les
boîtes ambulantes, toujours au petit pas de course
des porteurs, vous emmènent du bain à la salle d'aspiration, inhalation, pulvérisation, où vous aspirez,
respirez, pulvérisez le bicarbonate de soude, de ma-
gnésie, de fer, de chaux, le sulfate de soude, le
chlorure de sodium, l'alumine, la silice, l'apocrinate
de fer. Si avec cela vous n'êtes pas guéri, vous êtes
tout de suite détérioré : car il faut que les propriétés
précieuses de ces eaux chaudes opèrent quand même,
c'est reconnu, et si on ne leur donne pas en pâture
des granulations à anéantir, elles vous détruiront ce
que vous avez de bon.

Ce n'est pas encore tout : dans l'après-midi, il
vous faut encore boire de cette eau merveilleuse,
l'avaler et aussi la rejeter..... en gargarismes, puis
vous plonger les pieds et les mains dedans.

Si ensuite vous n'êtes pas complètement anéanti,
on vous permet de visiter les curiosités de ce joli
pays, à pied, à cheval ou en voiture, selon vos forces, vos goûts ou la mode, et même de terminer la
journée par l'audition de petites pièces au casino
ou par une sauterie quelquefois à l'hôtel.

Notre petite troupe voulait bien se soigner, mais
à la condition de s'amuser ensuite, car, Dieu merci,
elle se sentait encore bon pied, bon œil et le cœur
allègre. Aussi, lorsqu'elle avait rempli ses devoirs...
de santé, elle ne pensait plus qu'à partir en excursion.

Du reste, Montaigne a dit spirituellement avec son
jugement qui sera toujours vrai : « Se baigner est
chose salubre chez tous les peuples, et encore que je
n'y ai aperçu aucun effet extraordinaire, miraculeux,
ainsi que m'en informant un peu plus curieusement
qu'on le fait, j'ai trouvé mal fondés et faux tous les
bruits de telles opérations qui se tiennent en ces lieux-
là, et qui s'y croient ; comme le monde va se piquant
aisément de ce qu'il désire, qui n'y apporte d'allé-
gresse pour pouvoir jouir des compagnies qui s'y
trouvent et des promenades et exercices à quoi nous
convie la beauté des lieux où sont communément
assises les eaux, il perd la meilleure pièce et la plus
assurée de leur effet. A cette cause j'ai choisi jusqu'à
cette heure à m'arrêter et à me servir de celles où il
y avait plus d'aménité de lieux, commodités de logis, de vivres, de compagnies..... »

Quoi qu'il en soit, nos voyageurs ne l'eussent
point démenti, et, s'ils n'apportaient pas une foi
aveugle au bienfait de ces eaux, ils voulaient au
moins s'en servir pour améliorer leur santé, mais ils
voulaient aussi se distraire et faire des excursions

dans cette station thermale, qui est devenue d'un usage fréquent en proportion des maladies à la mode qu'elle guérit. Il est du reste bien porté d'y faire une saison.

Vers le mois de juillet, quiconque a de l'usage
Et porte du respect au boulevard de Gand[1],
Sait que le vrai bon ton ordonne absolument,
A tout être créé possédant équipage,
De se précipiter sur ce petit village,
Et de s'y bousculer impitoyablement[2].

Voilà la mise en scène au milieu de laquelle nos deux amies s'étaient promis de se faire la morale, et allaient en effet se la faire d'une manière bien autrement grave et instructive qu'elles ne le supposaient : car l'une d'elles devait se trouver aux prises avec des sentiments vrais, et ceux-là seuls dévoilent les caractères et sont de force à bouleverser une existence ou à établir à tout jamais des bases inébranlables de vertu.

---

1. Boulevard des Italiens, à Paris, de 1815 à 1825.
2. Musset.

II

LE PIC DU CAPUCIN

L'aspect de la place du Mont-Dore répondait ce jour-là tout à fait aux vers de Musset.

Le temps incertain des jours précédents avait fait place à un soleil brillant et à un ciel serein qui invitait à la promenade et vous assurait une belle vue du haut des puys. Aussi, sur le midi, on se bousculait impitoyablement sur cette petite place pour se procurer un cheval ou un âne, dont les prix de location étaient très élevés ce jour-là.

Tout ce qu'il y avait d'élégance et de coquetterie dans le goût de chacun s'étala au grand jour pour montrer de fraîches toilettes aux couleurs claires et réjouissantes. Quelques vestes blanches, dernières lueurs d'une mode qui s'éteint, furent encore endossées.

Les Varnay et Nanzac suivirent facilement ce courant, d'autant plus que Mme de Souval, cousine des Nanzac, arrivée depuis quelques jours déjà, les avait présentés à plusieurs familles qui se trouvaient à l'hôtel Chabory. C'étaient les Laurin, le baron de Lacor et le comte et la comtesse de Rives et leurs nombreux enfants, deux garçons et trois jeunes filles.

Tout ce monde se réunit et forma bien vite une caravane. Faute de chevaux pour tous on donna des ânes aux enfants et aux jeunes filles, et les hommes, pour. la plupart, allèrent à pied, car pour cette première journée d'excursion on n'eut pas d'autre ambition que de monter au pic du Capucin, qui mesure seulement 1,463 mètres d'élévation. C'est une promenade de quelques heures dans la montagne au pied de laquelle est la ville.

On traverse le pont jeté sur la Dordogne, et l'on suit d'abord la route de la Tour, qui est la plus jolie promenade à proximité et dont le commencement est bordé de chalets.

A ce moment, cette route, ombragée déjà par le pic que l'on va escalader, présente une pente douce ascensionnelle qui s'en va en gracieuses sinuosités vers le nord, vous découvrant la vallée du Mont-Dore et des horizons charmants.

Mais au bout d'un kilomètre on quitte la grande route pour s'enfoncer sous bois par de petits sentiers qui vous ramènent en sens inverse toujours en montant, et vous décrivez ainsi de longs lacets capricieux, selon les pentes, au milieu de la végétation de pins touffus et odorants.

Tout notre monde était enchanté et semblait respirer avec ivresse cette senteur des bois, ce bien-être du grand air, ce bienfait des frais ombrages qui défient les ardents rayons du soleil, que l'on aime à constater dans le scintillement de la lumière, sous le feuillage de certaines clairières.

Plus loin, la toute petite cascatelle dite des *Mille Bouches*, suintis glissant sur la fougère, divisés en nombre indéfini répandant sur son passage des milliers de gouttelettes qui retombent en pluie de perles.

Tout ce charme de la nature semblait inviter à ce sentiment qui se traduit par une aimable courtoisie de la part des hommes pour les femmes, à laquelle elles répondent par de petites coquetteries. C'est ce qui ne manqua pas d'arriver, d'autant plus facilement que le besoin de légers secours à porter et de petits services à rendre se présente fréquemment.

C'est ainsi que Mme de Nanzac, après avoir laissé son cheval tailler au plus court par *une coursière* ou raidillon à l'extrémité d'un lacet, sentit que sa selle tournait sous les soubresauts de sa monture. Elle ne put retenir une petite exclamation de frayeur; le baron de Lacor, se trouvant à proximité plus que tout autre, accourut à elle et, d'une main sûre et vigoureuse, redressa la selle et l'écuyère chancelante. Mais cela ne put se faire sans que la vicomtesse de Nanzac prît un point d'appui sur l'épaule de

M. de Lacor ; sa taille même se trouva un moment comme entourée par les bras du beau lieutenant qui remettait selle et écuyère en équilibre.

Une légère rougeur colora les joues de la vicomtesse pendant qu'elle remerciait d'un ton affable son protecteur, qui s'inclina profondément en disant : « Madame, je n'ai fait que mon devoir. »

A la suite de ce petit incident, arrivé cependant si inopinément, le baron resta aux ordres de Mme de Nanzac, tout près de ce cheval mal appris qui sortait des chemins battus, et pour surveiller les nouvelles évolutions de cette selle : n'était-ce pas continuer à faire son devoir ?

On arriva ainsi au *Salon du Capucin*, clairière assez vaste, qui tire son nom de sa forme quasi circulaire et de l'herbe touffue qui semble vous inviter au repos. Autrefois de vieux troncs d'arbres couchés par terre servaient de sièges rustiques tout autour en circonscrivant cette enceinte. Et comme déjà, depuis une bonne demi-heure, les piétons sont en route, toujours gravissant des rampes, beaucoup y font une halte sérieuse quand ce n'est pas le but de la promenade. Malheureusement une misérable baraque en bois dépoétise singulièrement ce salon de verdure, tout en rendant service à ceux qui aiment à se rafraîchir, car c'est une buvette approvisionnée de bière, de liqueurs et de gâteaux.

Notre caravane dédaigna ce repos ; elle était du

reste munie de quelques provisions destinées à être utilisées au sommet du pic.

Après une courte halte, on reprit les sentiers sous bois qui vont s'accidentant de troncs d'arbres renversés et de roches qui commencent à apparaître.

M. de Lacor continua son rôle d'écuyer servant auprès de Mme de Nanzac. La petite marquise suivit tout cela de l'œil et ne put s'empêcher de remarquer une certaine préoccupation chez M. de Nanzac, qui, tout en restant en avant et en ayant l'air de dédaigner toute surveillance, avait de temps à autre des admirations rétrospectives pour les lieux parcourus.

Au bout d'une nouvelle demi-heure environ, on sortit du bois. Une vallée encaissée et profonde, toute garnie de sapins, apparaît à l'ouest se prolongeant vers le nord, en s'élargissant dans la direction de la Bourboule, au milieu de sinuosités, de gorges et de montagnes, tandis qu'en face et au midi les mamelons s'élèvent et se superposent en se dénudant, ils restent garnis seulement d'une herbe touffue, et les neiges commencent à se montrer dans les crevasses.

On se trouve alors au pied du cône même du Capucin qu'on a contourné et qui élève presque perpendiculairement sa masse imposante de rochers abruptes au-dessus de votre tête au sud-est. Vous voyez se dresser l'aiguille de rocher qui a donné son nom à ce pic; elle est détachée du bloc même du

pic et a une certaine ressemblance avec un capucin
coiffé de son capuchon, qui serait là prosterné en
prières vers le sommet de ce puy. C'est ainsi que,
dans le Doubs, une aiguille droite et isolée a été
décorée du nom de Moine de Marteau.

Le chemin continue à contourner le cône en se
dénudant de plus en plus. A une centaine de mètres
plus haut se trouvent des *burons* dont les troupeaux
paissent sur ces plateaux élevés.

Cet ensemble, au sortir de la forêt, a un aspect
sauvage et étranger qui vous fait éprouver le sentiment que vous n'êtes plus dans la vie civilisée et
que vous mettez un pied sur une terre lointaine et
tout agreste.

Encore une dizaine de minutes et vous êtes rendu
au pied du cône, du côté sud. Là vous trouvez de
longues perches soutenues par quelques piquets qui
sont destinés à attacher les chevaux et les ânes
moyennant 5o centimes, ce qui vous ramène au
sentiment de la civilisation par l'exploitation du
voyageur.

On aida les dames à mettre pied à terre, d'autant
plus que pour cette petite excursion on avait préféré
ne pas s'embarrasser de guide. M. de Lacor poursuivit
son rôle d'attentif en aidant la vicomtesse à descendre
de sa monture, et comme la petite ascension du cône
était encore assez raide sur un terrain moitié tourbeux, moitié graveleux et piétiné, sans sentier tracé,

il crut pouvoir offrir son bras à Mme de Nanzac.

La marquise, voyant cela, appela M. de Nanzac et lui demanda le secours du sien.

« Je ne suis armée que d'une cravache, dit-elle, nous n'avons pas pensé aux bâtons ferrés pour une si courte ascension, rendez-moi le service de me donner le bras. »

Puis elle fit signe à son mari d'offrir aussi son bras à une autre dame, et, l'élan donné, chacune eut son cavalier.

Il fallut à peine dix minutes pour arriver au sommet, et une exclamation de satisfaction partit de toutes les bouches.

Ce pic, qui n'a qu'une altitude secondaire, a le charme particulier de s'élever seul et détaché au centre de l'agglomération des monts Dore; en sorte que c'est comme un belvédère qui vous montre l'ensemble de cette longue et étroite vallée, depuis le Sancy, qui ferme cette gorge au midi et dont la cime culminante circonscrit l'horizon à huit kilomètres, jusqu'à la Baume ou Banne d'Ordenche, au nord, à une distance analogue. Au centre de la vallée, au pied même du Capucin, qui la limite au couchant, est la petite ville du Mont-Dore. En face, à l'est, une série de pics arrondis semblent à plaisir dérouler leurs mamelons verdâtres tout le long de ce panorama, comme un formidable rempart. Le pic de Langle est le plus élevé et occupe le centre; sur son

2

versant opposé se trouve la vallée de Chaudefour.

Vous pouvez envisager de là les excursions futures et former votre programme.

Le sommet du Capucin n'offre qu'un plateau ré-tréci et oblong, se terminant brusquement d'un côté par des rochers à pic, et de l'autre par une pente douce et uniforme garnie de la magnifique forêt s'é-tendant jusqu'à la ville même du Mont-Dore, sous les ombrages de laquelle notre caravane est montée. De ce côté, l'œil se repose agréablement et embrasse le panorama d'ensemble, tandis que du côté opposé, le vertige s'empare de vous à l'aspect des profondeurs qui s'enfoncent au pied des rochers déchirés, s'élevant presque verticalement jusqu'à vous. Plus bas encore est cette profonde vallée dont l'aspect sauvage vous a saisi au sortir du bois.

C'est au milieu de ce décor et sous les impressions que nous laissons à chacun selon sa nature et les circonstances qui agitent son cœur que se dressa à la hâte un pique-nique. Chacun prit place autour en s'asseyant sur le gazon, et, tout en admirant ce paysage, les tranches de pâté et de jambon, arrosées de champagne, disparurent rapidement dans des estomacs que l'exercice et l'air vif avaient affamés ! Le temps était splendide, le soleil radieux sans être brûlant sous la brise qui règne sur ces hauteurs, et la joie et la gaieté éclataient parmi tous nos convives. Une dernière libation fut offerte à ces lieux enchanteurs, et l'on redescendit vers les chevaux, chacun emportant son impression et son souvenir, les uns le cachant dans leur cœur, les autres le consacrant ouvertement sous le signe ostensible d'une fleurette cueillie ou acceptée.

Le baron présenta sa main pour aider Mme de Nanzac à remonter en selle, et celle-ci donna sans façon son pied pour être soulevée. Chacun dut rendre pareil service, mais une même chose prend si facilement un caractère différent !

On alla jusqu'à la neige, à un quart d'heure de là, dans la direction du Sancy, sur le plateau herbé, et l'on put contempler et piétiner cette neige qui est un attrait pour les habitants du Centre, au mois d'août, en plein été.

Arrivé là, on proposa de pousser encore une pointe en avant, dans la même direction, avec l'espérance vague de trouver peut-être un chemin qui redescendît vers un de ces larges effondrements dont il y a toute une succession jusqu'aux gorges de la Cour et de l'Enfer, qui s'étendent au pied même du Sancy.

Comme il y avait un pas difficile et un terrain spongieux, les dames firent halte, et les hommes, plus libres à pied qu'ils ne l'auraient été avec des chevaux, partirent seuls en avant, et il fut convenu que du sommet voisin ils feraient des signaux avec leurs mouchoirs.

Mme de Nanzac profita de cette absence des hommes pour approcher son cheval de Mme de Varnay, et, l'entraînant à l'écart, elle lui fit part de ses impressions intimes.

« Ma chère, ne trouves-tu pas que le baron de Lacor est bien entreprenant? Le voilà qui ne me quitte plus, se fait mon attentif, et je vais te confier que c'est lui qui m'a donné ce bouquet, cueilli fleurette par fleurette, et tu vois, il y a des myosotis. Mais cela n'est rien encore, son regard cherche le mien, et quelle animation ont ses yeux dans la conversation! Puis enfin, pour tout t'avouer, quand je lui donnai mon pied pour remonter en selle, il l'a pressé dans sa main.

— Ah! je remercie le Ciel, fit la petite marquise, de ce que tu t'aperçoives de cela et de ce que tu m'en parles sans que j'aie besoin de provoquer ton attention sur ce sujet, d'après nos conventions de morale en action et de soutien mutuel pendant cette saison d'eaux. — Cela ne commence pas mal.— Il me coûtait tant, chère amie, de te faire la moindre observation sur des choses si délicates! Je le vois maintenant, sans l'inquiétude que je remarque sur le front soucieux de ton mari, je n'oserais pas jouer ce rôle près de toi, malgré ta demande; seulement il me semble, ma pauvre Thérèse, que tu accumules des foudres sur ta tête, et qu'il faut à tout prix que je te serve de paratonnerre.

— Comment! crois-tu? Est-ce que mon mari t'en a parlé?

—Oh! Dieu non! D'abord, je ne suis point dans ses confidences; mais ne l'as-tu pas vu se retourner dix fois, vingt fois, sous bois? Et, tout en ayant l'air de dédaigner de vous surveiller et en motivant même trop bien ses admirations sur les lieux parcourus par des exclamations peu naturelles, il était facile, au moins pour moi qui suis au courant de ses soupçons jaloux, de voir son inquiétude. Si tu savais ce que j'en souffrais! car, hélas! son regard trouvait toujours le baron à tes côtés, et bien heureux encore quand il ne le surprenait pas la main à la bride de ton cheval.

— Mais cela ne motivait que plus le besoin que j'en avais.

— Oh! oh! Thérèse, le besoin, le besoin... Cela n'est pas sérieux.

— Mais enfin, voyons, est-ce ma faute si ma selle est venue à tourner et si M. de Lacor s'est trouvé le plus à proximité?

— Non, je le veux bien; mais, voyons, chère amie, allons au fond des choses sans dissimuler : le baron de Lacor est grand, bel homme, fort distingué; c'est un brillant officier ne paraissant pas accorder très facilement ses bonnes grâces. Tu le trouves très bien, tu me l'as dit. Mais depuis plusieurs jours déjà qu'il est à l'hôtel avec toi, avoue qu'il ne paraissait faire aucune attention à toi et qu'il ne te rendait point même cet hommage banal de la plupart des hommes de notre monde qui se trouvent sur notre route à l'hôtel, au parc et au casino. Il passait près de nous sans même nous accorder un regard de curiosité. Eh bien, cela te taquinait et te froissait un peu, sans savoir s'il nous serait présenté un jour et s'il viendrait à entrer en relations avec nous. Tu ne pouvais alors rien tenter pour l'attirer ; mais du moment où il te fut présenté, pas plus tard qu'hier, avoue que tu n'as pas perdu d'occasion de te faire agréer favorablement de lui? Il ne faut donc pas t'en plaindre maintenant, et tu en vois les inconvénients.

— Mais, ma chère, tu exagères.

— Mais non, je n'exagère point. Regarde : pourquoi conserves-tu son bouquet à ton corsage?

— Oh! mais, j'aurais craint de le mortifier en ne l'acceptant pas.

— L'accepter oui, mais le porter sur... ton cœur?

— Ah! certes, je n'y tiens pas, va. Si tu crois... »

Et d'un geste un peu dédaigneux, mais boudeur, la vicomtesse froissa le bouquet et le jeta par terre.

« Allons, Thérèse, calme-toi, ne te fâche pas, les moments pressent, c'est pourquoi j'ai été un peu vite au but. Ne va pas tomber dans des exagérations qui feraient que le remède serait pire que le mal.

— Tu as l'air, toi aussi, de supposer que j'ai conçu une passion pour lui.

— Oh ! non, du tout, je connais bien ton innocence, ma pauvre enfant ; c'est précisément ton innocence qui te rend inconséquente, et si tu veux
que ma franche amitié pour toi te fasse des confidences, en compensation, je te dirai que je ne pourrais pas ainsi jouer avec le feu.

— Comment ! pour si peu de chose tu te pren
drais... d'amour ?

— Oh ! non, mais je ne serais tentée d'accorder de
faveur qu'à un homme vers lequel mon cœur se
sentirait, attiré et alors... et alors je sentirais en même
temps le danger apparaître.

— Oh ! bien, moi, pas du tout.

— Mais je le vois bien ; aussi ton regard distrait
va sans cesse cherchant et analysant les nouveaux
venus pour les... éliminer ou t'en servir si tu les
trouves dignes de faire partie de ta cour.

— Mais dans une ville d'eaux, il faut bien cependant faire cela, si l'on veut y passer son temps
agréablement, en se créant une société, sans aller
se jeter à la tête des premiers venus.

— Tes anciens amis ne te suffisent donc pas ?

— Si vraiment ; aussi ce ne sont pas de nouveaux
amis que l'on cherche, mais des connaissances.

— Est-ce donc si utile que cela ? et l'étendue du
cercle de nos connaissances fait-elle le bonheur ?

— Le bonheur, le bonheur ! cela est un grand
mot qui montre que toi tu cherches du sentiment

en tout ; moi, je n'en cherche pas si long, vois-tu bien.

— Oh ! cela est très vrai ! reprit la petite marquise avec un accent de pénétration qui frappa son amie : l'intérieur l'emporte chez moi sur l'extérieur, et je ne pourrais faire ces choses innocemment comme toi : c'est pourquoi je m'en abstiens. Et moi qui semble te morigéner, peut-être viendra-t-il un moment où ce sera à toi de me faire la morale, et alors il est bien à craindre que j'en aie plus besoin que toi. Car, vois-tu, tout cela se borne chez toi à la coquetterie inconsciente qui consiste à atteler un nouvel adorateur à ton char, et cela est tout. Car s'il y avait autre chose, ce serf de ta cour demanderait tôt ou tard à être affranchi, et, en montant dans ton char, il mettrait en fuite tous ceux qui le traînaient et... vous resteriez là en place... à vous admirer, à vous adorer et... ce ne serait plus ton affaire. »

Mme de Nanzac ne répondit pas. Il se fit un silence un peu embarrassant, mais la vérité s'était fait sentir, et leur contrainte venait, à l'une de l'avoir comprise, et à l'autre d'avoir osé la dire. La petite marquise, que la vivacité et le bon cœur emportaient souvent, se repentit presque de sa franchise ; aussi, sans rien ajouter ni atténuer, elle reprit :

« Mais chère amie, nous perdons là des moments précieux à philosopher, revenons à la seule chose importante, qui est la jalousie que peut avoir ton mari. N'as-tu pas vu comme moi son inquiétude ?

« — Non, en vérité, je ne l'ai pas vue ; je te jure et j'espère encore que tu exagères, car je pensais d'abord qu'il t'en avait parlé quand il te donna le bras en montant au sommet du Capucin.

— Mais pas du tout, c'est moi qui ai sollicité son bras et ai prié mon mari, qui ne s'en souciait guère, d'offrir aussi le sien, dans la crainte que toi et M. de Lacor vous fussiez seuls à le faire.

— Oh ! merci, chère amie, je vois que tu es bonne et sincère. »

Cette parole fit grand bien au cœur généreux de la marquise.

A ce moment la petite troupe commençait à s'ébranler vers ces messieurs que l'on voyait arriver sur une élévation d'où ils devaient faire des signaux. En effet, ils agitaient leurs mouchoirs. La cavalcade des dames se mit franchement en marche. Mais au fur et à mesure qu'elle avançait, les mouchoirs s'agitaient plus fort, comme s'ils eussent désapprouvé ce mouvement. Alors la petite marquise, qui était très bonne écuyère, proposa de prendre le devant au galop de son cheval, ce qu'elle exécuta de suite. Mais ce terrain tourbeux n'était qu'une série de mottes de terre herbées et spongieuses. Le cheval, quoique habitué aux inégalités des chemins de montagne et même à ces ronds de bosse gazonnés, se fatigua vite de l'allure hâtive que lui avait donnée Mme de Varnay ; aussi, à peine rendu à égale distance entre les deux groupes, il s'abattit subitement, renversant sous lui son écuyère par la violence de sa chute ; elle ne put se dégager. Ce fut une alerte générale, tous accoururent vers elle, mais les hommes à pied furent bien plus vite rendus, car ce funeste exemple empêchait la cavalcade de s'exposer à de pareilles chutes. M. de Lacor vigoureux et agile, habitué aux exercices violents des manœuvres militaires, arriva le premier, ce qui fut encore long, car l'éloignement était assez considérable. Il trouva la pauvre femme plutôt étourdie qu'évanouie, et surtout n'osant remuer, se sentant le pied pris dans l'étrier et craignant de faire relever brusquement sa bête, qui eût pu lui casser la jambe ou la traîner après elle. Heureusement que la nature molle du terrain avait amorti le coup. M. de Lacor trancha promptement la courroie de l'étrier et, tirant le cheval à la bride en l'encourageant de la voix, il le fit relever doucement. La marquise, dégagée, ne put cependant se mettre debout sans le secours de son libérateur, et elle était relevée quand de part et d'autre on les rejoignit. Le marquis vérifia lui-même s'il n'existait pas quelques lésions aux pieds et put heureusement constater qu'il n'y en avait aucune, pas même d'entorse ; seulement le pied gauche, qui avait été pris dans l'étrier, était douloureux, un peu gonflé, et l'on supposa avec raison qu'il y avait une foulure.

Le cheval n'avait rien. On remit Mme de Varnay en selle, opération assez délicate, dont le marquis et le baron de Lacor se trouvèrent naturellement chargés. Puis, après qu'elle eut reçu les compliments de condoléance de chacun, on se remit en marche en tenant son cheval par la bride pour revenir par le plus court, en suivant le chemin connu par lequel on était monté.

Ces messieurs, du reste, devant les difficultés entrevues du sommet qu'ils avaient gravi, avaient renoncé à l'entreprise d'un retour par les crevasses, et c'est pendant qu'ils faisaient des signes mal compris pour arrêter la cavalcade féminine déjà en marche que la petite marquise s'était lancée au galop en avant pour éclaircir la situation.

On passa aux burons, on y prit un seau, on descendit à une fraîche fontaine un peu au-dessous du chemin ; Mme de Nanzac déchaussa son amie et, sans la faire descendre de cheval, on lui plongea le pied dans cette eau glaciale.

Le retour eut lieu sans incident ; on le fit lentement, sous les ombrages de la forêt de sapins, et un peu silencieusemeut.

La vicomtesse eût certainement tenu grand compte des avis de son amie, d'abord parce qu'elle était une bien bonne et estimable créature au fond, et que, si les charmes de sa beauté l'exposaient à certaines inconséquences dont elle n'avait pas calculé jus-

qu'alors les inconvénients, en somme elle ne demandait qu'à bien faire et même à être irréprochable,
tout en désirant secrètement et presque sans se l'a-
vouer conserver les avantages de sa séduction. Là
était le point faible, et elle avait senti ce qu'il y avait
de profondément vrai dans les paroles un peu vives
de son amie; elle les lui pardonnait bien cordiale-
ment, ainsi que la rapidité de sa franchise, sachant
combien elle était véritablement aimée. Mais les attentions que M. de Lacor avait dû prodiguer à la
petite marquise pendant et après l'accident la trou-
blaient un peu. Elle n'en était pas jalouse... elle ne
voulait pas en être jalouse, sa volonté se révoltait
à cette pensée; elle plaignait véritablement son amie
et s'efforçait de trouver très bien la conduite du baron; mais un amour-propre féminin plus fort
qu'elle lui faisait vaguement craindre qu'elle ne
perdît un peu de ses avantages devant la position
intéressante de Mme de Varnay, et que la nécessité
servît de prétexte à des soins galants, d'autant plus
faciles à prodiguer que le marquis ne semblait point
prendre ombrage comme son mari de ces attentions.
Et ayant la faiblesse de céder à ses petits sentiments
d'amour-propre, elle ne put retenir quelques efforts
de coquetterie pour reconquérir d'une manière plus
spéciale les bonnes grâces de M. de Lacor. C'est
ainsi que, profitant d'un semblant de faux pas de sa
monture, elle jeta un petit cri et feignit la terreur

d'une manière qui put paraître d'autant plus motivée que l'accident arrivé semblait y donner droit. Cela employé à propos ramena le brillant officier à la bride de son cheval.

La petite marquise, du reste, ne manquait pas de protecteurs, ce qui paraissait pour le moment être devenu le droit et le devoir de tous. Plus loin, Mme de Nanzac fit remarquer une belle touffe de fougère dont les feuilles pouvaient rivaliser avec les dentelles que font les paysannes d'Auvergne. Le baron n'attendit pas un ordre plus positif pour aller les lui chercher. Il était trop homme du monde pour que ces petits efforts féminins lui échappassent, et il sut de suite en deviner et en apprécier la portée. Il alla même jusqu'à se demander si l'absence de son petit bouquet au corsage de la vicomtesse n'était point aussi un sujet qui pût motiver une petite explication; mais il trouva plus prudent de s'abstenir.

La préoccupation générale pour la blessée atténua beaucoup l'effet public de ces petites menées, qui passèrent inaperçues pour la plupart. Les secours assez empressés que M. de Lacor prodigua à la marquise donnèrent même un peu le change au vicomte de Nanzac sur ses préoccupations jalouses du commencement; il se dit, avec raison du reste, que c'était dans les allures de ce monsieur de se faire l'attentif du beau sexe, surtout au milieu des dangers, et il ne put retenir aussi un sentiment d'a-

3

mour-propre, flatté au fond que sa femme lui parût digne de ses soins. Il résolut donc de ne pas en ouvrir la bouche à la vicomtesse.

Arrivés à la porte de l'hôtel, une chaise à porteurs fut vite trouvée et monta la petite marquise jusqu'à sa chambre; on la fit mettre au lit, et, par excès de prudence, le docteur fut appelé et constata qu'en effet il n'y avait qu'une simple foulure qui disparaîtrait au bout de quelques jours.

Tels furent les incidents de cette première journée d'excursion au pic du Capucin, qui garda caché sous son capuchon toutes les émotions secrètes que l'on était venu déposer dans son sein.

III .

CASCADE DU QUEUREILH

Comme ont peut le supposer, les journées suivantes
furent plus calmes. La politesse imposait à des gens
bien élevés de compatir à la réclusion de la petite
marquise, et de ne pas lui faire regretter davantage
la privation d'une nouvelle excursion intéressante,
à laquelle elle n'eût pu prendre part.

On se reposa, on fit toilette au parc pour se distraire, et le soir on se contenta des petites pièces du
casino. Le baron et la vicomtesse s'y rencontrèrent
forcément, et forcément aussi ils furent aimables
l'un pour l'autre. Mme de Nanzac n'avait pas même
là comme contrôle le secours de la présence de son
amie. Elle allait bien lui tenir compagnie la majeure
partie du temps et la mettre au courant de sa propre
existence ; mais les confessions qui ont trait à l'a-
mour ou à la coquetterie entre femmes ont bien de la
peine à être sincères et complètes. Si elles l'étaient, ce
serait presque de l'héroïsme et la marque d'un tel

ferme propos que la conversion serait..... déjà faite.
Non, on ne veut pas se convertir, tout est là ! On
voit bien le danger, et l'on refuse de pactiser avec
lui ; mais c'est si charmant de voir miroiter devant soi
ces émotions aux mille facettes, de se laisser à moitié
fasciner par ces lueurs phosphorescentes, — n'est-ce
pas, chère madame ? — qu'on trouve un délice indicible à folâtrer autour de ce météore. Le piquant de
ce jeu est de ne pas se laisser brûler les ailes à la
flamme tout en l'attisant. C'est l'ambition en général
de ces mélanges d'amour et de coquetterie.

C'était bien là en effet la situation des sentiments
intimes de la vicomtesse, et ce fut avec un art que
nous ne saurions reproduire qu'elle jeta quelques
gazes..... azurées et même multicolores, sur la vérité
de ses confidences.

La petite marquise devina bien tout ; mais, en
femme d'expérience, elle jugea à propos de ne rien
en laisser voir, sachant que cela ne remédierait à
rien pour le moment. Puis, les dangers que la tranquillité de son amie pouvait courir lui remettaient
un peu vivement en mémoire ceux-là mêmes qu'elle
avait courus et qu'elle courait presque encore, et ses
heures de repos et de solitude la faisaient malgré
elle méditer sur elle-même à un point qui l'absorbait.
Thérèse, sans s'en douter, avait déjà mis le doigt sur
la plaie tout en recourant aux conseils de son amie
avant le départ pour le Mont-Dore, et la petite mar-

quise avait eu beau répondre : « Ah ! moi, c'est différent, parce que je traite mes adorateurs sans conséquence », elle n'en avait pas moins été réduite à ajouter
« qu'elle creusait trop les questions », et le nom de
M. de Bretèche lui avait échappé, tout en prenant
un adroit détour.

Oui, la petite marquise était inquiète, pas encore
sur son propre cœur, — elle s'en flattait au moins, —
mais sur le cœur de M. de Bretèche ; elle sentait qu'il
y avait chez cet homme une conviction...., une
émotion vraie.... ; elle n'osait pas articuler un autre
mot.... et restait malgré elle comme en expectative
devant ce sentiment qu'elle se reprochait d'avoir
laissé naître chez lui. Et cela lui donnait à penser,
pour elle et son amie, que les usages les mieux éta-
blis peuvent bien cependant ne pas être très logiques
et qu'ils peuvent avoir leurs dangers. Mais pour rien
au monde elle n'eût fait la confession de ses impressions, car devant un sentiment profond et vrai, exempt
de toute coquetterie, il y a un trouble intime qui a
déjà jeté des racines au plus profond du cœur, et dès
lors un secret vous semble imposé. C'était déjà beaucoup de lui avoir dit : « Peut-être viendra-t-il un
moment où ce sera à toi de me faire la morale, et
alors il est bien à craindre que j'en aurai plus besoin
que toi ! » Aussi combien elle excusait Mme de Nanzac
de ne point se confesser plus complètement, commen-
çant à s'accuser déjà plus qu'elle, d'autant mieux

qu'elle ne pouvait se dissimuler que si M. de Bretèche s'était un peu occupé de la vicomtesse, c'était
uniquement pour donner le change à ses attentions,
à ses muettes adorations. C'est pourquoi elle s'était
enquise si M. de Bretèche ne portait point ombrage au
mari de Thérèse : première crainte jalouse qui lui
avait fait désirer doublement ce séjour aux eaux du
Mont-Dore, pour s'efforcer de l'oublier dans un autre
milieu, dans les distractions d'un voyage, bien plus
que pour guérir les quelques granulations de sa gorge.

« Pourvu, se dit-elle, qu'il ne vienne pas m'y retrouver ! car il sait bien que j'y suis. »

Cette réflexion, qu'elle ne s'était pas encore faite,
la bouleversa. Aussi, se sentant encore un plus grand
besoin de solitude, elle pria Mᵐᵉ de Nanzac de ne
point s'imposer pour elle les privations de la promenade. Il semblait du reste à la petite marquise, d'a-
près le nouveau cours de ses idées, que toute sa
curiosité pour visiter ces lieux eût disparu, et ses
projets d'exploration les plus choyés du haut du pic
du Capucin ne la tentaient plus, tant notre pauvre
cœur devient vite le gouvernail de notre pensée !

Il y eut alors une lutte de générosité entre les
deux amies, dont résulta un compromis qui fut
l'organisation d'une promenade restreinte, telle que
la visite à la cascade du Queureilh, à quelques kilomètres : la petite marquise en avait tant vu en Suisse
de plus belles ! On la laissa donc, ce jour-là, à ses

méditations — plus ou moins salutaires, — et, à la demande de la vicomtesse de Nanzac, qui fut un ordre pour ces messieurs, on partit en bande pour la cascade du Queureilh. Les de Rives, leurs enfants et leurs amis, dont les pieds agiles ne demandaient qu'à fouler le sol, furent vite enrégimentés.

On dédaigna la nouvelle route de Clermont, déjà connue de tous et qui fait le pendant exact de celle de la Tour sur l'autre versant de la vallée. Si la vue est jolie par son échappée pittoreque sur la Bourboule et l'aspect majestueux du pic du Capucin qui fait face, en guise de chalets on a sur cette route une rangée de petites hôtels secondaires qui forment comme un côté de rue de faubourg assez désagréable à voir, peuplée de curieux qui guettent les promeneurs, le passage fréquent des nombreuses voitures de voyage qui vous éclaboussent ou vous couvrent de poussière. On préféra donc prendre par en bas la route de la Bourboule, qui longe les prairies et qui est plantée d'arbres.

A un demi-kilomètre environ, on trouva le poteau indicateur du club Alpin, dont les lettres blanches sur un fond bleu indiquent obligeamment aux touristes le chemin et la distance exacte de la cascade. On suivit la flèche indicatrice en tournant à droite, et l'on s'avança sur le chemin montueux vers le nord-est, à mi-côte des sommets boisés qui se perdent au-dessus de vous.

A quelqe distance de là on admira la naïveté d'une
buvette rustique qui a pris pour enseigne : « Au Bla-
son féodal ». Cela semble au moins prouver que
cette station thermale était fréquentée par des gens
bien pensants, puisqu'un paysan auvergnat avait eu
l'idée d'un pareil titre comme attraction pour les
promeneurs.

Plus loin, une fraîche vallée s'étend à votre gauche,
vers le nord ; le chemin s'accidente après s'être incliné
vers cette vallée, il remonte plus à pic, plus rocailleux,
raviné par de petits ruisseaux qu'il faut éviter ; enfin,
la chute d'eau se fait entendre, la jeunesse crie : « Nous
sommes arrivés ! » On descend à travers un escarpement boisé pendant quelques minutes et l'on se trouve
en présence d'une petite merveille : une roche noire
et polie de quinze mètres de hauteur est caressée par
une nappe d'eau argentée au centre ; à sa droite, un
petit filet qui n'a pu glisser et se faire un chemin
ricoche agréablement en s'émaillant de gouttelettes ;
à sa gauche bondit une autre partie de ce cours d'eau,
appelé le Chaneau : c'est un torrent qui se heurte,
dans sa chute précipitée, sur des replis capricieux de
rochers qu'il s'est plu à creuser chaque jour davantage. Une belle végétation couronne les sommets ; un
pin majestueux semble tremper son pied à la naissance même de la chute. Tout cela dans un enfouis-
sement abrité d'arbres touffus qui surplombent de
toute part. Le ruisseau coule au fond sur un lit de

fougère. Une espèce de promontoire naturel semble disposé tout exprès pour vous servir de belvédère tout en face.

Malheureusement l'amour du gain auvergnat l'a entouré de barrages et de bancs en planches qui ne sont ni confortables ni rustiques, mais seulement incommodes et désagréables à l'œil, et cela pour exiger de vous quelque monnaie si vous voulez vous y reposer. Une gardienne peu avenante est là avec un panier de rafraîchissements et une chèvre prête à se laisser traire.

La vicomtesse de Nanzac, charmée de ce petit coin privilégié de la nature, chercha à fuir les importunités de la gardienne et son désagréable établissement, et, trouvant un sentier escarpé sur un talus mousseux, du côté de la chute en torrent, elle essaya de le gravir.

Le baron de Lacor, qui ne la perdait pas de vue, s'empressa de l'aider, et ils gagnèrent ainsi, à quelques mètres plus haut, une proéminence un peu à l'écart d'où l'on put savourer en paix ses impressions.

Chacun à ce moment s'installa à sa guise, les uns amoureux de la belle nature et un peu de leurs compagnes, — car Mme de Nanzac n'était pas la seule qui fût attrayante ; mais nous ne pouvons nous occuper de toutes les jolies promeneuses ; — les autres, faute d'amour au cœur ou de poésie à l'âme, profitaient tout simplement des rafraîchissements offerts, ce qui paraît être pour certains la suprême jouissance.

3.

Les jeunes fillettes cueillaient des fleurs — un jeune homme herborisait avec passion et collectionnnait les minéraux ; un autre dessinait, et enfin les plus remuants partaient en suivant le cours d'eau pour voir si la cascade du Rossignolet, à un kilomètre de là, valait la peine d'un déplacement général.

Laissons chacun à ses attraits particuliers, quelque intéressants qu'ils puissent être, afin de suivre seulement les péripéties de l'histoire que nous entreprenons de raconter.

Le baron de Lacor crut pouvoir s'installer à ce moment d'autant plus facilement près de Mme de Nanzac qu'il avait eu la politique adroite de ne point trop l'approcher chemin faisant, et ses prévisions se réalisaient, car il n'avait fait ce sacrifice qu'avec l'espoir de s'en dédommager.

Ils étaient, du reste, sous les yeux du vicomte de Nanzac, qui, resté prosaïquement assis sur les bancs en bois, comme font ordinairement les maris, paraissait absorbé dans une discussion politique avec le marquis de Varnay, et ne pouvait les entendre.

« Quel tableau ravissant ! disait le baron ; je voudrais en ce moment être peintre et grand artiste pour reproduire cet ensemble et en conserver un souvenir vivant non seulement dans mon cœur, mais encore à mes yeux émerveillés.

— Où vous placeriez-vous pour prendre cet... ensemble ? dit ingénument Mme de Nanzac.

— Ah! vicomtesse, vous allez me dire vous-même d'où vous le prendriez.

— Moi? Je le prendrais de là-bas, en face.

— Ah! pourquoi pas d'ici même plutôt? Tenez, regardez, voilà un rayon de soleil qui maintenant atteint la nappe d'eau et l'irise des couleurs de l'arc-en-ciel... Oh! mais, regardez donc comme c'est joli...! Et il est probable que c'est seulement de ce point-ci que se produit l'arc-en-ciel, car ordinairement on ne le voit que d'un seul endroit; c'est donc ici le bon endroit... oh! oui... et puis, n'y êtes-vous pas...?

— Oui; mais, si vous preniez la vue d'ici, je ne serais pas dans le tableau.

— Ah! je vous rends les armes, dit le baron en saluant profondément, je suis battu... et d'une manière humiliante...: car, si la cascade me semble si belle..., si elle reflète dans mon âme de vives émotions, si ces ombrages me paraissent être une épave d'un paradis de délices, c'est que vous êtes l'enchanteresse qui métamorphosez cette terre en Éden; c'est que...

— Chut! chut! pas tant d'animation! Vous supposiez, tout à l'heure, que mon mari avait une discussion politique, à ses gestes: que pensez-vous qu'il puisse supposer des vôtres?

— Ah! Madame, quelle douche d'eau froide vous jetez là sur... mon enthousiasme; je préférerais recevoir la cascade tout entière sur mes épaules.

— Mais, je crois que vous le mériteriez bien.

— Pourquoi êtes-vous si belle...? Ne sentez-vous pas qu'il y a là une loi mystérieuse au-dessus de nous? Regardez quelle transformation s'était faite subitement en moi : j'étais devenu poète et artiste sur l'heure.

— Pour une heure, voulez-vous dire : car, voyez-vous, des sentiments éclos si vite sont bien éphémères !

— Qu'en savez-vous ?

— Je ne désire pas en savoir davantage et mettre votre constance à l'épreuve, car je n'eusse pu ni autoriser ces sentiments ni y répondre. Oubliez-vous donc que je suis mariée et que mon mari est digne de toute mon affection? oubliez-vous ce que vous voudriez qu'un jour votre femme fût pour vous? Tenez, allez me chercher une tasse de lait de chèvre, ce sera le dénoûment sur l'heure de vos services et de vos inspirations poétiques.

— Mais... voulut riposter le baron.

— Allez, vous dis-je : votre première qualité à me servir doit au moins être une obéissance passive. »

Le bel officieux s'inclina avec une grâce un peu d'emprunt et obéit. Il rapporta un plein verre de lait de chèvre écumant. La vicomtesse l'avala d'un trait.

« Merci, dit-elle, il est excellent. » Et elle ajouta un peu imprudemment : « Je vous engage à en faire autant, cela vous rafraîchira. »

Elle n'eut pas besoin de le dire deux fois, il fit verser de nouveau le lait dans le même verre, et il

le but... avec délices, sans sourciller, quoiqu'il dé-
testât toute espèce de laitage.

Mais, quand il revint à son poste, Mme de Nanzac,
qui n'avait rien perdu de cette scène, le pria d'aller
convaincre le marquis de Varnay que la théorie politique de son mari était certainement la meilleure.

Quoi qu'il en soit, la vicomtesse resta nonchalam-
ment assise à sa place, à rêver délicieusement.
Toute la poésie de la cascade, qu'elle avait si bien
raillée, l'envahit en dépit d'elle-même. Elle voulait
blâmer et se sentait déjà impuissante... O coquetterie, que vous êtes dangereuse, même quand vous ne
voulez jouer qu'une comédie d'amour-propre!

La troupe joyeuse revint à point de la cascade du
Rossignolet pour faire diversion à tout cela ; elle déclara avoir fait une promenade charmante, que le
chemin, en suivant le cours d'eau, était ravissant, mais
peu facile, et que la cascade, formée par ce même
torrent, n'était, à vrai dire, qu'une chute de moulin
qui fait mouvoir une petite scierie dans un site gra-
cieusement champêtre. On s'en rapporta à ces dires
et on renonça à y aller voir. — L'heure s'avançait,
du reste, car chacun avait occupé son temps, et,
charmes de conversation, discussion politique, des-
sins, bouquets et récolte scientifique, tout était terminé, bien ou mal. L'on rentra à l'hôtel pour dîner.
Tout le monde avait profité de la journée selon ses
aptitudes propres.

IV

ASCENSION DU PIC SANCY

Le temps continuait à être superbe; l'air s'était épuré, et l'on pouvait espérer des sommets du Sancy voir depuis les Alpes jusqu'aux Pyrénées; mais il fallait profiter de ces beaux jours, qui souvent sont de peu de durée dans les montagnes.

Le pied de la petite marquise semblait être remis de sa foulure et lui permettre une excursion à cheval. On se décida donc à tenter l'ascension.

Le marquis de Varnay se chargea lui-même de louer les montures et de modérer la hausse des prix et les prétentions excessives que le temps devait produire. Les dames réclamaient qu'on prît de préférence les chevaux appartenant à leurs baigneuses, sollicitation que chacune ne manquait pas de faire entre deux jets de douches, cherchant à se former une autre clientèle à la faveur de leurs soins minutieux : car il faut que vous sachiez que chaque baigneuse possède un cheval, un âne, un mari guide, un frère porteur et une sœur blanchisseuse, sans compter les cousins ; et ne sont-ils pas tous cousins et cousines pour vous exploiter, ces bons Auvergnats ?

Le marquis de Varnay, ayant besoin ce jour-là d'une quinzaine de chevaux et de quelques ânes, essaya de faire la loi en face de ces exigences qui sollicitent la préférence à condition de louer le plus cher possible et ne rien céder au-dessous du cours, qui s'établit sur la place au sortir des déjeuners, suivant que le ciel se montre gris ou bleu. Il se dit qu'il avait assez d'actions chevalines et asines à acheter pour faire la hausse et la baisse, et, malgré le ciel sans nuage, il refusa les offres de 15, 12, et même 10 francs, qui lui furent faites.

« Qui est-ce qui veut me donner un cheval à 6 francs ? cria-t-il. J'en ai quinze à prendre. » Mais les bonnes femmes restaient impassibles. « Allons, vous, les baigneuses de ces dames : nous sommes une clientèle sérieuse ? »

Et comme il les regardait un peu sous le nez pour lire dans leurs yeux :

« Tenez, Monsieur, dit une d'elles, c'est celle-là qui est la plus jolie, désignant sa voisine à la mine décolorée, comme l'ont toutes les baigneuses, car elles se fanent vite dans cette atmosphère bienfaisante aux malades. »

Ce fut une hilarité générale ; mais la loueuse, sans se déconcerter, répondit :

« Eh bien, j'accepte les offres de Monsieur, avec
1 franc de plus pour une selle de dame, comme
toujours.

— Ah! bravo! bravo! fit le marquis en frappant
des mains; j'accepte tout de même pour sa bonne
humeur. Et vous, la petite mère? » dit-il à une autre.

La petite mère répondit: « Oh! moi, je ne suis pas
assez jolie; j'en veux 10 francs.

— C'est vrai, vous êtes trop laide. Alors, à une autre
plus jolie. A 6 francs et 1 franc pour la selle de
dame! »

Les rires redoublèrent, et l'amour-propre, qui pour-
suit toujours les femmes même les plus déshéritées de
beauté en ce monde, s'en mêla; et, comme aussi les
beaux jours précédents avaient fait sortir tout le
monde, bien des baigneurs étaient déjà obligés de prendre du repos, et le marquis de Varnay fut si pressant,
si ferme et si drôle à la fois, qu'il enleva le cours du
marché.

Cependant il eût eu de la peine à compléter son
nombre sans l'aide inopinée d'un singulier personnage
qui, lui aussi, fit chorus et acheva d'assurer le cours.
Mais ce ne fut point un concurrent ni un faux frère, car
a peine eut-il récolté ce qui manquait au marquis de
Varnay qu'il vint le lui offrir. Le marquis accepta
avec reconnaissance, sans pouvoir définir ce singulier
personnage. Il était vêtu d'une ample vareuse avec
capuchon rabattu, absolument comme s'il fût sorti

du bain, ce qui pouvait être supposé à la rigueur,
bien que l'heure fût assez incommode ; avec cela il
semblait se faire une voix d'emprunt derrière le mouchoir qu'il mettait devant sa bouche, ce qui achevait
en outre de cacher son visage sous son capuchon. Il
n'avait point non plus les sabots traditionnels ; mais
peu importait d'accepter l'offre obligeante de ce malade
retardataire qui s'était trouvé si à point rentrant de
l'établissement thermal à l'hôtel.

On réunit tous les éléments de la cavalcade, on
monte en selle et l'ont part au grand complet.

Une seule bonne femme fit défection, trouvant à
louer son cheval plus cher à la sourdine, et un des
jeunes de Rives, humilié d'en être réduit à enfourcher
un âne, comme les enfants, préféra suivre à pied.

Cette cavalcade était splendide pour les eaux du
Mont-Dore, car les montures sont d'humbles petits
chevaux de montagne, médiocrement harnachés, et
on leur fait rarement l'honneur d'une amazone élégante et de bottes à l'écuyère ; et il y avait tant d'entrain et tant de jeunesse que ce groupe faisait plaisir
à voir. Quand on fut dans la vallée, on essaya de petits
temps de trot, les uns à l'anglaise, les autres à la
française. Certains chevaux prenaient l'amble,
d'autres un petit galop de chasse ; les cheveux des
jeunes filles flottaient sur leurs épaules, et la marche
était ouverte par un jeune garçonnet, franchement
campé sur son âne, à la mine ouverte et réjouie, ornée

encore d'une longue chevelure qui lui donnait l'aspect pittoresque d'un petit bas Breton.

C'est ainsi qu'on défila devant la grande cascade, à un kilomètre du Mont-Dore, dont on réserva la visite pour une promenade spéciale. Plus loin, et du même côté, on vit le ravin des Egravats, formé par l'éboulement d'une partie du Puy-de-l'Angle, puis le roc du Cuseau. Et enfin, après avoir traversé deux fois la Dordogne, qui n'est encore qu'un torrent, sur des ponts agrestes, on est arrivé à l'extrémité de la vallée du Mont-Dore. Quoiqu'on ait été toujours en montant pendant les 6 kilomètres environ parcourus déjà, ce n'est vraiment qu'à cet endroit que commence l'ascension sur les flancs du Puy de Cascadogne.

A peine en avez-vous gravi les premières assises en chemins sinueux que vous découvrez à votre gauche la cascade du Serpent, à l'extrémité du roc du Cuseau, sur lequel elle glisse comme un reptile à travers les arbres et les fleurs. Elle semble venir de si haut et se perdre déjà dans de telles profondeurs que l'on ne peut voir ni l'une ni l'autre extrémité de ce long ruban argenté.

Les guides vous font volontiers faire là une petite halte pour contempler cette gracieuse fuite d'eau ; ils vous font retourner pour voir, au pied des masses du Sancy, la source de la Dore, dont l'ensemble de ces montagnes a pris le nom. En face, tout à fait au pied du mont géant, l'œil s'enfonce dans les gorges noires de l'Enfer, dont sort la Dogne. Ces deux torrents se réunissent bientôt pour former la Dordogne.

A ce moment, le jeune de Rives, qui cheminait péniblement à pied, questionna le guide sur le chemin en lacets qu'il voyait près de la naissance de la Dore qui descend en cascade. Le guide lui expliqua que ce sentier avait été établi pour exploiter des mines d'alun qui se trouvaient tout près de la cascade, et que c'était encore le plus court et le plus commode pour monter à pied au pic Sancy; qu'il était regrettable qu'il ne l'eût pas pris.

« Oh! dit le jeune homme, je préfère être resté avec toute ma société; mais je vois avec ma lorgnette un touriste qui fait l'ascension de ce côté. Il est au-dessus des lacets et avance bien péniblement, quoique en s'aidant d'un long bâton ferré.

— Voyons, dit la petite marquise, qui se trouvait à proximité. »

Et, regardant attentivement avec la forte jumelle marine du jeune homme, elle distingua parfaitement ce voyageur, bien équipé pour la marche, avec de grandes guêtres, un petit bidon en sautoir, une ceinture de cuir, etc. A l'œil nu, il paraissait microscopique; elle en fit la remarque.

« C'est un effet des montagnes, dit le guide, et ce chemin en lacets, qui vous paraît d'ici un sentier de chèvres, est assez large pour que deux chevaux chargés puissent s'y rencontrer, et, d'un détour à l'autre, il y a bien une quarantaine de mètres. Quoiqu'on ait abandonné cette exploitation d'alun, cette rampe est encore très commode à monter.

— Mais après, dit Mme de Varnay, l'escarpement paraît tel qu'il semblerait d'ici invraisemblable qu'un être humain le gravît, si nous ne voyions ce monsieur à l'œuvre.

— Oh! certainement, cet escarpement est raide, Madame, mais pas comme vous pourriez le croire; puis, il est gazonné, et vous y seriez que certainement vous le graviriez bien. On y met le temps, et moins on se presse, plus vite on est rendu : car, si on s'essouffle en se hâtant trop, et qu'on aille jusqu'à bout de forces, on est obligé de faire halte pour se reposer, et vous voyez alors ceux qui ont été lentement passer les premiers. C'est ce qui nous fait dire, à nous autres gens du métier : Allez moins vite, vous arriverez plus tôt.

— Et après cette rampe-là, est-ce difficile?

— Oh! non, du tout; on a ainsi taillé au plus court, et l'on se trouve alors tout de suite sur une espèce de plateau qui s'étend au bas du dernier cône du Sancy, accidenté de mamelons où l'herbe croît partout, et il ne reste plus que le cône du Sancy lui-même, qui de ce côté forme un rédillon toujours herbé et praticable, mais tellement vertical cependant que vous arrivez à une trentaine de mètres du sommet sans qu'on puisse soupçonner votre venue; en sorte que ceux qui y sont rendus par le chemin que nous suivons ne savent d'où vous sortez, car, vu d'en haut, il semble que ces premiers soubassements soient des précipices. »

Le guide continua à expliquer à ceux qui l'entouraient tout ce que l'œil embrassait, et l'on se remit en marche; on gravit ainsi le pan de la Grange, en inclinant vers le sud, à l'extrémité duquel se trouve une gorge marécageuse, où viennent s'accumuler les neiges, souvent d'une épaisseur énorme, et formant parfois une arcade glacée sur laquelle on passe. A cet endroit, la direction que l'on prend varie suivant la fonte des neiges, qui tantôt livre passage d'un côté, tantôt d'un autre, vous servant de pont ou menaçant de s'effondrer sous vos pas. Les pluies abondantes des mois précédents les avaient, cette année, considérablement diminuées, et le noyau qui en restait ne semblait plus être là que pour flatter les yeux des voyageurs. On suivit donc simplement le sentier pratiqué à une certaine distance et l'on arriva bientôt au col du Sancy et du Puy Ferrand.

On trouve là encore une sorte de longue barrière rustique pour attacher les ânes et les chevaux, quelquefois au nombre d'une cinquantaine; mais il semble que la nécessité l'exige.

Il ne reste plus alors qu'à gravir à pied la dernière pente du Sancy par un sentier escarpé et capricieux, que les pas fréquents des visiteurs ont tracé et consacré, les uns après les autres, par à peu près. Il faut dix minutes seulement pour escalader ce dernier pic.

Mme de Nanzac, voulant éviter qu'on lui offrît le bras, présenta de suite le sien à la petite marquise, et les deux amies, ainsi appuyées l'une sur l'autre, refusèrent les offres les plus empressées de tous ces messieurs.

« Nous y mettrons le temps, dirent-elles ; ce n'est pas très difficile, et nous nous aiderons plus à notre aise l'une l'autre. »

Il fallut bien les laisser faire, et le baron de Lacor dut aussi en prendre son parti et passer en avant. Il n'eut, comme dédommagement, qu'à se charger des châles et des capulets de ces dames pour les couvrir à leur arrivée au sommet.

Ces cavalcades ont cela de particulier, du reste, qu'on ne peut se faire la cour de trop près, et que les conversations suivies y deviennent impossibles dans les sentiers étroits, qui ne permettent pas le passage à deux chevaux de front.

C'est ainsi que Mme de Varnay et Mme de Nanzac n'avaient pu causer intimement. A ce moment où elles se prêtaient un mutuel secours, leurs cœurs semblèrent se rapprocher aussi, et Mme de Nanzac laissa échapper spontanément le récit de la petite scène passée devant la cascade du Queureilh avec le baron, qu'elle avait tue à son amie jusqu'alors.

« Tu vois, lui dit la petite marquise, comme ce jeu est dangereux, et tu constates heureusement toi-même tes imprudences.

— Aussi regarde comme je profite maintenant de la leçon que je me suis donnée à moi-même ! Depuis notre départ ne l'ai-je pas évité avec précaution et sans affectation ?

— Allons, courage, chère amie ! c'est très bien. »

Malgré cela, la marquise restait songeuse, mais c'était, pour l'heure, plutôt parce qu'elle pensait à elle-même. Son amie avait renouvelé ses inquiétudes en lui rapportant cette phrase amoureuse de M. de Lacor : « Pourquoi êtes-vous si belle?... Ne sentez-vous pas qu'il y a là une loi mystérieuse au-dessus de nous? » C'est qu'en effet, dans les méditations de ces quelques jours de réclusion, la petite marquise avait senti, en dépit d'elle-même, comme une loi mystérieuse au-dessus d'elle qui l'envahissait dans les efforts de sa résistance intérieure.

Ce fut remplie de ces impressions qu'elle cheminait péniblement, mettant sur le compte de la douleur qu'elle ressentait encore un peu au pied la tristesse de son âme.

Mais déjà les exclamations des premiers arrivés sur l'étroit plateau qui couronne le pic la sortirent forcément d'elle-même, et bientôt tout l'horizon se découvrit à leurs yeux émerveillés.

Toute description est impuissante pour rendre l'effet de cette vue du point culminant du centre de la France. Vous êtes à 1,884 mètres au-dessus du niveau de la mer, et vous découvrez des Alpes aux Pyrénées, sous le ciel pur et par un temps calme. Sans doute, sur de saltitudes plus élevées encore, vous rencontrez, au sein même des chaînes de montagnes, des panoramas plus saisissants; mais l'effet est tout autre d'un point isolé comme celui-là, et ces grands sommets se comptent de par le monde. Il vous semble alors que vous dominez, que vous embrassez de l'œil la terre entière; les lointains horizons sont brumeux, mais de Nevers à Montauban la vue est perceptible.

Au midi, vous distinguez le Plomb du Cantal et toute sa chaîne de montagnes. A l'ouest, c'est l'immensité même, et les dernières ondulations d'un horizon sans fin vers le sud-ouest, sont, dit-on, les Pyrénées. A l'est, après plusieurs mouvements de terrain assez accentués, les Alpes se font sensiblement reconnaître et se confondent avec le ciel.

Et sans se perdre dans ces régions infinies, au nord, les puys de l'Auvergne, sans vous dominer, dressent leur aspect imposant et pittoresque et s'étendent à vos pieds en vallées profondes et boisées, pour se perdre, vers le Puy de Dôme, en masses bleuâtres. Puis une quinzaine de lacs font miroiter leurs nappes argentées alentour; les villages émaillent les prairies; quelques ruines altières encore debout se dressent çà et là, et les détails et cet ensemble vous absorbent tour à tour dans une admiration contemplative.

Alors vous êtes impressionné selon la disposition poétique de votre âme et les sentiments de votre cœur, et l'émotion vous gagne. Bien peu échappent à cette sensation, car c'est la voix même de Dieu qui se fait entendre dans l'intelligence qu'il nous à donnée, et c'est l'œuvre même de sa création qui nous parle.

La petite marquise fut saisie de ce spectacle, selon les sentiments de son cœur, et ces splendeurs semblaient appeler en elle l'adoration d'un être aimé qui vivifiât toutes ces merveilles. Sans doute, elle sentait bien que l'hommage en revenait naturellement au Créateur lui-même, et elle entrevit, comme dans une vision béatifique, le bonheur des saints dans l'amour de Dieu; mais ce ne fut que comme un mirage, et les passions terrestres, dans tout ce qu'elles ont de plus élevé, étreignaient alors sa pauvre âme, qui eût pour ainsi dire voulu briser son enveloppe pour aspirer plus haut.

La moindre parole troublait son extase, et, pour échapper à ces importunités, elle descendit d'une dizaine de mètres la crête gazonnée dont la prolongation semble fuir dans l'abîme, vers la vallée de l'Enfer. Là, isolée, ses yeux perdus dans l'azur de l'horizon, confondant le ciel avec la terre comme dans ses pensées, elle donna un moment cours au rêve d'un idéal d'amour redouté et chéri.....

Tout à coup, le sol sembla se dérober sous ses pas! De ces hautes régions, ses yeux s'abaissant sur la terre, elle vit se dresser à ses pieds la personnification de son rêve! Elle jeta un cri, et, l'abîme semblant l'attirer, elle perdit l'équilibre et M. de Bretèche la reçut dans ses bras.

V

DESCENTE DU SANCY PAR LES CRÊTES DE L'ENFER

Le voyageur que nous avons vu gravissant les lacets était M. de Bretèche, que nous ne connaissons encore que pour l'avoir entendu nommer. Il escaladait la dernière rampe du Sancy, dont nous avons parlé, si escarpée qu'elle dérobe l'arrivée aux yeux de ceux qui occupent les sommets, quand il se trouva soudain en présence de la marquise de Varnay. Quelques mètres le séparaient d'elle sans qu'il eût été vu, tant la pente est verticale, et le sol gazonné amortissait le bruit de ses pas. Il vit que cette femme qu'il adorait dans son cœur était saisie d'une impression proche de l'extase, et, comme le Dante devant Béatrix, il demeura dans une muette contemplation, cloué sur place. Une espérance, aussi vague qu'extravagante, traversait son cœur. Il osa penser que peut-être le trouble ascétique de cette femme venait de l'amour qu'il lui communiquait par la passion si véhémente qu'il ressentait pour elle; et il était là, à ses pieds, attendant son destin suprême, quand soudain il vit ses yeux s'abaisser sur lui, tout son corps frémir et chanceler. Il n'eut que le temps de faire un bond pour la recevoir dans ses bras et l'empêcher de rouler dans l'abîme!

Il y eut un moment d'étreinte ravissant pour ces deux êtres, nous ne pouvons le dissimuler. Ce fut prompt comme l'éclair, mais pénétrant comme la foudre qu'aucune force humaine ne peut arrêter. Le devoir avait cependant été arboré haut et fier par la marquise de Varnay; mais, de même qu'on arrive à arrêter les effets de la foudre tout en l'attirant et à se protéger contre elle, de même, après la résistance de cette femme héroïque qui avait attiré cette passion, ce contact fut comme la commotion électrique des sensations subies, mais ne put atteindre sa volonté, rempart inébranlable de la conscience.

M. de Bretèche déposa aussitôt ce cher fardeau sur l'escarpement de la montagne et il appela au secours. Ce mouvement avait, du reste, été aperçu, comme il pouvait le craindre, de ceux qui étaient près du versant. Ce fut une alerte générale, et en un instant chacun entoura la petite marquise; mais heureusement elle n'avait eu qu'un étourdissement et put elle-même rassurer tout le monde.

La position de M. de Bretèche, connu d'une partie des personnes présentes, n'en était pas moins assez cri-

tique, car il n'avait pas supposé les surprendre ainsi
et être surpris, mais il pensait pouvoir devancer l'arrivée de la caravane et examiner la situation avant de
se présenter. Cependant il était bien trop heureux de
ce coup inespéré du sort, et de cet événement qui lui
était plus cher que la vie, pour s'inquiéter du reste.

« Je crains bien, dit-il sans hésiter, d'avoir été
l'auteur du mal : cette pente par laquelle je suis
monté est si rapide que mon apparition subite,
comme un fantôme sortant de l'abîme, de la gorge
même de l'Enfer, aura stupéfait et effrayé Mme de
Varnay au point de lui faire prendre le vertige sur
cet escarpement diabolique.

— Oh ! non, du tout, eut le courage de répondre
la petite marquise ; rassurez-vous. Vous ignorez,
Monsieur, que voilà quelques jours je me suis foulé
le pied en tombant avec mon cheval ; et une motte
de gazon ayant cédé trop vite sous mon pas, j'ai eu
peur et ma maladresse m'a fait perdre l'équibre.
Seulement, sans votre présence vraiment providen-
tielle, je crois que j'aurais roulé dans l'abîme...,
dans l'enfer, comme vous dites, car je sentais ce vide
béant m'attirer. »

M. de Bretèche, saluant profondément, se hâta de
répondre :

« Oh ! Madame, vous exagérez mon rôle et mes
services ; mais je puis bien, de mon côté, remercier
la Providence, qui a fait de moi son instrument.

« — Dieu merci, me voilà encore saine et sauve une fois. C'est assez, mes bons amis, de vous avoir donné deux alertes sur ma personne, dit-elle en tendant les mains à M. de Bretèche et à M. de Lacor. Je connais vos dévouements, et je tâcherai de ne plus avoir besoin de les mettre à contribution. »

Tous protestèrent de leur zèle.

Elle réclama son mari pour l'aider à se relever, et, appuyée sur son bras, ils regagnèrent le plateau du Sancy.

« Ah çà, mais, Bretèche, d'où sortez-vous donc en effet, si inopinément ? dit le marquis.

— Mais je sors... d'arriver, je pourrais dire, et j'ai voulu de suite venir par ce beau temps, saluer ce pic, bien connu de moi.

— Avant de venir nous saluer nous-mêmes et vous joindre à nous, sournois ! Ce n'est pas poli pour ces dames.

— Marquis, je suis arrivé hier soir à la nuit, je ne pouvais pas décemment me présenter pour voir des dames dans la matinée, et, aussitôt après le déjeuner, vous êtes tous partis ; tous les hôtels étaient vides.

— Allons, allons, mauvaises raisons. Grondez-le, Mesdames.

— C'est ce que je me disposais à faire, dit Mme de Nanzac en répondant au salut de M. de Bretèche ; je me réserve de le sermonner, mais moins solennellement qu'en ce moment. »

Suivirent les présentations d'usage, et les échanges habituels de politesse.

Le baron de Lacor ne fut que médiocrement flatté de l'arrivée de ce nouveau chevalier errant, qui venait, lui semblait-il, prendre part aux aventures, et aux secours à porter à ces dames. Grand, alerte, distingué, sans affectation, le pied ferme et infatigable, le regard assuré, sous les formes les plus courtoises, ce brillant chevalier ne lui paraissait point être un simple Don Quichotte voulant pourfendre des moulins à vent.

La petite marquise, à laquelle rien n'échappait, sans jamais avoir l'air de s'abaisser à observer la conduite des autres, remarqua bien l'effet produit par M. de Bretèche, et elle ne put s'empêcher d'être fière de lui.

Elle avait entouré de ses bras, par un geste charmant, la croix de fer qui occupe le centre du plateau, et là, dans une attitude méditative, elle semblait se cramponner à ce signe de notre salut et l'implorer, comme jadis Mlle de La Vallière.

M. de Bretèche, à son tour, ne perdit rien de ses impressions.

« Il y avait là, autrefois, dit-il, une pyramide carrée qui fut un des points trigonométriques de la carte de France.

— Je trouve, reprit la petite marquise, qu'elle a été remplacée avantageusement par cette croix, qui bravera les orages, comme son emblème brave les tempêtes de l'âme.

— Pour qui, dites-vous cela, Marquise? dit M. de Lacor malicieusement.

— Je ne le dis pour personne, et je le dis pour tous. N'est-ce pas une condition de la nature humaine de subir des chocs violents qui semblent vouloir, par moments, tout renverser en elle, ainsi que cela se passe ici?

—Oh! avec cette différence, Marquise, que ce point élevé est une exception, et que les tempêtes intérieures sont une grande généralité.

— Oh! pas tant que cela, espérons-le.

— Madame a raison, interrompit M. de Bretèche, et sa comparaison est parfaite, au contraire; il faut être sur des cimes aussi élevées pour que le vent veuille tout déraciner, et il n'appartient qu'à des êtres aux aspirations non moins élevées d'être agités par des tempêtes telles que la croix du Christ peut seule les braver. »

Il y eut un murmure approbateur, mais les joues de la petite marquise rougirent légèrement, et elle quitta la pose gracieuse qui semblait l'avoir rivée à la croix.

Un moment de silence solennel suivit ces paroles. Heureusement un des jeunes de Rives, sans se préoccuper de toute cette conversation, attira l'attention, en grimpant aux bras de la croix, où il laissa son mouchoir blanc noué et flottant comme un étendard.

On le félicita.

« Bravo ! lui dit son père ; j'aime cette idée et ta hardiesse, mon fils ; qu'il reste là, en souvenir de notre excursion.

— Puisque vous êtes satisfait, mon père, voulez-vous me permettre de m'en retourner par les crêtes de l'Enfer et de la Cour ? me trouvant à pied, c'est une occasion de faire cette tournée complète.

— Non, certes, interrompit Mᵐᵉ de Rives, c'est très périlleux.

— Mais, chère mère, toutes ces petites filles de dix à douze ans qui étaient là à notre arrivée, avec une bonne sœur, s'en sont allées par là bravement, avec chacune leur petit panier au bras.

— Oh ! certainement, je viens de les voir encore défiler au tournant ; elles ne paraissaient plus que comme les grains de chapelet de la bonne sœur, qui avait l'air d'être le Pater de la dizaine. Mais ce sont des enfants habitués à courir la montagne. Je les ai admirés sur ce sommet, tranquillement occupés à écouter un conte que leur lisait la bonne sœur, tout comme si elles eussent été à leur école ; elles sont venues là simplement faire leur promenade du jeudi. Mais regarde comme elles ont vite disparu tout d'abord, tant la pente est rapide. Si seulement nous pouvions te laisser un guide ! mais il peut arriver que nous en ayons besoin. »

Pendant cette tirade maternelle, la petite marquise
avait échangé quelques phrases en à parté avec
M. de Bretèche.

« Madame, dit alors celui-ci, si vous voulez me
confier votre fils? Moi qui suis aussi à pied, mon intention était de descendre par ces crêtes, ce qui est
beaucoup plus intéressant.

— Monsieur, je vous remercie beaucoup, mais
je ne voudrais pas non plus vous donner l'embarras de la surveillance d'un jeune étourdi de dix-
sept ans ; je le trouverais du reste fort bien entre vos
mains. »

Le jeune Pierre fut si ravi et montra une telle
joie qu'on céda à sa demande, et même M. de Bretèche fit un tel récit des beautés de cette promenade
que, sans la crainte de paraître peu galants en faus-
sant compagnie à ces dames, plusieurs hommes se
seraient joints à eux.

C'était un grand sacrifice que M. de Bretèche
faisait là de quitter en ce moment Mme de Varnay ;
mais elle venait de lui donner ce conseil intimement,
c'était pour lui un ordre et la délicatesse exigeait
qu'il s'y soumît. Il ne voulait lui déplaire en rien,
même en sacrifiant ce qui lui eût été le plus agréable.
N'est-ce pas à cela que l'on reconnaît l'amour vrai et
dévoué? Cet avis avait eu du reste pour lui tout le
charme de la convention secrète. Mais, hélas! il
sentait qu'il était aussi le cruel prélude d'ordres

plus sévères et probablement d'une séparation.

On dit un dernier adieu à ce panorama enchanteur, et il fallut bien se décider à redescendre.

Suivi de son jeune compagnon, M. de Bretèche disparut en un instant. En repassant à l'endroit même où il avait eu le bonheur suprême de soutenir dans ses bras la femme qu'il aimait, il arracha une touffe d'herbe qui devint pour lui une relique et un talisman.

De l'autre côté du cône, le groupe de nos amis redescendit lentement et à regret vers les chevaux, en cueillant mille fleurettes comme souvenir de la montagne.

Une fois en selle, on reprit le chemin par où l'on était venu. Les guides proposèrent bien un retour par les crêtes du plateau de l'Angle, mais cela allongeait d'une grande heure, on craignit la fatigue pour les dames et aussi l'arrivée à une heure tardive pour le dîner ; puis on devait parcourir ces hauteurs dans une autre excursion.

Les chevaux se mirent donc en ligne à la suite les uns des autres dans le sentier. Toutefois M. de Lacor trouva moyen de s'intercaler entre Mmes de Varnay et de Nanzac, qui semblaient ne pas vouloir se séparer, et il redoubla d'attentions et de prévenances pour elles, faisant même des frais d'esprit presque malsonnants en présence de la réserve un peu morose de ces dames.

« Il veut trop se faire valoir, se dirent-elles :
M. de Bretèche lui fait ombrage. »

Cependant Mme de Nanzac avait perdu confiance
cette fois en la sincérité des gracieusetés de M. de
Bretèche à son égard ; il lui avait semblé qu'il était
tellement épris de son amie, en devenant son sauveur, qu'elle se demanda s'il n'y avait pas une ma-
nœuvre politique dans son amabilité pour elle, afin
de donner le change sur ses véritables sentiments.

Cette idée, vraie au fond, et que sa perspicacité
féminine avait flairée, la ramena, malgré ses résolutions, à se laisser servir par M. de Lacor. Elle voulait, au moins par amour-propre, conserver celui-là,
dont elle connaissait l'ardeur secrète.

Pendant ce temps, nos voyageurs pédestres con-
tournaient la vallée de l'Enfer, perchés sur la crête
même des rochers.

L'aspect est splendide. L'œil plonge épouvanté
dans un abîme de déchirures à pic qui donne le
frisson ; un vrai chaos : les aiguilles basaltiques
s'avancent de tous côtés en silhouettes fantastiques,
en sorte que l'aspect change, au fur et à mesure que
l'on contourne cette gorge, comme une série de décors.

Le jeune homme jetait des exclamations d'admiration ; mais M. de Bretèche se plaisait à faire sym-
pathiser son cœur avec la désolation de cette nature,
rêvant des bonheurs inespérés, ou souhaitant se pré-

cipiter dans l'Enfer corps et âme, en se brisant sur les récifs acérés de cet abîme.

Ils reprenaient de temps à autre le petit sentier de chèvre, simple passe-pied à peine tracé un peu plus bas. Sur ce versant du midi est une seule pente d'une rapidité vertigineuse et qui semble à l'œil avoir des kilomètres de profondeur; elle arrive en plaine d'un seul jet; c'est d'un effet grandiose et imposant impossible à rendre. Il faut marcher avec précaution, car on ne pourrait plus s'arrêter dans une pente aussi uniforme, malgré l'herbe abondante qui lui fait comme un épais tapis.

A un endroit, une source rapide a mis le rocher à nu et creusé une rigole droite et rigide comme un rail de chemin de fer se perdant dans l'éloignement. Une formidable enjambée est indispensable pour franchir cette ravine et atteindre d'un bord à l'autre. Il faut de la hardiesse et du sang-froid pour ne pas avoir le vertige et ne pas se laisser tomber dans cette glissoire de plus d'un kilomètre; et l'étroitesse des robes des femmes leur rendrait ce mauvais pas infranchissable.

Plus loin se trouve un bloc de rocher arrondi au beau milieu du sentier, accompagné, en dessus et en dessous, de rocailles insurmontables, en sorte que le seul parti à prendre est de s'asseoir sur le bloc arrondi, de faire une évolution et de se laisser glisser avec une extrême précaution de l'autre côté dans le sentier qui reprend près d'un mètre plus bas.

5

Ce petit chemin est agrémenté, de temps à autre, de difficultés analogues; celles-ci suffisent pour le caractériser. Mais son effet pittoresque est tel que c'est, sans contredit, l'excursion la plus saisissante de la contrée. Malheureusement elle sera détruite prochainement, car une route carrossable est projetée de ce côté pour arriver au sommet même du pic de Sancy en voiture. Cette route sera certes d'un effet comparable à celle de la corniche de Nice à Gênes; mais adieu l'aspect sauvage et les petites péripéties des excursions pédestres qui vous laissaient un souvenir ineffable de cette nature et la satisfaction d'avoir presque fait quelque chose de grand.

Après avoir ainsi contourné la gorge de l'Enfer, nos voyageurs jetèrent un dernier coup d'œil sur l'espèce de muraille fantastique de rochers dentelés qui séparent cette gorge de la vallée de la Cour, et descendirent et remontèrent des sinuosités de plus en plus variées d'aspects, laissant çà et là des cimes élevées se dresser au-dessus d'eux sans les escalader. Ils arrivèrent aussi à dépasser le fond de la vallée de la Cour et finirent par regagner la crête de cette seconde gorge, qui se découvrit à leurs yeux avec sa tristesse et son aspect désolé. Çà et là, des déchirures subites et d'un aspect fantastique apparaissent encore. Ils longèrent les sommets de cette vallée et atteignirent le Puy-de-Cliergue; ils le tournèrent, et Pierre de Rives jeta une exclamation de surprise en se reconnaissant; car il était déjà venu jusque-là après avoir monté le pic du Capucin, et c'est de cette hauteur qu'un détachement de la caravane avait quelques jours auparavant agité des mouchoirs pour arrêter la marche de la cavalcade des dames, et que le cheval de la petite marquise s'était abattu en s'avançant au galop.

M. de Bretèche se fit raconter, en détail, toutes les circonstances de cette première chute, et les secours que le baron avait portés à Mme de Varnay. Il en profita pour faire causer le jeune homme sur l'attitude de chacun, sans éveiller de soupçons, ce qui lui fut facile en colorant ses questions d'un intérêt tout amical.

Ils arrivèrent au pied du cône du Capucin et redescendirent par le chemin boisé que nous avons vu parcourir à notre petite caravane dans sa première excursion.

Quand Pierre rentra à l'hôtel on était à table, et son arrivée fut un événement. En l'absence de M. de Bretèche, descendu à un hôtel voisin, on lui fit narrer sa promenade, et l'imagination enflammée du jeune homme raconta des merveilles sur le pittoresque des gorges de l'Enfer et de la Cour, si bien qu'on résolut d'aller les visiter dès le lendemain.

VI

GORGES DE L'ENFER ET DE LA COUR

Mme de Varnay fut un peu surprise, le lendemain, de ne pas voir M. de Bretèche apparaître après le déjeuner : car, tout embarrassée qu'elle fût de la passion qu'il montrait et de ses propres sentiments, elle le sentait si sincère, si fortement épris et si malheureux, que, tout en désavouant cet amour de toutes ses forces, elle n'avait point résolu encore de fuir pour y échapper.

C'est que, précisément à cause du respect que M. de Bretèche s'était imposé vis-à-vis d'elle, il lui avait paru plus prudent de se tenir à l'écart, surtout au lendemain de cette scène au pic Sancy qui les avait rapprochés si inopinément. Il se sentait bouleversé à sa vue, craignait de trahir ses émotions, malgré toute son expérience du monde : car il savait aussi qu'il n'y a pas d'expérience pour le cœur, et que, quand l'amour est devenu un feu intérieur, comme une flamme inconsciente, il peut tout incendier à un moment donné, sans plus rien respecter.

Puis il craignait que la marquise ne fût mécontente de sa venue au Mont-Dore, et, tout en pensant qu'une retraite subite eût paru ridicule maintenant, il supposait que pour elle-même une journée d'éloignement la mettrait plus à l'aise après les événements de la veille, car le temps est un grand maître qui modifie toutes choses de jour en jour.

Il résolut donc de s'abstenir ce jour-là. Toutefois il découvrit facilement leur projet d'excursion de la fenêtre même de la chambre qu'il occupait et qui donnait aussi sur la place.

A travers ses persiennes il vit les préparatifs du départ et saisit les conversations et projets de visiter les gorges de la Cour et de l'Enfer par les vallées. Il entendit même le jeune Pierre déplorer de ne pas l'avoir pour guide comme la veille, et Mme de Nanzac le prier de se mettre à sa recherche. Le marquis de Varnay avait même ajouté avec sa voix sonore et rude :

« Est-il original et sauvage, ce Bretèche! Je vous demande un peu pourquoi il ne vient pas se joindre à nous ? »

M. de Bretèche n'eut que le temp de s'esquiver de l'hôtel pour ne pas être mis en réquisition, d'autant plus que les guides faisaient un peu défaut; celui de l'hôtel était parti dès le matin pour le lac Pavin, n'ayant point été retenu, et le vieux guide laissé pour le remplacer paraissait un peu insuffisant.

Comme il n'y avait pas d'ascension en perspective
et que l'on supposait que bien des détails de ces gorges ne pourraient être visités qu'à pied, on s'em-
barrassa du moins de montures que l'on put. Il n'y
eut que les dames qui eurent peur de voir leur
forces les trahir qui prirent des chevaux et même des
ânes, comme les enfants.

M. de Bretèche gagna les bois par le pont qui est
au bout du parc et en suivant un chemin couvert à
mi-côte qui aboutit au pied du Puy-de-Cliergue : il
espérait prendre assez d'avance pour ensuite atteindre
les lacets de la mine d'Alun sans être vu, et parvenir
aux crêtes de l'Enfer pendant qu'on visiterait la
gorge de la Cour. Une fois là, à ces hauteurs inac-
cessibles à notre caravane, il se blottirait entre deux
pics de rochers, et de ce belvédère, à l'aide d'une
longue-vue, il pourrait contempler Mme de Ver-
nay pendant tout le temps qu'elle visiterait la
gorge de l'Enfer, observer sa manière d'être et
étudier ses impressions. Oh! ce n'était point qu'aucune jalousie eût traversé son âme anxieuse et que
l'espionage fût dans l'allure de cette noble nature!
Quelque chose d'indéfinisable lui disait, du reste, que
la petite marquise était bien véritablement vertueuse,
et que, si elle venait à céder à un entraînement, ce ne
pourrait être que pour lui; mais il lui importait
d'examiner si elle serait rêveuse ou enjouée, triste de
son absence et émue encore de l'événement de la

veille et il se disait avec raison que cette nature
vive, sincère et enthousiaste se trahirait bien d'elle-
même de quelque manière. Et, en outre, le besoin
insatiable de la contempler, qui l'avait entraîné sur
ses pas jusque dans ces parages, le dominait surtout.

Pendant qu'il arpentait le terrain à grand pas rempli de ces pensées, nos promeneurs s'acheminaient
paisiblement dans la vallée déjà parcourue la veille
pour se rendre au Sancy. Mais, pour ne pas suivre la
même voie, au lieu de prendre le chemin tracé qui
passe au bas de la grande cascade à gauche de la
vallée, ils descendirent dans les prairies et longèrent
sur la droite les bois mêmes qui abritaient M. de
Bretèche au pied du pic du Capucin, en profitant
parfois de leurs ombrages. Arrivés au chemin qui
conduit au Puy-du-Cliergue, qui semble dominer
l'entrée de la gorge de la Cour, les pentes se dénu-
dent et la sévérité de ces gorges commence déjà à
se faire pressentir.

Mais les ombrages devinrent inutiles pour se préserver du soleil, car les nuages s'amoncelèrent tout à
coup et le ciel s'assombrit partout, semblant vouloir
s'harmoniser avec la tristesse de ces lieux. L'inquiétude d'un orage prochain fit questionner le vieux
guide, qui, faute d'agilité, avait l'expérience sur l'intérêt que pouvait présenter la visite de la vallée de
la Cour et de la durée du temps nécessaire pour cela ;
et, bien que cette vallée soit dénommée par Joanne le

vestibule des gorges de l'Enfer, et qu'il soit par conséquent préférable de la visiter la première, on aima
mieux cependant brusquer le dénouement en ex-
plorant d'abord l'Enfer même, qui était le but principal de l'excursion. Puis au retour, si le temps se
maintenait comme le pensait le guide, on visiterait
la vallée de la Cour.

Ce changement déjoua les projets de M. de Bretèche, qui, du bas des lacets, vit la petite caravane s'arrêter aux burons qui sont dans l'intervalle séparant
l'entrée des deux gorges et y laisser les ânes et les
chevaux. Il dut alors renoncer à gravir les lacets, ce
qui l'eût mis à découvert ; il se retira donc dans les
hauts buissons qui pouvaient le protéger, et attendit les événements.

En effet, les promeneurs traversèrent la Dogne, qui
coule en cet endroit, et M. de Bretèche les vit passer.

Nos excursionnistes, en admirant cette nature
tourmentée, arrivèrent au coude, presque en angle,
que fait cette gorge ; là, ils n'avancèrent plus que
pas à pas, sur les éboulis de pierres, en contemplant
les profondeurs d'où sort la Dogne.

Un effet d'acoustique se fit alors remarquer : la
voix avait une résonnance extrême du fond de cet
énorme entonnoir, les sons étaient répercutés un peu
de tous côtés, et semblaient rebondir sur les facettes
anguleuses des rochers, ou faire écho au fond des
profondes crevasses qui se succédaient.

Les parois de rochers, parfois assez minces et dé-
chiquetés, qui séparaient ces profondeurs, éveillaient
l'idée de décors de coulisses d'un gigantesque théâtre.

L'attention se porta ensuite vers les crêtes élevées,
ce qui amena un autre genre d'admiration : ce fut la
contemplation de la hauteur de ces colonnes basaltiques, partant du fond du ravin pour s'élever
comme des flèches de cathédrales gothiques, dont les
déchirures capricieuses peuvent tenir lieu de den-
telures architecturales. Vues à distance, ces masses
perdent de leur importance par le nombre ; mais,
quand on s'approche davantage, l'élévation s'exagère
encore pour vous écraser de leur effet. Certaines
d'entre elles, en surplombant, semblent prêtes à se
renverser sur vous. Cette impression est saisissante.
Nos visiteurs, en avançant progressivement, avaient
d'abord été absorbés par les curiosités des ravins qui
se creusaient en tous sens autour d'eux ; mais cette
exploration des cimes élevées fut une nouvelle révé-
lation de ces beautés fantastiques, et, l'enthousiasme
les gagnant par leur admiration mutuelle, ce fut
une série d'exclamations de ravissement.

A cela venait se joindre le ciel sombre et l'orage
qui semblait planer sur leurs têtes. Si l'on perdait
les oppositions de lumière que Pierre racontait avoir
vues la veille des hauteurs, cette harmonie de l'atmosphère avec la nature de ce décor gigantesque
rendait la scène peut-être plus saisissante encore.

5.

Le soleil, du reste, ne visite jamais le fond de ce noir Tartare, et les *Echirs* [1], qui la visitent souvent, lui ont fait donner les noms caractéristiques de *gorge de l'Enfer* et de *chemin du Diable*.

Comme du haut du pic de Sancy, la petite marquise finit par être pénétrée de ce spectacle. Les détails qui la préoccupaient à l'intérieur et à l'extérieur s'évanouirent devant l'impression générale, et, restant seule en arrière, elle se laissa encore aller à une de ces extases d'admiration que produit l'amour. Mais, si au sommet du Sancy, où le signe de la rédemption triomphe, elle eut une vive extase qui fut un rêve du ciel, là, dans ces profondeurs qui semblaient être la porte des Enfers, elle eut une extase de terreur. Ce sentiment, qui l'étreignait malgré elle, l'illuminait toujours pour lui faire admirer ces horreurs terribles ; mais cette fois la pensée de son amour se dressa aussi devant elle, grande et sombre comme ces noires et colossales pyramides.

Elle se mit un instant le front dans les mains, puis, dans une immobilité complète, elle sembla, comme la femme de Loth, s'être pétrifiée. Mais bientôt deux grosses larmes s'échappèrent le long de ses joues ; elle poussa un long soupir, porta son manchon à son visage, et regagna à pas lents ses compagnons de route.

---

1. Tempêtes de neiges.

Elle n'avait dû ces moments d'isolement qu'à la distraction admirative de chacun, et aux attentions de M. de Lacor pour Mme de Nanzac, qui s'était laissée absorber un peu par ses paroles galantes.

Quand notre petite troupe fut revenue au coude de la vallée de l'Enfer, le marquis de Varnay et le vicomte de Nanzac questionnèrent le guide sur la possibilité de passer dans la gorge de la Cour, qui se trouvait si près d'eux ; car elle n'en était séparée que par une chaîne étroite de monticules et de rochers, tandis que son entrée était à deux kilomètres de là, et qu'il fallait la parcourir ensuite pour revenir au point de départ. N'aurait-il pas été préférable, disait Pierre de Rives, qui en avait exploré les hauteurs la veille, d'escalader un des cols les moins élevés qu'ils avaient devant eux, et de se trouver ainsi tout de suite transportés presque au fond de cette gorge de la Cour ?

Le guide répondit que tout cela était exact, en effet, mais que cette escalade était impraticable et ne s'était jamais faite.

« Baste ! dirent ces messieurs, pourquoi ne la tenterions-nous pas ? L'orage pourrait bien venir, il faut gagner du temps ; c'est la seule ressource qui nous reste pour visiter cette vallée. Ces dames n'y tiennent pas, cette excursion serait de toute manière fatigante pour elles, et ne vaut pas la peine qu'on y revienne un autre jour. »

L'escalade semblait si facile à l'œil, que ces messieurs ne voulaient pas croire à la difficulté prédite par le guide.

La dernière échancrure ne semblait pas être élevée de plus de 40 à 50 mètres. C'était rapide, c'est vrai ; mais enfin, ce n'était pas vertical. Pour gravir le mont Blanc on pratique bien des centaines de marches dans la glace, au fur et à mesure que l'on monte sur des pentes telles que les bords du chapeau de l'un touchent aux talons de l'autre.

On se décida à tenter l'aventure. Il est vrai qu'on n'avait pas de cordes pour s'attacher, comme pour l'ascension du mont Blanc; mais les hommes restèrent en arrière pour arrêter les dégringolades qui pourraient arriver, et toute la jeunesse partit en avant, filles et garçons, malgré les réclamations des mères. Mmes de Rives, Laurin et de Sauval, ainsi que Mmes de Varnay et de Nanzac, restèrent, devant se rendre paisiblement aux burons, par où l'on était venu, où elles trouveraient un gîte pour attendre la joyeuse bande qui devait les rejoindre par la vallée de la Cour.

L'entrain était tel qu'avant de pouvoir entendre les recommandations maternelles, les enfants étaient déjà à l'escalade.

Au commencement, tout alla encore assez bien: on était tout feu, tout ardeur; mais les jarrets se fatiguèrent, et l'on n'avait pas franchi 20 mètres, que, sans les bâtons ferrés, on n'eût pû se maintenir.

Le fou rire s'empara de tout le monde, et l'on ne pouvait plus avancer. Quelques dégringolades s'ensuivirent, mais ce ne furent que des glissades sur l'herbe, que l'arrière-garde arrêta ainsi que c'était convenu ; cependant il est à croire qu'on en serait resté là sans la plus jeune des petites de Rives, âgée de quatorze ans seulement. On la vit bientôt à quelques mètres en avant ; on eut honte de se laisser dépasser par une petite fille. Elle annonça, du reste, qu'il croissait là une espèce de petit arbuste auquel on pouvait s'accrocher, et qui était d'un grand secours. Alors toute la troupe d'enfants se mit à se pousser et se tirer, se retenant avec les mains, si bien qu'ils atteignirent les petits arbustes annoncés et s'y cramponnèrent solidement ; les hommes suivirent.

Ces petits arbustes rampants étaient le *myrtille* ou *airelle*, très répandu dans ces parages ; c'est une espèce de myrte à feuilles longues, portant un petit fruit aigrelet sous forme de petites grappes noires, dont les grains sont moitié moins gros que les raisins, et que les bergers et les guides mangent très bien.

Ces petits fruits abondaient, et la jeunesse s'en délecta en reprenant haleine. Ce leur fut un rafraîchissement salutaire, car la sueur perlait déjà sur tous les fronts. Mais ils n'étaient pas au bout de leurs peines : arrivés à mi-chemin, il se trouva une paroi complètement verticale, d'un mètre d'élévation environ.

La jeune Louise, malgré tout l'amour-propre qu'elle mettait à garder la tête de la colonne, fut arrêtée court. Il y eut un moment de découragement général; mais il était si désagréable de redescendre, et si humiliant d'être vaincu! On dut cependant se concerter, et, après avoir formé un plan, tous crièrent: « A l'assaut! » Les pères firent la courte-échelle aux enfants, et, grâce à ce bienheureux myrtille, qui ne faisait pas défaut, on s'accrocha vigoureusement aux petits branchages résistants et bien enracinés. Ce fut une véritable escalade, digne des temps homériques, et un spectacle émouvant pour les mères, qui tremblaient de frayeur. Ceux qui avaient trouvé un point d'appui solide soutenaient les autres; ceux qui avaient passé le mauvais pas tendaient la main à ceux qui le franchissaient, tout en se tenant accrochés. Quelques mouchoirs même servirent de cordes, et au bout d'un quart d'heure de lutte, il ne restait plus que le baron de Lacor, qui avait dû suivre les hommes, tout en déplorant cette malencontreuse idée qui le séparait de Mme de Nanzac, dont la présence était pour lui tout le charme des excursions. Mais il luttait sous ses yeux et combattait vaillamment. Dans le plan d'attaque, on avait compté sur le vieux guide pour faire en dernier lieu la courte-échelle, au risque de le renvoyer après, si on ne pou-

vait le faire passer. Mais à ce moment on fut étonné
de ne plus le voir, et l'on pensa qu'il s'était enfui à
la dérobée après sa déclaration. Le fait est qu'on
n'avait rien à lui reprocher quant à son opinion,
et qu'il fallait bien reconnaître que ce n'était pas là
un chemin praticable au commun des martyrs.
M. de Lacor avait aussi une raison suffisante pour
redescendre vers ces dames, ce qu'il semblait se disposer à faire, lorsque la petite marquise, trouvant
sans doute que sa présence près d'elles serait mal-
sonnante et pourrait inquiéter le vicomte de Nanzac, se mit par ses gestes [et sa voix, à se moquer
de lui, et fit faire chorus à son amie. Alors le pauvre
baron en fut réduit à se piquer d'amour-propre
pout exécuter un véritable tour de force, et trouva
ces dames tout juste aimables avec leurs en coura-
gements. Enfin :

A vaincre sans péril, on triomphe sans gloire ;

il saisit donc fortement tout ce que ses mains purent
embrasser de myrtilles et, à la force du poignet, il se
hissa jusqu'à ce que ses genoux pussent atteindre un
point d'appui. C'était, en vérité, un beau fait de gym-
nasiarque, et il eut la satisfaction d'être chaleureusement applaudi d'en haut et d'en bas. Toutefois il
n'eût pu se maintenir dans la position périlleuse
qu'il avait acquise sans le secours de ses voisins,
qui lui prêtèrent main-forte.

On continua l'ascension bien péniblement, mais il
ne se présenta plus de difficultés aussi sérieuses.
Pendant ces évolutions, la petite Louise tenant à son
idée d'arriver la première, avait continué à gravir
toute seule et touchait presque le sommet qui semblait devoir offrir un repos fort désirable ; encore
quelques minutes et elle y fut ; l'on vit alors le vent
fouetter fortement son visage et faire flotter ses longs
cheveux et ses jupes courtes. Elle se retourna, faisant des gestes un peu désespérés, paraissant avoir de
la peine à se tenir debout et ne pouvant se faire entendre, tant le vent était impétueux ; mais comme la
descente paraissait encore plus difficile et plus périlleuse que le reste de l'ascension, on continua à gravir et on finit par atteindre ce col diabolique, qui
méritait bien son nom.

On comprit alors le désespoir de la petite Louise,
car au lieu de rencontrer la moindre esplanade où
l'on pût se reposer, on se trouvait sur une véritable
arête. La pente de l'autre côté était aussi rapide, en
sorte qu'on était placé comme sur le faîtage d'une
toiture élancée où il n'était guère possible de se maintenir à moins de se mettre à califourchon, et encore
la violence du vent ne l'eût guère permis.

Heureusement que si l'autre versant eût été difficile à gravir, il était plus facile à descendre.

On fit donc en un instant un suprême adieu du
geste à ces dames sans pouvoir davantage leur ex-

pliquer la situation, et tous se hâtèrent de descendre
cet autre revers de quelques mètres pour n'être plus
bafoués par le vent. Ils s'arrêtèrent alors pour se reconnaître un peu, en maugréant contre le guide qui
avait promis de les suivre et qui avait emporté avec
lui une grande fiole de liqueur du Mont-Dore, qui
eût été très réconfortante. Mais à ces plaintes, le
vieux guide répondit tout. à coup en sortant d'un
trou òù il était à l'abri. Il raconta qu'il était allé passer à vingt mètres plus loin dans une ravine remplie
de ronces et de boue, et que jamais il n'avait rien
fait d'aussi difficile dans sa vie; qu'il y avait qua-
rante ans qu'il était guide au Mont-Dore, et il affirma
qu'aucun être humain n'avait encore jamais passé
par là, pas mêmes les chèvres, et que les oiseaux du
ciel avaient seuls jusque-là franchi ce col. Ce compliment, dont il avait sa part, parut bien un peu
outré, mais la jeunesse bondit de joie en apprenant
sa prouesse; aussi la liqueur du Mont-Dore, si
heureusement retrouvée, fit oublier toutes les fatigues et le mal qu'on s'était donné. Quelques-uns
prirent des notes et voulurent enregistrer le nom
de ce guide pour ajouter de l'autorité à leurs hauts
faits.

« Comment vous appelez-vous, mon bonhomme?
lui dit-on?

— Quoidon, répondit-il.

— On vous demande votre nom, lui répéta-t-on.

— Quoidon, vous dis-je.

— Il est sourd, il n'entend pas ; quel est votre nom, lui cria-t-on à l'oreille?

— Je vous dit que c'est : Quoidon. Quoidon est mon nom. »

L'hilarité fut générale, et l'on but à la santé de Quoidon.

« Merci bien, répondit-il, mais un petit verre me ferait plus de bien.

— Bravo! bravo! »

Et on lui versa un petit verre.

« Je vous salue bien de tout mon cœur.

— Hourra! pour le père Quoidon, qui ne doute de rien après nous, cria Pierre. »

Et l'on reprit la descente avec mille précautions et bien des zigzags, car on était sur une pente de plus de 5o centimètres par mètre. Enfin on arriva sans accident ni péripéties, tout doucement, au bas, et en s'avançant on découvrit la vallée de la Cour qui s'étendait aux regards dans sa morne tristesse.

C'est un immense cirque de 1,200 mètres de longueur environ sur 6oo mètres de largeur, formé de gradins superposés de gisements de' trachyte ; le tout revêtu uniformément d'un épais gazon spongieux et noirâtre. Autant la gorge de l'Enfer, déchirée de rochers anguleux, est variée d'aspects et de couleur, autant cette gorge est uniforme et triste, malgré les quelques ruisseaux qui la traversent. L'un deux prend naissance au pied du Puy-du-Cliergue, qui s'élève à 1,667 mètres.

Si l'effet est grandiose, il est si peu varié que nos excursionnistes renoncèrent à s'avancer jusqu'au fond, qu'ils voyaient du reste parfaitement.

Une brume épaisse, un véritable nuage, s'abattit sur eux pour achever de rendre l'aspect lugubre et sombre.

On suivit les bords de la Cliergue, qui devient un véritable torrent. Cette gorge enveloppe celle de l'Enfer, et, comme elle, fait un mouvement tournant, presque anguleux, pour tomber dans l'artère principale, qui est la vallée du Mont-Dore, près des burons, où l'on s'est donné rendez-vous.

Pendant cette retraite de plus de 2 kilomètres, que sont devenues les dames restées dans la vallée de l'Enfer?

Une fois que la bande aventureuse eut disparu à leurs regards comme une volée d'oiseaux, elles durent renoncer à toute surveillance et elles reprirent le chemin du retour.

Mais Mmes de Varnay et de Nanzac restèrent un peu en arrière à dessein pour causer plus librement, car leurs cœurs étaient agités, à l'une et à l'autre, de mille inquiétudes, de désirs contradictoires, et, sans se les ouvrir encore complètement, elles étaient cependant dévorées d'un besoin d'épanchement sur l'objet qui les tourmentait.

Elles laissèrent donc leurs compagnes prendre le devant, et bientôt elles les perdirent de vue, se sachant du
reste le temps d'arriver encore trop tôt aux burons,
où elles ne seraient plus libres de causer entre elles;
la contemplation des beautés de cette gorge, du reste,
était bien préférable.

M. de Bretèche était resté instinctivement dans
ces parages, comme poussé par une fatalité, car
en amour plus qu'en autre chose il semble qu'il y
ait une destinée à laquelle nous ne pouvons échapper, et il ne nous reste souvent que le libre arbitre
de la résistance finale.

Des bosquets où il s'était retiré, il avait aperçu
l'escalade de ce dernier petit col pour passer dans la
vallée de la Cour, et le retour d'un groupe de dames
entrant aux burons. Il ne douta pas un seul instant
que Mmes de Varnay et de Nanzac ne fussent avec
elles, et, croyant le champ libre, il s'avança dans la
gorge de l'Enfer, lieux désolés qui semblaient sympa-
thiser avec ses tristes pensées. Il marchait donc d'un
air consterné et abattu, absorbé dans ses réflexions.

Mmes de Varnay et de Nanzac l'aperçurent bien
avant qu'il les vît.

La petite marquise commençait à s'ouvrir à son
amie sur les sentiments qu'elle lui prêtait. Son apparition subite la fit tressaillir au point que, par un
mouvement instinctif, elle se cramponna à Mme de
Nanzac.

« Qu'as-tu ? » lui dit cette dernière.

Mathilde, visiblement troublée, ne répondit pas.

« Que veut dire ce trouble ? continua-t-elle...
Mais alors tu l'aimes ? »

Et Mathilde continua à garder le silence en baissant la tête.

« Peu importe, du reste, finit-elle par dire. Regarde son visage bouleversé, son aspect accablé, abattu. Quel air consterné, mon Dieu ! Je tremble que cette passion sans espoir qu'il a conçue pour moi ne lui fasse prendre quelques déterminations désespérées.

— Oh ! peux-tu t'effrayer ainsi ! Les désespoirs d'amour sont bien rares de nos jours, ma chère !

— Oui, mais précisément ce n'est pas un homme de nos jours, et j'ai à redouter quelques partis extrêmes de sa part ; aussi, tout en voulant rompre cette liaison dangereuse, je dois y apporter toutes sortes de ménagements. Une rencontre avec lui est maintenant inévitable. »

A ce moment, M. de Bretèche, sortant de la rêverie qui l'absorbait, leva la tête et, à leur vue, il tressaillit de son côté, ce qui n'échappa point à l'observation de ces dames. Ils s'abordèrent.

« Comment, dit-il, vous ici, seules, isolées, par ce temps sombre, dans cette gorge ! Quelle imprudence ! Me permettez-vous de me mettre à votre service ?

— Non, répondit la petite marquise, soyez sans

inquiétude, nous nous tirerons d'affaire; ces messieurs et ces dames sont là aux burons. Mais donnez-
moi de vos propres nouvelles; vous avez l'air souf-
frant et... triste.

— Oh! cela n'est rien, Madame, un peu de fatigue seulement, et votre sollicitude me touche.
Veuillez, je vous prie, ne pas vous en préoccuper.

— Mais pourquoi nous fuyez-vous ainsi?

— Mais, Madame, j'ai cru mieux faire, » dit-il
avec embarras.

Mme de Nanzac, qui comprenait la gêne que
sa présence pouvait occasionner dans cette circonstance, s'éloigna de quelques pas sans affectation
pour cueillir une fleurette, et de fleurette en fleurette
s'écarta sensiblement sans abandonner complètement
son amie, qui comprit la délicatesse de sa manière
d'agir.

« Venez nous voir à l'hôtel, je vous y autorise et
vous le demande même, car votre abstention, après
être venu ici, serait inexplicable. Et quel est donc le
motif qui vous a déterminé à venir me rejoindre au
Mont-Dore?

— Ah! chère marquise, pardonnez à ma folie! Si
j'étais seul avec vous, je me jetterais à vos pieds pour
implorer mon pardon. Que voulez-vous, je vous
aime comme un fou...

— Allons, allons, interrompit-elle, ce n'est pas le
moment de me faire une déclaration d'amour. Mais

ne nous fuyez pas ainsi les jours suivants, nous pourrons causer, et vous m'expliquerez votre conduite plus facilement que vous ne pourriez le faire en ce moment.

— Oh! pardon! je sais que le plus grand amour que je pourrais vous montrer serait de taire le mien, et même... de m'enfuir. Mais je suis encore loin d'avoir cette force sur moi-même, puisque je suis venu vous rejoindre ici malgré vous et... malgré moi. Et si, aujourd'hui, je me suis séparé de vous, c'est que j'ai cru que cela était préférable après la rencontre inopinée qui nous a réunis sur le sommet du Sancy d'une manière si imprévue et si émouvante pour mon pauvre cœur. J'ai craint, après cela, pour moi et pour vous-même, que ma présence près de vous ne fût une gêne avant que le temps ait pu apaiser toute émotion.

— Si les circonstances sont venues à votre insu trahir la réserve de nos sentiments, il n'en faut pas moins continuer à vivre comme tout le monde et dissimuler toute impression. Ne nous fuyez plus ; venez dès ce soir à l'hôtel, car il nous faudra forcément, mon pauvre ami, nous expliquer sur une situation qui ne peut durer. »

Les larmes gagnèrent M. de Bretèche. La petite marquise lui tendit la main avec bonté ; il la prit et la porta à ses lèvres avec transport.

« Il est temps que je vous quitte, dit-elle ; dans

une demi-heure nous allons tous être réunis aux
burons. »

Et elle rejoignit Mme de Nanzac, le laissant à ses
réflexions en poursuivant son chemin dans cette
gorge désolée.

Les deux amies se prirent le bras sans rien dire et
hâtèrent le pas. Elles arrivèrent aux burons au moment où l'on sortait de la gorge de la Cour. C'était
tout ce qu'elles souhaitaient, afin d'échapper aux
questions qu'eût occasionnées un retard.

Du reste, les enfants, en retrouvant leurs mères,
avaient tant à raconter sur leur escalade du col
qu'ils absorbèrent l'attention générale.

VII

LES BURONS

Toute la caravane au grand complet se trouva réunie aux burons.

On appelle ainsi des espèces de chalets moitié pierre, moitié bois, grossièrement construits au milieu des pâturages; ils sont spécialement destinés à faire le beurre, dont leur vient le nom de *burons* et *burots*. C'est aussi dans ces établissements qu'on fait les fromages renommés de cet endroit, dont certains prennent des proportions énormes, pesant 10 kilogrammes et plus, selon les époques, car il paraît que, dans les annales des fromages, il y a eu des modifications et que leur forme et leur volume ont eu aussi une mode.

On donne aussi ce nom aux bâtiments de fermes, avec raison, car la pièce importante est bien toujours le buron, où se font le beurre et le fromage, le grand produit après les élevages.

On a même appelé, par imitation aussi, *burons* les

6

petites cabanes ambulantes des bergers, montées sur
des roues, qui leur servent d'abri et qu'ils transportent
avec les barrières légères formant *parc* où ils ras-
semblent leurs troupeaux la nuit, et qui est leur
unique demeure pendant l'été.

`Les propriétaires des burons logent misérablement
soit au-dessus, dans le grenier, soit à côté, dans une
autre masure analogue ou dans les environs.

Nos touristes pénétrèrent donc dans l'intérieur du
buron, d'autant plus que la pluie commençait à
tomber; mais la première impression est navrante.
Ce réduit, long environ de 10 mètres et large de 5
(c'est ordinairement leur dimension), n'est en général
éclairé que par la porte, qui est toujours à une extrémité opposée à la vaste cheminée placée à l'autre.
Cette porte était pleine, et le propriétaire la referma
à cause du vent et de la pluie.

Alors on se croit dans l'obscurité. Mais la lumière
filtre cependant un peu partout : par-dessus et par-
dessous la porte, entre les planches disjointes et les
intervalles des chevrons appuyés sur la muraille,
par des trouées pratiquées soit pour empêcher la fumée, soit pour la laisser s'échapper. Les yeux finissent par se faire à cette pénombre, et les indigènes
trouvent que c'est suffisant pour eux et même pour
vous montrer ce qui sert à faire le beurre et le fromage.

Alors vous distinguez surtout un côté de la lon-

gueur, et quelquefois des deux côtés, des rangées de
récipients en bois de sapin installés sur un banc le
long de la muraille, variant de grandeur, mais toujours ronds. Ils ont l'aspect de petits tonneaux coupés en deux, soigneusement couverts et ayant des
chantepleures. C'est dans ces vaisseaux que se font le
beurre et les préparations successives de lait fermenté
qui finissent par faire la motte durcie appelée fromage.

Si l'aspect de ces burons est désolant à voir avec
son sol en terre nue, à peine aplani, et ses habitants
presque en guenilles, il faut reconnaître que tous ces
ustensiles pour le beurre et le fromage contrastent
par leur excessive propreté.

Nous nous contentons de donner un aperçu de cet
ensemble sans entrer dans les détails de la fabrication
et de la vie de ces gens et de leurs troupeaux, toutes
choses pleines d'intérêt, mais qui nous feraient faire
un cours d'agriculture locale, et nous avons entrepris de raconter seulement l'histoire de quelques
âmes tourmentées par les passions humaines pendant
leur séjour au Mont-Dore, et de décrire succinctement
le cadre trop intéressant, pour être passé sous silence,
où elle s'est écoulée.

Une fois la visite faite, les explications entendues,
on chercha à s'installer pour se réconforter un peu.
Mais il n'y avait qu'une longue bancelle, une petite
table et, pour se sécher, plus de fumée que de feu.

Comme charme, cela n'avait vraiment que celui d'avoir un caractère bien local. Cependant, ces pauvres gens, sachant que leurs denrées et leurs services seraient largement payés, se mettaient en quatre pour satisfaire leurs hôtes. Ils apportèrent du vin aigrelet enfoui dans on ne sait quel trou, puis d'excellent lait tout frais tiré. On le but dans les verres comme le vin. D'autres égrenèrent du gros pain bis dans de grandes jattes en bois remplies de lait, par petits groupes mangèrent à la gamelle en prenant tout en riant et en se moquant de ceux qui n'étaient pas contents. Mais il n'y avait pas place pour tous; la jeunesse prétendit qu'elle étouffait, elle préféra, malgré la pluie, aller au bord du torrent de Cliergue se blottir sous des parapluies, se désaltérer dans l'eau du torrent et y manger les quelques provisions dont on avait chargé le pauvre Quoidon, de plus en plus étonné de cette manière de se divertir; mais la gaieté assaisonnait tout cela.

Le temps se releva, du reste, la violence du vent chassa les nuages et l'on put se remettre en route. On prit le chemin sous bois dont nous avons parlé, qui est à mi-côte des pentes descendant du Capucin et qui aboutit au parc même du Mont-Dore. Mais c'est une promenade encore de 3 kilomètres. Les dames avaient repris leurs montures laissées aux burons, et cheminaient sous la feuillée humide. Un pâle rayon de soleil vint faire scintiller quelques moments toutes les perles de rosée, pour disparaître bientôt et laisser notre caravane dans un clair-obscur attristant, malgré la végétation luxuriante des bois sur toute cette bordure. La terre, qui s'était un peu détrempée dans certains endroits, et l'escalade du col du Diable, comme notre troupe l'appelait maintenant, avaient couvert de boue jusqu'aux genoux la plupart des promeneurs.

« Pour qui va-t-on nous prendre en nous voyant arriver ainsi faits au parc ? dit Mme de Nanzac au baron, qui se trouvait à proximité d'elle.

— On nous prendra pour des damnés, Madame, revenant de l'Enfer et ayant pénétré jusque dans le cercle de la boue, oublié par le Dante.

— C'est bien un véritable enfer, en effet, que cette gorge, poursuivit la petite marquise, qui ne quittait pas son amie, et un endroit propice pour y souffrir ; ceux qui ont des peines devraient se réfugier là pour méditer sur leurs douleurs.

— On dirait en vérité, marquise, que vous êtes bien malheureuse, du ton navré que vous prenez pour dire cela.

— Qui n'a des peines en ce monde ? reprit Mme de Nanzac.

— Des peines de cœur, Madame, dit le baron : ce sont les seules véritables.

— Le cœur se mêle à toutes les peines chez les femmes.

6.

— Chez les femmes sensibles?

— Vous ne savez guère si je le suis, Monsieur, dit assez sèchement la vicomtesse. Je crois, au contraire, avoir une assez bonne dose de philosophie. »

Le baron parut choqué de cette réponse, qui semblait être à son adresse; il la regarda avec une expression de reproche, et, s'adressant à la petite marquise :

« Oh! pas autant de philosophie que Madame, n'est-ce pas?

— Et à quoi voyez-vous cela, s'il vous plaît, Monsieur?

— Mais, marquise, je le vois à votre air résolu, à la décision qu'a votre regard. Et j'imagine que vous devez facilement prendre un parti et réserver pour vous les peines ou les jouissances que vous ressentez.

— Hé bien, ne trouvez-vous pas que c'est ce qu'il y a de mieux?

— Oui et non.

— Comment! oui et non. Expliquez votre pensée.

— Marquise, elle est très complexe, ma pensée : j'admire cette philosophie chez vous, mais je la blâme chez Mme de Nanzac.

— Hé! grand Dieu, pourquoi? exclama Mme de Nanzac.

— Pourquoi, chère amie? interrompit la petite marquise. C'est bien simple : c'est parce que Monsieur loue chez moi une réserve qu'il ne voudrait pas avoir à louer chez toi; c'est le plus bel hommage qu'il puisse rendre à tes charmes.

— O marquise, je ne dis pas cela, reprit le baron avec embarras.

— Non, mais vous le pensez! »

Ce marivaudage fut brusquement interrompu par le vicomte de Nanzac, qui en avait saisi quelques bribes, et quoique faisant de vaillants efforts pour maintenir sa jalousie dès lors que sa femme ne semblait plus y donner prise, mais qui ne laissait pas que de s'inquiéter des belles paroles et des attentions persistantes du baron. Pour le moment, il rendait à celui-ci un fier service par son arrivée, car le pauvre baron se trouvait un peu enferré par l'esprit de la petite marquise dans un dilemme scabreux, où elle l'avait poussé à dessein pour l'obliger à s'expliquer ou à reculer, et, de toute manière, pour le morigéner sur sa conduite trop galante à l'égard de son amie.

MM. de Lacor et de Nanzac partirent ensemble, et, les deux amies restées à l'écart, la petite marquise, dont le cœur était aussi tendre que sa résolution était ferme, se hâta de rapprocher son cheval de son amie, de lui serrer la main et de lui dire presque les larmes aux yeux :

« Oh! pardon, chère amie, je me mêle de combattre pour toi lorsque je faiblis moi-même! C'est bien illogique, n'est-ce pas? Mais ne m'en veux pas, car je désire pour toi tout le vrai bien que je souhai-

terais à moi-même. Mais il est facile d'être plus fort
pour les autres que pour soi... quand le cœur est
de la partie, et je n'ai pas le droit, en somme, de te
faire meilleure que tu ne voudrais. Mais laisse-moi
pousser la pensée qui m'obsède jusqu'au bout : M. de
Lacor m'afflige pour toi doublement, car je crois
qu'il manque de sincérité dans ses sentiments ; en
sorte qu'en faiblissant, pauvre amie, hélas! je ne
crois pas que tu trouverais ici la compensation de
cœur que tu aurais peut-être la tentation de chercher
même en imagination. Je suis, je crois, plus en péril que toi avec ma résolution de combattre l'ennemi
et de le vaincre, car je ne puis me résoudre à le faire
qu'avec ménagement, en y mettant les formes et toute
la délicatesse voulue, à tort ou à raison, et je ne puis
me dissimuler toute la sincérité de la passion de
M. de Bretèche, passion complète et par conséquent
coupable de toute manière, je le sens, quoiqu'elle ne
se soit jamais adressée qu'à mon cœur ; mais aussi
passion tellement vraie qu'il n'y a plus rien d'égoïste
dans son amour, et qu'il le réduirait à un simple sentiment et s'estimerait encore trop heureux si je voulais bien le lui permettre. Mais, de toute manière, je
suis sûre qu'avec lui j'aurais, en m'y laissant entraîner, le dédommagement de tout ce que l'on cherche
dans l'amour véritable, et le mirage de cet idéal est,
pour nous autres femmes qui pouvons l'avoir souhaité et ne sommes pas libres d'aller le chercher

comme les hommes, une terrible tentation quand il vient s'offrir à nous.

« Mais, chère amie, ne te semble-t-il pas que dans cet homme, que tu connais depuis quelques jours à peine, il n'y a qu'un caprice? Ne crains-tu pas de n'être pour lui qu'un jouet, qu'il pourrait oublier aussi promptement qu'il lui a plu?

— Oh! oui, c'est bien à craindre, répondit Mme de Nanzac; mais rappelle-toi, chère Mathilde, le commencement des attentions de M. de Bretèche pour toi dans le monde : n'était-ce pas une simple galanterie? et toutes les passions, grandes ou petites, sentimentales ou autres, ne commencent-elles pas comme cela?

— C'est vrai, tu peux avoir raison; mais, tiens, sans nous perdre dans les détails multipliés de la naissance et de l'accroissement des passions, cherchons de suite le dénouement. Eh bien, chère amie, je crois assez te connaître pour dire de toi que tu veux rester honnête, tout comme moi, par religion, par honneur, par devoir, par dignité de nous-mêmes, pour le bonheur de nos maris, pour celui de nos enfants, sans parler de notre propre bonheur; alors la conclusion pratique est la rupture, et moins les choses sont avancées, plus elle est facile. Donc, si nous sommes sages l'une et l'autre et armées d'une bonne philosophie, comme le dit M. de Lacor lui-même, nous devons prendre la résolution inébran-

lable de ne pas nous laisser envahir davantage et
d'aboutir à une rupture honnête, délicate et sans
éclat. Ce moyen modéré est le plus sûr vis-à-vis du
monde, de nos maris et aussi pour eux-mêmes et
pour nos propres cœurs.

« Tu as été témoin, ma chère Thérèse, de ma
lutte d'aujourd'hui; je ne prétends pas avoir été
très vaillante...

— Oh ! ne dis pas cela, ma pauvre amie, car devant la souffrance de cet homme, devant la sincérité
de son amour, j'ai eu..., j'ai eu la faiblesse d'envier
le bonheur d'être aimée ainsi. »

Les deux amies continuèrent à philosopher sur
l'amour et sur le remède à y apporter.

Le vicomte de Nanzac sut retenir les hommes
groupés.

Et la jeunesse continua à se crotter jusqu'aux
oreilles en butinant de charmantes fleurettes sur la
route.

C'est ainsi qu'ils parcoururent ce chemin, qui est
une jolie promenade par la chaleur et le soleil ; mais
ce jour-là, le temps sombre la rendait mélancolique
comme les pensées de nos principaux personnages.

Ils arrivèrent au parc à cinq heures, au moment où
tous les hôtels faisaient résonner leurs cloches à qui
mieux mieux pour sonner le premier coup du dîner.

La musique jouait encore dans le kiosque du parc,
d'autant plus rempli de monde que l'incertitude du

temps avait empêché les promenades lointaines.

On prit le grand pont et les petites rues de la ville pour ne pas laisser trop voir l'état des costumes, et chacun se retira pour refaire sa toilette.

VIII

LA MESSE AU MONT-DORE

Après le dîner de cette seconde journée d'émotions, M. de Bretèche arriva à l'hôtel, comme la petite marquise l'en avait prié. Il trouva tout le monde réuni au salon, car le temps ne permettait guère de faire la promenade habituelle au parc avant d'aller au casino, puis la fatigue se faisait sentir.

Mme de Nanzac ne put s'empêcher de remarquer la force d'âme de M. de Bretèche et de la petite marquise, qui ne laissèrent paraître aucune émotion en s'abordant. M. de Bretèche se montra homme du monde comme il savait l'être dans un salon, ayant un mot aimable, sans affectation, pour toutes les personnes qu'il connaissait un peu intimement. Il riposta spirituellement aux sarcasmes du marquis sur sa réclusion, et quand, questionné sur les motifs de sa venue au Mont-Dore par M. de Nanzac, il dut répondre :

« Hé! cher vicomte, si je vous disais que je suis

venu pour vous y voir, vous ne voudriez peut-être pas me croire? (C'est peut-être pour y voir ma femme, pensa le pauvre mari jaloux.) Mais je vais être plus galant pour ces dames en étendant à elles le motif de ma venue, et je vous répéterai cette phrase de Montaigne, que vous citiez tout à l'heure : « A cette cause, j'ai choisi jusqu'à cette heure à « m'arrêter et à me servir des eaux où il y avait plus « d'aménité de lieux, commodités de logis, de vivres « et de compagnies ! »

« Bravo! bravo! dirent les dames.

— Oh! mon cher, reprit le vicomte : « commo- dités de logis, » il faut retrancher cela, car nous sommes les uns sur les autres.

— Vous, mais moi je suis très bien dans ma cham- brette de célibataire, donnant sur la place. Puis « l'aménité des lieux et le charme de la compagnie » ne laissent rien à désirer. Qu'avez-vous à dire à cela?

— Je ne dis pas, je ne dis pas, murmura le vicomte; mais vous n'êtes pas malade.

— Hé! voudriez-vous que je le fusse, par hasard? Hé bien! je puis encore vous satisfaire sur ce point : c'est que j'ai précisément assez de granulations dans la gorge pour motiver honnêtement une saison au Mont-Dore, et je puis vous montrer l'ordonnance du médecin qui m'a envoyé ici.

— Belles preuves! vous l'avez prié peut-être de vous y envoyer.

7

— Oh! vicomte, quant à cela, je prends ces dames à témoin pour vous demander si ce n'est pas toujours le malade, quand il est adroit, et surtout la malade, qui dirige le médecin et dicte l'ordonnance en pareil cas; j'allais presque ajouter, avec La Bruyère, qui dirige son directeur; le tout est de savoir s'y prendre. Quant au mari, cela va sans dire! »

On se récria.

« Mais oui, continua-t-il, j'ai connu une fort jolie femme, qui annonçait à sa famille auparavant à quelles eaux elle allait se faire envoyer par le docteur. Elle emmenait même son mari à la consultation, et il revenait le plus convaincu que c'étaient ces eaux qui lui étaient nécessaires... pour cette année-là. A tel point que ce fut, plus tard, le mari qui se crut obligé de la presser de partir.

— Allons, allons, mauvais sujet, dit le pauvre vicomte, vous n'êtes point femme, mais vous les avez imitées pour venir les rejoindre.

— Mesdames, si l'on s'en plaint ici, dit-il en les questionnant du regard, je suis prêt à partir.

— Oh! personne, que je sache, » dit la vicomtesse, voyant combien son mari se méprenait étrangement.

La soirée se passa sans autres incidents que des traits d'esprit et des taquineries de conversation qui portèrent ombrage non seulement au mari, mais encore au soupirant de Mme de Nanzac.

Quant à M. de Bretèche, dès qu'il n'était plus en

scène, un voile de tristesse venait de suite s'abattre
sur toute sa physionomie pour la rendre plus
attrayante encore. Ses deux amies s'en apercevaient
bien et admiraient sa manière d'être ; mais il vint
un moment où elles comprirent que cette lutte était
un martyre pour lui, et elles donnèrent les premières le signal d'un repos bien naturel après une
pareille journée.

M. de Bretèche en profita pour s'esquiver, laissant
les hommes aller fumer et jouer au casino.

Quant à la petite marquise, elle dit en montant
l'escalier, appuyée sur le bras de son amie :

« Je suis brisée, prie bien pour moi. »

L'orage, qui avait menacé tout le jour, éclata pendant la nuit avec le fracas et la violence propres
aux pays de montagnes. Mathilde ne dormit pas, et
elle eut la fièvre.

Le lendemain, qui était un samedi, la pluie tomba
à torrents toute la journée. La grande rue, en face de
l'établissement, qui va de la place au parc, n'était
plus qu'une flaque d'eau d'un trottoir à l'autre. On
allait par curiosité voir la Dordogne, qui passe le
long du parc, et qui était devenue un torrent impétueux, roulant des eaux terreuses et jaunies.

La place ne fut sillonnée, pendant cette journée,
que par les chaises à porteurs allant des hôtels à
l'établissement. Si, d'ordinaire, ces processions ne
se font que le matin, elles durent continuer tout

l'après-midi, par cette pluie, afin de transporter les dames, et les hommes mêmes, aux buvettes, aux gargarismes, aux bains de pieds, etc.

Les salles d'attente des médecins furent encombrées plus encore qu'à l'ordinaire.

Nos excursionnistes ne pensèrent donc, eux aussi, qu'à se soigner, à se reposer, et chacun resta un peu chez soi.

La petite marquise dut garder le lit, et son amie s'installa près d'elle. Que de causeries intimes elles eurent !

Le marquis voulait faire venir le docteur; sa femme s'y opposa, prétextant seulement un peu de fatigue et un peu de refroidissement pris dans la vallée de l'Enfer, pendant le brouillard humide qui les y avait envahis à la fin. Elle savait trop que les émotions de son cœur étaient les seules causes de son mal, et que l'art médical était impuissant à la guérir.

La nuit suivante fut plus calme; l'orage et la pluie abondante avaient dégagé l'électricité de l'atmosphère, et la petite marquise, étant arrivée aussi à apaiser son cœur, put reposer un peu, et le dimanche la trouva capable de reprendre la vie ordinaire.

Un sentiment intime l'y poussait aussi, pour ne pas effrayer M. de Bretèche, qui ne devait pas manquer de mettre ce malaise prolongé sur son compte. Puis, n'eût-il pas été un aveu tacite de l'importance de son amour? Et tout cela était à éviter.

Après les déjeuners, la petite marquise, comme tout le monde, se rendit à la messe des baigneurs, messe basse qui se dit tout exprès, à onze heures et demie, à la paroisse, petite église moderne qui n'offre pas d'intérêt archéologique ni d'attrait par sa décoration, et qui est insuffisante pendant la saison des eaux, surtout à cette heure.

C'est la seule messe possible pour ceux qui suivent un traitement et vivent à l'hôtel, mais c'est encore la messe à la mode.

Deux quêteuses sont choisies, chaque dimanche, parmi les femmes les mieux posées et les plus élégantes, afin que les pauvres se trouvent profiter ainsi de leurs avantages.

Nous ne voudrions pas dire que le devoir religieux à remplir et la piété ne soient pas le principal motif de l'encombrement, nous espérons bien que si — nous en sommes même sûrs, — mais nous n'oserions pas dire non plus que les dames n'ont pas un certain désir de savoir qui est-ce qui quêtera, de voir les nouvelles arrivantes, les toilettes de leurs voisines, de montrer les leurs et la jolie mine que cela leur donne, et que les messieurs n'ont pas aussi plaisir à aller les y admirer ainsi.

Puis il se fait toujours un peu de musique dans la tribune, accompagnée d'un humble harmonium ; musique d'amateurs laissant souvent à désirer, mais aussi quelquefois excellente musique d'artistes, car beaucoup de chanteurs viennent au Mont-Dore pour soigner leur larynx. Ainsi, il y avait là Mme Marie-Rose et Mme Nilsson, qui s'étaient fait entendre l'année précédente et que l'on avait toujours l'espérance d'entendre encore, et tout cela entretenait l'assiduité à la messe des baigneurs.

Amateurs, artistes et quêteuses étaient, autant que faire se pouvait, pris par groupes dans le même hôtel.

Mais les eaux du Mont-Dore ne sont pas seulement favorables aux chanteurs, elles le sont encore aux orateurs; aussi y voyait-on des avocats, des magistrats, et, qui pis est, des prédicateurs!

Or, dans le nombre, il s'en trouvait, comme parmi les chanteurs, de bons et de célèbres, et, à la prière du zélé pasteur, ils se faisaient entendre, eux aussi, à la messe à la mode, et c'était le retour du bâton : car il fallait non seulement écouter un sermon, mais souvent entendre de rudes vérités. Et, quoi qu'on en dise, cette sainte parole évangélique partant du haut de la chaire, avec l'autorité du ministre de Dieu, quand elle est éloquente et qu'elle rappelle des vérités immuables, n'est point sans donner à réfléchir aux plus mondains, pourvu qu'ils soient chrétiens et qu'ils aient conservé la foi.

Précisément le prédicateur prêcha sur les dangers du monde, pour le cœur et le caractère, pouvant pervertir l'un et rendre l'autre frivole, et montra que ces deux vices étaient la désorganisation de la famille et lui enlevaient tous ses charmes, et qu'en sortant ainsi des vues de Dieu sur l'union des époux et l'éducation des enfants, c'était anéantir le bonheur qu'il leur avait dévolu.

Et il termina ainsi : « Mes frères, si vous voulez une comparaison qui vous touche de près, je vous dirai : de même que le bonheur et la tranquillité, au point de vue de vos intérêts pécuniaires, sont dans une fortune bien assise et des dépenses pondérées, sans spéculations hasardeuses qui tôt ou tard trompent vos espérances de gain ; de même le bonheur et la tranquillité de votre cœur consistent dans les affections légitimes, avec la sagesse qui leur est propre, en dehors des hasards de la passion qui tôt ou tard trompera vos espérances de plaisir.

« Il faut se contenter de sa fortune ; sans cela, vous le savez mieux que moi par les soins que vous y donnez, vous n'atteignez qu'une jouissance exagérée et de courte durée. De même, et ici je le sais mieux que vous par des révélations multiples, il faut savoir vous contenter de vos joies intérieures ; sans cela vous n'atteignez qu'un bonheur mensonger qui périra bien vite, que vous perdrez promptement et qui vous perdra avec lui.

« Avant tout, il faut donc éviter la ruine !

« Ruine d'argent, comme ruine de bonheur (quand l'un n'entraîne pas l'autre) ; il faut lutter et s'en garantir avant tout, à quelque prix que ce soit, car après que reste-t-il?.. Rien.

« Si, mes frères, je me trompe, il reste Dieu! Dieu, qui peut toujours devenir le tout de l'âme chrétienne. Mais au point de vue où nous nous sommes placés aujourd'hui du bonheur ici-bas, après la ruine de votre cœur et de votre énergie, il ne reste rien! rien! Réfléchissez-y bien! »

L'auditoire goûta plus ou moins ces vérités, mais la petite marquise et Mᵐᵉ de Nanzac en furent vivement impressionnées. Il semblait que la Providence s'en mêlât pour leur faire toucher du doigt leur situation.

Ce ne fut pas sans une assez vive satisfaction qu'elles purent constater la présence de MM. de Bretèche et de Lacor.

Ces messieurs y étaient-ils venus par devoir religieux, par bienséance, ou pour voir ces dames? C'est ce que nous ne saurions trop déterminer. Peut-être y eut-il un peu de tout cela dans leur présence.

Furent-ils touchés de ces paroles? Les deux amies s'accordèrent assez à croire qu'elles avaient pu atteindre M. de Bretèche seul.

Elles en furent convaincues à la sortie.

La petite marquise avait une toilette simple, mais d'un goût parfait par ce temps sombre : robe en laine couleur de loutre, avec revers en soie de même nuance ; un corsage en cachemire des Indes aux mille

nuances éteintes, aux reflets du caméléon, formant
petites palmettes; chapeau de peluche noire, forme
mousquetaire, à larges bords relevés d'un côté, orné
d'une grande plume de même couleur.

« Que vous êtes ravissante avec cette toilette, marquise! » lui dit M. de Lacor en l'abordant sous le
porche de l'église.

Et, de fait, elle était ravissante en cette tenue. Les
rebords de ce chapeau modéraient la vivacité de ses
grands yeux noirs, tout en lui donnant une allure
lutine qui était un des charmes de sa personne.

Pourquoi de son côté la petite marquise avait-
elle revêtu ce gracieux costume? Était-ce pour mieux
honorer Dieu, ou par bienséance mondaine, ou pour
plaire à M. de Bretèche? C'est ce que nous ne saurions trop déterminer non plus. Il serait un peu à
croire aussi qu'il y eut de tout cela dans le choix de
cette toilette. Et si son amie l'avait interrogée à ce
sujet, il est probable qu'elle lui eût répondu, comme
au début de leur confidence : « Ah! tu creuses trop
la question!... »

Ne cherchons donc point à approfondir le pourquoi des choses qui nous semblent contradictoires :
la femme est toujours femme, et le vague des passions ne la fait souvent pas savoir ce qu'elle veut
bien au juste; puis la coquetterie est peut-être ce
qu'il y a de plus enraciné chez elle.

M. de Bretèche, lui, ne fit aucune réflexion; il salua

7.

profondément et pressa légèrement la main qu'on voulut bien lui tendre. Mais ses regards avaient une expression d'admiration qui en disait bien plus que les paroles.

Mme de Nanzac, un peu mécontente au fond que sa toilette, pourtant charmante, n'eût pas mérité un hommage publiquement avoué de M. de Lacor, pour détourner l'attention de ce sujet se hâta de lui dire :

« Les chants étaient bien médiocres, mais comment avez-vous trouvé le sermon ?

— Oh ! bien médiocre aussi, répondit-il. En voilà un bonheur de pot-au-feu qu'on nous prêche là. Est-ce que tout le bonheur n'est pas dans l'imprévu et dans le hasard ? Est-ce que le bonheur ne vient pas à nous quand on sait le chercher ? Qui ne risque rien n'a rien. Est-ce que ce ne sont pas les tentatives hasardeuses qui font les grandes fortunes et les jouissances délirantes ? Est-ce que...

— Est-ce que, interrompit la petite marquise, vous comptez vous marier sous ce régime, en offrant à votre femme un bonheur aussi risqué ?

— Moi, marquise, je ne me marierai pas.

— Vous ferez bien, cher baron ! Et vous, Monsieur de Bretèche ?

— Moi, Madame, je ne me marierai pas non plus.

— Ce n'est pas cela que je vous demande, mais si vos principes sont ceux du prédicateur, ou ceux de M. de Lacor.

— Les miens, Madame, sont que l'homme qui a trouvé le bonheur dans sa compagne doit ne pas en rêver d'autre et s'estimer si heureux qu'il n'ait plus besoin de rien autre chose.

— Ah! le malin! reprit le baron. Et s'il n'a pas trouvé le bonheur dans sa compagne?

— Alors le devoir peut être dur à accomplir; mais prétendez-vous le remplacer par les écarts d'une vie irrégulière, ou les étourdissements d'une extrême frivolité? Et qu'eussiez-vous prêché à la place du prédicateur?

— Ah! le prédicateur, il fait son devoir, et moi...

— Et vous, vous ne faites pas le vôtre, interrompit encore la petite marquise.

— Pardon, marquise, je cherche le bonheur selon mes principes.

— Ah! si nous ne sommes pas d'accord sur les principes, notre discussion en manquerait aussi, baron. Soyez donc heureux, mais ce n'est pas moi qui me chargerais de faire votre bonheur. »

C'est en discourant ainsi qu'on revint à l'hôtel.

IX

L'ÉTABLISSEMENT THERMAL[1]

Comme on ne savait pas trop comment utiliser cette journée du dimanche par ce temps sombre, on installa un jeu de croquet, dans un coin du parc, pour amuser la jeunesse, et on alla visiter l'établissement thermal.

C'est un bâtiment lourd de forme, qui semble avoir voulu rappeler, d'une manière lointaine, les constructions romaines. Sa façade principale, devant laquelle s'étend la place au couchant, est formée par sept ouvertures en plein cintre, n'ayant pour toute ornementation qu'un bandeau de pierre en saillie; un premier étage s'élève au-dessus avec des fenêtres correspondantes. Sa toiture, très écrasée, est en pierre, à grosses nervures, simulant des tuiles de grande dimension, le tout d'un aspect assez sévère.

---

1. Ce chapitre renferme exclusivement la description de l'établissement thermal.

M. de Bretèche étonna son entourage par son érudition archéologique, provenant de documents bien faciles à consulter, en lui apprenant que ce monument avait été construit de 1817 à 1823, en trachyte grisâtre, et que sa solide toiture est ainsi disposée en prévision de quelque éboulement de la montagne de l'Angle, au pied de laquelle il est assis ; — que son élévation au-dessus de la mer est déjà de 1,050 mètres ; — que, d'après Sidoine Apollinaire, son nom viendrait de *Mons Durianus,* et non de *Mons Aureus ;* — qu'on ignore si c'est le *Calentes Baiæ* ou l'*Aquis Calidis* des Romains ; — que les Gaulois avaient dû utiliser ces eaux avant eux, une piscine en bois de sapin ayant été retrouvée, en 1823, sous un dépôt d'au moins quinze siècles, qui avait servi de fondations aux Romains.

Il mentionna ensuite que la *terre des bains* appartenait aux La Tour d'Auvergne avant 1453 ; il indiqua toute la filière de ses propriétaires jusqu'en 1810, époque à laquelle ils furent expropriés pour cause d'utilité publique, et qu'enfin ce fut à la suite des procès qu'entraîna cette dépossession que les constructions actuelles commencèrent à s'élever, par les soins de l'administration préfectorale.

Une fois édifiés sur l'historique de ce monument, ils pénétrèrent à l'intérieur sous le promenoir de l'entrée.

Là se trouvent, dans de grandes niches, plusieurs

buvettes : celles de Bertrand Ramond et de la Madeleine.

A l'une des extrémités est une pharmacie, et à l'autre le bureau de distribution des cachets de bains, douches, porteurs, etc.

Au milieu de cette galerie est une vaste ouverture, qui donne accès à deux larges escaliers, et, au milieu, au rez-de-chaussée même, à l'établissement réservé aux indigents, qui se compose de deux piscines et de quelques baignoires avec les appareils nécessaires.

Les deux escaliers conduisent de chaque côté à l'étage supérieur, où se trouve le casino, au-dessus du promenoir.

C'est une grande salle longue, terminée par un petit théâtre; du côté opposé se trouve une salle de lecture, et, en retour, une salle de jeu. La partie opposée est occupée par l'administration.

La première chanteuse répétait dans la grande salle, accompagnée par un violon. On l'entendit avec plaisir, et l'on projeta de se rendre le soir au casino pour jouir de son talent.

En face, se trouve la grande salle contenant dix-huit cabines avec baignoires en lave, servant ordinairement aux dames.

Au fond sont cinq baignoires adossées à la base de la montagne même de l'Angle, où l'on prend des bains d'eau courante, de courte durée, à la température native des sources, sans aucun mélange.

Une galerie a été ajoutée postérieurement à gauche, contenant environ autant de baignoires que la grande salle; elle est affectée aux hommes et aux femmes, suivant les besoins.

C'est par cette galerie que l'on arrive à une cour extérieure, derrière le monument, au pied même de la montagne. Là se trouve le bain de César construit par les Romains. Ce bâtiment, qu'ils appelaient *Ædicula*, a été conservé encore tel qu'il était en 1605. L'eau s'élève à gros bouillons, dans un bassin circulaire d'une seule pierre, recouvert par une voûte.

L'an 1821, en le réparant, on découvrit derrière lui la précieuse fontaine Caroline, qui fournit 43 litres d'eau à la minute; elle va rejoindre le bain de César, pour se distribuer ensuite dans les différentes parties de l'établissement.

A vingt pas de là est le grand bain ou bain Saint-Jean. Cette eau est reçue dans un grand bassin oblong, de construction romaine. Le petit établissement, qui avait été construit dessus, est maintenant démoli et recouvert de dalles. Sa température est d'environ 40 degrés, et peut fournir 38 litres par minute.

Les autres bains sont bien moins importants et difficiles à visiter; ils produisent une moyenne de 20 litres à la minute.

C'est le bain Ramond, situé aussi au premier étage.

Tout près est le bain de Bigny. Ce sont des préfets qui ont donné leur nom à ces sources.

A vingt toises au-dessous est la source de la Madeleine, qui, au XVIIIᵉ siècle, s'appelait Bain des Chevaux, parce qu'ils s'y baignaient, en effet, dans un grand bassin carré. Tout cela a été détruit; et elle alimente maintenant les buvettes.

Tout près est la source Boyer, reçue dans un petit puits romain. Elle a été dirigée dans les caves de l'hospice, et sert à l'emplissage des bouteilles destinées à être transportées.

Et enfin la source Sainte-Marguerite, qui est froide, et située derrière et au-dessus des thermes.

Ces explications débitées plus ou moins éloquemment, comme une leçon, par le guide, il ramena la société en bas, pour montrer la galerie du nord, dont l'entrée est la dernière arcade à gauche de la façade; elle contient vingt cabinets de bains tempérés destinés aux hommes.

L'arcade opposée donne accès à la galerie du midi, destinée aux bains tempérés des femmes. Elle ne contient que dix cabines, mais à son extrémité plusieurs baignoires supplémentaires ont été ajoutées près du couloir qui conduit, à droite, à la salle des bains de pieds des dames.

Toutes ces cabines, baignoires et douches, sont loin d'être luxueuses; elles se sentent de leur époque. La vapeur, en outre, détériore promptement les crépissages, en sorte que la propreté y est quelquefois douteuse.

Au fond de la galerie du midi sont les machines à vapeur, servant à la distribution et à l'élévation des eaux dans l'établissement; car, près de là, on a accès aux dernières sources que nous avons mentionnées, et on peut en aborder quelques-unes sans trop de difficultés.

Nos visiteurs se transportèrent de là à l'établissement supplémentaire. Il occupe le côté nord de la place. On s'est plu à continuer le style bâtard du premier établissement. L'intérieur est moins lourd cependant, et un double escalier en spirale conduit à une salle d'attente, dont la vue est égayée par la vallée du Mont-Dore, qui s'étend au loin.

Au rez-de-chaussée sont les cabines de douches à vapeur, au nombre de seize.

Au premier étage sont deux salles d'inhalation, vastes et élevées, meublées d'appareils de pulvérisation, petits tamis très fins, que l'on place devant la bouche, pour recevoir dans la gorge une douche en miniature, à l'état de buée, que l'on dirige soi même.

Deux autres pièces plus petites sont attenantes, destinées uniquement à l'aspiration. Des gradins sont disposés afin de pouvoir à volonté respirer une vapeur plus ou moins chaude, et qui varie de 28 à 45 degrés centigrades, depuis le carrelage jusqu'à la voûte.

Un vestiaire, appelé salon de l'Horloge, précède ces salles et est indispensable pour déposer les manteaux et vêtements de laine de toutes sortes, avec lesquels les malades sont amenés, pour la plupart, dans les chaises à porteurs de l'hôtel ou des bains.

C'est alors que les femmes sont obligées de mettre toute coquetterie de côté, quoique entre elles plus d'une soit peu flattée d'apparaître ainsi enveloppée, d'une façon disgracieuse, de pantalons, jupons et camisoles de laine et de bonnets de toile cirée. Il est vrai que la vapeur épaisse gaze un peu tout cela, et que toutes les victimes présentes subissent le même sort pendant quelquefois plus d'une grande heure.

Les indigents n'ont point été oubliés, et dans le bas, qui est mis à leur disposition à prix réduit, se trouve la répétition de tout cela dans des proportions plus restreintes.

Il y a en outre un hôpital annexé aux thermes pouvant recevoir deux cents malades soignés par les religieuses du Bon-Pasteur, et qui sont admis sur une simple autorisation préfectorale.

Ce bâtiment spécial pour la vapeur, de date plus récente et très bien approprié à son emploi, a remplacé avec avantage la primitive installation qui occupait les galeries du nord et du midi du grand établissement, que nous avons vues converties en salles de bains.

Seulement l'ancienne organisation avait l'avantage de ne pas obliger les malades à sortir et à se renfermer une fois de plus dans les chaises à porteurs pour aller à la respiration.

Un projet nouveau, qui consiste à construire une adjonction à l'établissement principal, est à l'étude. Il permettrait de faire communiquer l'établissement de plain-pied avec le premier étage de ce bâtiment supplémentaire au moyen d'un pont jeté sur la rue.

Notre société, étant complètement initiée à tous les genres de traitements, après avoir contemplé les travaux des Romains, les travaux modernes, et s'être rendu compte des travaux futurs, alla prendre l'air au parc et en finir avec l'histoire ancienne, en examinant les débris d'architecture romaine, restes des antiques splendeurs, assez piteusement relégués dans un coin près de la Dordogne.

De beaux blocs ont même été grossièrement maçonnés pour servir de parapets sur une petite étendue.

Des fûts de colonnes cannelées sont là pêle-mêle, sans aucun ordre, entassés avec des chapiteaux renversés et des corniches de dimensions colossales, ornées de sculptures aussi riches que monumentales. Des sujets à personnages s'y rencontrent, joints à des enroulements gracieux et compliqués de feuillages et d'arabesques de la belle époque.

Ce sont les débris des Thermes et du Panthéon, édifiés jadis pour implorer des dieux la santé, ou les remercier de l'avoir obtenue. Leçon de morale et d'art, que nous devons accepter la tête basse de ces païens, car notre foi dans le secours divin à faibli comme notre goût artistique, au point que nous ne nous sentons plus la force d'essayer de reproduire, même d'une manière lointaine, les modèles qu'ils nous ont laissés dans ces débris.

M. de Bretèche, qui avait le sentiment du beau porté à l'extrême, et c'était là un des charmes de sa nature dangereux pour la petite marquise, se plut, comme subitement saisi par une inspiration, à faire revivre dans l'imagination la splendeur de ces monuments. Il en supposa l'emplacement et la forme d'après les restes et les usages connus des Romains, et fit un tableau imagé tellement saisissant qu'il charma son entourage.

Et, en supposant même de l'exagération dans cette fiction, on ne put s'empêcher d'être profondément frappé de la décadence de ce que l'on avait alors sous les yeux.

On suppose que ce furent les Vandales qui, au Ve siècle, anéantirent les monuments romains, ou qu'ils furent détruits au VIIIe, lors de la guerre d'extermination que Pépin fit à Waïfre, duc d'Aquitaine. Une partie du village même du Mont-Dore s'appelle encore le Panthéon, et la place porte ce nom.

Pour se refaire un peu de ces tristes souvenirs, et

se distraire de ces études et de ces observations, on
se répandit par petits groupes parmi le monde brillant qui se promenait dans le parc, en attendant la
musique qui allait commencer.

———

X

LE PARC ET LE CASINO

Le Mont-Dore, tel qu'il est aujourd'hui, n'est pas luxueux, ni comme établissement thermal, ni comme hôtels, ni comme promenades. Un petit parc rétréci entre les maisons et la Dordogne couvre à peine un hectare.

Au milieu est une belle fontaine, en face de la grande rue bordée de magasins bien médiocres et qui aboutit à la place du Panthéon. A une extrémité est un café en rotonde; à l'autre un kiosque pour la musique, de chétive apparence, mais suffisant pour les dix ou douze musiciens qu'il a à abriter. Il est ombragé de jeunes arbres de belle venue; quelques allées circulent au-dessous, entrecoupées de pelouses.

C'est là que tous les jours, à quatre heures, avant les dîners, on vient faire assaut de toilette, quand il fait beau et que l'on n'est pas en excursion. On parcourt cent fois le même trajet, de long en large, regardant, les uns et les autres, ou plutôt cher-

chant à se faire admirer, n'écoutant pas la musique, qui est médiocre, et, fût-elle bonne, qui
n'est qu'un prétexte à cette exhibition. Ou bien encore on forme des groupes gracieux assis sur les
chaises ; on s'efforce alors de paraître avoir une conversation animée, sans qu'on y prenne au fond aucun
intérêt, à moins que ce ne soit pour critiquer ou pour
s'informer des inconnus et des nouveaux venus.
Voilà, en général, nous l'avouons avec peine, le
passe-temps du monde brillant.

M. de Bretèche, pour voir la petite marquise, entendre sa conversation et ne pas la quitter, suivait le
torrent.

Les enfants et les jeunes filles finissaient la longue
partie de croquet que nous leur avons vu installer
dans le parc même. Mais ils étaient bien embarrassés
de leur succès, au milieu du public qui, privé de
distractions, avait fini par les entourer comme des
saltimbanques, applaudissant presque à leur adresse,
riant de leur maladresse et s'intéressant par trop au
sort des vainqueurs ou des vaincus. C'était fort inti-
midant, et il ne restait plus qu'à faire la quête pour
les pauvres, afin que le spectacle fût complet. Ils
firent bonne contenance jusqu'au bout, se promettant
bien de ne plus recommencer.

En apportant leur croquet, ils avaient cru faire la
chose la plus naturelle du monde, comme sur les
plages des bains de mer, où tout le monde aligne le

sien, où cela devient un passe-temps presque obliga-
toire. Mais au Mont-Dore, c'était une originalité, et
cela prenait les proportions de l'attraction d'un jeu
de fête publique.

C'est que, précisément, il y avait ce jour-là un es-
sai de fête publique en miniature, et les divertisse-
ments au parc des ciseaux, cruches cassées, courses
en sac et à âne, furent loin de produire le succès du
croquet.

Il est cependant une originalité locale intéressante
à mentionner : ce fut une course en chaises à porteurs.

Trois chaises à porteurs, contenant chacune une
personne, s'élancèrent au galop cadencé de leurs deux
porteurs, longeant le parc dans la rue qui le borde.
Il n'y eut pas de grandes péripéties, aucune ne cha-
vira, ni même ne se heurta ; celle qui prit de l'avance
presque dès le début se maintint la première, et les
autres suivirent de front et de très près. Mais, malgré
cela, il faut venir au Mont-Dore pour voir de pareilles choses. Il paraît que le beau temps des chaises
à porteurs est passé. Tout dégénère ! Il fut un temps,
qui ne remonte qu'à quelques années, où la mode
était de faire des excursions en chaises à porteurs découvertes, qui consistaient en une simple chaise ou
fauteuil attaché entre deux brancards, comme cela se
pratique au Vésuve. On allait ainsi jusqu'au col du
pic de Sancy. Et, ce qu'il y avait d'original, c'est

que, arrivés au fond de la vallée du Mont-Dore, les
porteurs s'attendaient un peu, cherchant à réunir le
plus grand nombre possible de chaises. Alors ils se
mettaient à la file les uns des autres pour gravir
l'escarpement, s'attelant positivement en faisant
joindre et croiser leurs courroies, se tirant mutuellement, et, si faire se pouvait, le premier s'accrochant à
la croupe d'un des forts chevaux des excursionnistes,
qui tirait la file des chaises et des porteurs, quelquefois au nombre de dix à quinze ainsi unis. C'était
d'un effet des plus pittoresques, et il est regrettable
que la mode en ait cessé.

Mais il ne fut jamais d'usage de s'en servir pour le
dernier cône du Sancy, comme on s'en sert au
Vésuve, qui est au moins aussi rapide, par un système cependant bien simple, qui consiste en ce que le
porteur de devant prenne les brancards à bout de
bras, tandis que celui de derrière les porte sur ses
épaules, de manière à ce que l'équilibre soit en partie rétabli.

Il y eut aussi, ce jour-là, une course de piétons
dans la montagne. Un drapeau avait été placé en
haut de la première rampe du Puy-de-l'Angle, qui
part de derrière l'établissement thermal, et du parc
on put voir une dizaine d'individus la gravissant
à grandes enjambées; mais l'effet fut médiocre.

Plusieurs petits ballons en papier furent lancés de
l'entrée de la place du Panthéon, et réussirent assez

8

bien. Mais un plus grand, soutenu par une ficelle qui traversait la rue, à la hauteur des toitures, n'eut d'autre résultat que de prendre feu et de faire une courte et belle flamme.

Un déjeuner d'excursionnistes avait été organisé, sous les auspices du Club Alpin, sur le sommet du Sancy, mais le temps mauvais de la veille, resté incertain encore le dimanche matin, fit échouer ce projet, et ils durent se contenter de se réunir en petit nombre, à cet effet, au salon du Capucin.

Le soir, le parc fut illuminé de lanternes vénitiennes, et un petit feu d'artifice fut tiré dans une clairière des pentes du Capucin. Le bouquet, en éclairant toute la forêt d'alentour, fut d'un assez heureux effet, ainsi que les feux de Bengale.

Une fanfare des environs ne cessa de se faire entendre toute la soirée.

Voilà, en somme, les plus grandes splendeurs que l'on ait à espérer au Mont-Dore. Si une compagnie intelligente voulait convertir ce délicieux endroit en une résidence enchanteresse, comme à Bade ou à Monaco, elle aurait tout sous la main pour exécuter des merveilles dans cette vallée resserrée touchant à une montagne boisée.

Sans doute ce serait un genre colifichet, bien différent de la sévère splendeur romaine, mais cela pourrait devenir un Éden selon nos goûts actuels, au centre de ravissantes excursions.

Le casino avait voulu aussi se mettre en fête, et donnait ce soir-là *Gringoire* et *la Rose de Saint-Flour.*

Comme on se l'était promis, on s'y rendit.

En pareil cas, les enfants, que l'on privait de ces spectacles, se réunissaient dans un des appartements les plus élevés qu'occupaient quelques-uns d'entre eux et dont les fenêtres donnaient sur la place. De là ils pouvaient voir les acteurs et leurs gestes, pantomime qui les amusait beaucoup sans inconvénient. Mais, ce jour-là, le rideau de la fenêtre du casino qui avoisinait la scène était fermé. Ils avaient mentionné cela avec désespoir pendant la journée. Alors M. de Bretèche, prêt à se dévouer pour contenter les enfants de la petite marquise, encore tout jeunes, se risqua à pénétrer dans la salle et releva le malencontreux rideau sur la patère. Mais le soir le rideau était retombé, soit par hasard, soit qu'il eût servi à garantir du soleil couchant à la répétition des acteurs. M. de Bretèche ne se découragea pas : il retourna au casino pendant qu'on éclairait la salle, et releva le rideau. Et comme un musicien, qui mettait les parties sur les pupitres, lui demandait ce qu'il faisait là, il répondit gravement, sans se déconcerter : « Je suis de l'administration. » Le musicien, qui ne devait certainement pas connaître tout le personnel des bains, n'osa plus rien dire, et M. de Bretèche, trouvant par terre une corde de contrebasse, s'en servit pour maintenir le rideau ouvert, et le lia à la patère d'une manière si solide qu'il resta ainsi fixé définitivement; et nous ne serions pas surpris de l'y retrouver encore les années suivantes, car on est très routinier dans ce pays, et ce qui existe demeure.

Les enfants furent ravis, et M. de Bretèche en gagnant, par cette complaisance, leurs bonnes grâces à tout jamais, servit mieux sa cause qu'il ne pouvait l'espérer.

La vicomtesse de Nanzac ne résista pas ce soir-là au désir de se faire valoir, pour réparer le manque d'effet de sa toilette du jour, et elle réussit à mériter tous les compliments de M. de Lacor.

Ce dernier trouva moyen de se placer derrière elle au casino, et M. de Bretèche derrière la petite marquise, sa voisine. Les maris, en ces circonstances, sont toujours relégués on ne sait où ; mais comment voulez-vous qu'ils fassent autrement, les pauvres malheureux, sans être ridicules?

L'orchestre joua d'abord la *Marche turque* de Mozart, et ensuite toute la troupe parut dans *Gringoire,* comédie en un acte du Théâtre-Français [1]. C'est un épisode de la vie de Louis XI ; il veut faire épouser au poète Gringoire, déshérité de tout en ce monde, même d'un joli physique, la fille d'un riche

---

1. De Théodore de Banville.

commerçant de Tours, sa filleule, belle comme les anges et aimée du poète; il veut mettre à l'épreuve ces deux cœurs, et voir jusqu'à quel point peut aller l'empire de l'esprit. Mais le roi apprend que le poète a composé des chansons contre sa tyrannie, et il ne lui promet sa grâce que s'il peut se faire aimer. Le pauvre poète y arrive par le fait même du sacrifice de sa vie, pour ne pas s'imposer à la jeune fille, qui devine sa générosité et est éprise de sa grandeur d'âme.

Cette pièce, triste et grave, est pleine de sentiments généreux et d'une délicatesse exquise, et il en ressort un amour de l'ordre le plus élevé.

La petite marquise et M. de Bretèche étaient sous le charme, et je ne sais quel mélange singulier se faisait dans leur esprit et dans leur cœur, de ces généreux sacrifices si poétisés avec la logique religieuse de la prédication du matin. M. de Bretèche, en s'inclinant sur l'épaule de la petite marquise, pouvait presque lui parler à l'oreille, et elle lui répondre sous l'éventail, et ils en vinrent à se communiquer leurs impressions, à en jouir et à en souffrir en commun.

Une phrase du poète les fit tressaillir; il disait :

Tout arrive à la fin, même ce qu'on désire.

Hélas! ils sentaient que leur amour ne devait pas avoir ce couronnement, et la beauté du sacrifice

8.

seule leur paraissait un idéal bien cruel qui les ra-
menait aux réflexions de l'orateur sacré.

La pièce finie, ils applaudirent chaleureusement;
elle avait été bien rendue.

Ils furent étonnés de ne pas trouver grand écho
dans la salle; cette pièce sentimentale avait ennuyé.
Le baron fut le premier à la blâmer et à récriminer.

La petite marquise comprit de plus en plus combien
les affections profondes et sentimentales étaient rares et
précieuses, et ce fut encore une douleur dans sa lutte.

L'orchestre joua dans l'entr'acte les *Larmes et
Sourires*, de Dias, et ce morceau lui sembla chanter
et pleurer son amour.

Le baron avait apporté du sucre d'orge spécial au
Mont-Dore, et M. de Bretèche des marrons glacés
qu'il savait être les bonbons préférés de la petite
marquise; et comme elle paraissait se délecter en les
mangeant, le baron se hasarda à dire :

« Je ne m'étonne plus, marquise, que vous soyez
séduite par les bonnes grâces de M. de Bretèche.

— Hé, cher monsieur, répondit-elle, je ne vous
défends point de m'en apporter. »

Le baron ne riposta pas.

Le rideau se leva pour *la Rose de Saint-Flour*,
d'Offenbach.

« A la bonne heure, dit-il alors, voilà qui va être
drôle et va nous dérider : ne sommes-nous donc pas
venus ici pour nous amuser? »

En effet, la pièce est drôle et amusante : Une jeune Auvergnate a deux prétendants : l'un lui apporte une marmite, l'autre des souliers, selon leur état respectif. On essaye la marmite, et Champailloux ne trouve rien de mieux que de mettre dedans un des souliers du Marcachu, avec une chandelle en guise de graisse. En sorte qu'au repas qui les réunit, ce pauvre Marcachu faillit s'étrangler avec la mèche de la chandelle, et quand on retrouve le soulier à la place du morceau de bœuf, Pierrette, pour raccommoder toutes choses, — car elle aime le savetier, — se met à dire avec l'accent auvergnat :

« Ce n'est pas que ce soit sale, mais ça tient de la place. »

Et ainsi du reste, à la grande hilarité des assistants, qui riaient à cœur joie.

Mais si la petite marquise et M. de Bretèche ne purent rire que du bout des lèvres et par contenance, ils ne purent s'empêcher néanmoins d'admirer et de rendre hommage au talent de Mme Duquesne, jeune actrice d'un physique agréable, et qui jouait aussi spirituellement qu'elle chantait délicieusement. Elle eut des salves d'applaudissements bien mérités, et l'on se promit de revenir l'entendre. Mais les peines, qui si souvent l'emportent dans la vie, devaient entraver ces projets.

XI

BAL A L'HOTEL

Le lundi, le temps commença à se remettre, mais pas suffisamment pour qu'on tentât une excursion, et, comme sans promenade la vie devient vite monotone au Mont-Dore, ces messieurs — le marquis surtout — eurent l'idée d'organiser une petite sauterie pour le soir dans les salons de l'hôtel.

La marquise eût préféré, pour elle et son amie, que cela n'eût pas lieu ; mais comme elle n'avait aucune raison à donner pour refuser son concours, elle dut s'y prêter. Elle se demanda si elle devrait danser. Souvent déjà elle avait dansé avec M. de Bretèche, mais alors elle le voyait d'un œil presque indifférent, ou tout au plus elle le mettait au rang de ses adorateurs banals dans les fêtes mondaines. Depuis lors sa persévérance et sa sincérité l'avaient touchée et l'avaient presque vaincue en dépit d'elle-même, et maintenant c'était tout autre chose, surtout depuis les événements singuliers arrivés au Mont-Dore.

D'un autre côté, son idée fixe d'écarter le danger la
rendait faible pour ces derniers moments à passer
avec lui. Ce n'est certes pas qu'elle voulût « jouir
de son reste », si l'on peut employer cette phrase vulgaire en cette circonstance, car elle ne recherchait
aucune jouissance auprès de lui : c'eût été bien trop peu
de chose comparativement à ce qu'elle ressentait dans
son cœur, et ces petits riens se trouvaient noyés
dans l'océan de douleur qui l'envahissait ; mais, en
ce moment, danser avec lui, se sentir entourée de
son bras et... pressée sur son cœur, ne serait-ce point
un adieu ? Adieu solennel et qui pouvait seulement
se produire ainsi, puisque les usages admis en auto-
risaient la forme. Et combien de fois sous cette
forme banale se sont cachées de tendres et poignantes
étreintes !

Elle était indécise, mais la pensée que le petit
nombre des danseurs les ferait se retrouver sans cesse
ensemble la détermina à s'abstenir, bien qu'elle
s'affligeât de la peine qu'elle savait lui causer par
cette abstention.

Son amie sentit tout cela à son sujet, et la questionna sur ce qu'elle comptait faire.

« La question est toute tranchée, dit la petite marquise simplement ; mon pied m'empêche de danser. »

Mais, comme elle ne dévoila point le fond de sa
pensée, elle n'osa pas questionner la vicomtesse sur ses
propres projets. Elle savait, du reste, qu'elle adorait

la danse et qu'elle n'avait pas de motifs plausibles
pour s'y refuser.

Et, en effet, Mme de Nanzac dansa et sembla y
prendre un plaisir si naïf, si avoué et avec tant d'entrain, que la petite marquise se reprocha presque ses
jugements téméraires à son égard.

M. de Bretèche avait été convoqué, bien entendu,
et s'était rendu à cette soirée ; mais il arriva un peu
tard, et observa tout d'abord avant de rien entre-
prendre. Il devina vite que la petite marquise ne dan-
sait pas. A son arrivée, il s'était contenté de la saluer
et d'échanger avec elle quelques phrases insignifiantes ;
mais, mis en demeure de danser, il se rapprocha d'elle
et lui dit d'un ton rempli de réserve et de supplica-
tions :

« Est-ce que vous ne danserez pas ce soir, marquise ?

— Mon Dieu non, mon pauvre ami, répondit-elle ;
mon pied, mal affermi encore, me l'interdit. »

Elle le vit pâlir sans trouver de paroles. Elle s'é-
tait attendue à ce qu'il demanderait peut-être grâce
pour un quadrille, et, voyant qu'il ne le faisait pas,
elle comprit toute sa pensée et sentit que ce n'était
pas ce qu'il eût souhaité, car la conversation était
devenue difficile entre eux au point où ils en étaient,
et le quadrille augmentait leur supplice !

Il se retira donc et refusa de danser.

Mais la position devenait embarrassante, à cause

de la pénurie des danseurs et de la prolongation de
cette sauterie. Les rafraîchissements circulaient, la
soirée s'animait, les jeunes gens avaient passé secrètement leur journée à préparer un cotillon et à ima-
giner d'ingénieuses surprises. Les choses tournant
ainsi, Mme de Varnay n'hésita pas; elle s'approcha
de M. de Bretèche et lui dit :

« Il va y avoir un cotillon; dansez, je vous prie,
on a besoin de vous; je vais moi-même le faire un
peu pour vous accorder quelques valses, mais ne me
demandez pas pour danseuse attitrée, je ne pourrais
vous accepter, l'ayant déjà refusé. Puis vous savez
qu'au cotillon on danse moins facilement avec sa
danseuse qu'avec toute autre, mais vous me ferez
plaisir d'inviter la vicomtesse de Nanzac si elle est
encore libre. »

La vicomtesse de Nanzac était encore libre en effet
pour le cotillon, car M. de Lacor ignorait qu'on dût
le danser.

Cette invitation fut, du reste, utile à Mme de Nanzac, car le baron avait dansé déjà bien des fois avec
elle, et il eût pu paraître un peu excessif qu'elle dan-
sât encore le cotillon avec lui. Elle estimait, du
reste, beaucoup M. de Bretèche, dont elle admirait
le caractère et dont elle appréciait l'amour sans espoir.

M. de Lacor trouva assez désagréable d'être obligé
de se rabattre sur une fillette, mais il ne pouvait

faire retraite, et il se proposa bien de prendre le plus
souvent possible Mme de Nanzac, qui n'aurait même
pas la liberté de refuser. Aussi il ne s'en priva point
et en abusa. La vicomtesse, flattée de son succès, et
même heureuse, au fond, de danser avec cet homme
qui lui rendait tant d'hommages, publics et privés,
l'eût cependant morigéné si elle eût été avec lui sur
ce pied d'intimité; mais elle sentait trop que la
moindre réflexion à ce sujet la ferait entrer dans la
voie déplorable des explications, premier pas des
liaisons dangereuses. Elle dut donc s'abstenir, et se
laisser doucement enivrer par les cajoleries et les
aimables paroles de cet adorateur, qui, tout en ne
dépassant pas les bornes du convenable en toutes
choses, l'attirait de plus en plus près de lui. Il était
impossible de se défendre contre la force envahissante
de son bras et la pression continuelle de sa main ; et
quand, ainsi enlacée, elle était emportée dans le tourbillon de la valse, enveloppée de son regard, une
émotion involontaire la saisissait, et elle se laissait
au moins aller au charme d'être bercée comme un
enfant dans cette adoration.

Cependant elle était de temps à autre secouée de
cet engourdissement amoureux par les réflexions de
M. de Bretèche, quand elle revenait à sa place. Elle
avait provoqué elle-même ses réflexions sur les profondes affections du cœur, par curiosité, et M. de
Bretèche, tout entier à son sujet comme à son amour

parlait très éloquemment de ces choses, sans même s'apercevoir de la cour que lui faisait le baron.

« Le bonheur ici-bas, lui dit-il une fois, semblerait être de vivre dans une autre âme, et en retour de la sentir palpiter en soi. Mais les âmes qui pourraient ainsi se fondre ne sont jamais faites pour vivre ensemble. Ainsi est la vie ! Et quel remède apporter, sinon se soumettre à cette destinée presque générale, sans chercher à briser des existences dignes et respectables. »

Mais ces conversations sur des sentiments si profonds n'avaient lieu qu'à bâtons rompus, car la vicomtesse était subitement enlevée par un danseur pour prendre part à une figure, et le plus ordinairement par M. de Lacor, et elle retrouvait dans ses bras et l'étourdissement de la danse l'émotion que la réflexion de M. de Bretèche venait de conjurer ; en sorte que la pauvre femme, sentant en outre qu'elle allait provoquer probablement les foudres de la jalousie de son mari, était dans une anxiété fébrile.

Pour la marquise de Varnay les choses se passaient tout autrement.

Elle se laissa presque faire violence par Pierre de Rives, pour prendre part à une figure de cotillon.

M. de Lacor se fit un devoir de se précipiter ensuite pour l'entraîner de nouveau, car il se sentait quelques torts envers elle, et il était trop homme du

9

monde pour pouvoir paraître la bouder un seul instant.

Mais ce ne fut qu'un certain temps après que M. de Bretèche se présenta à la marquise, presque en tremblant. Elle fut touchée de sa réserve, et émue de sa crainte : car, en certains cas, la retenue et la timidité deviennent les armes les plus puissantes de l'amour, parce que la femme qui a à les combattre sent que ce sont les preuves incontestables de la sincérité.

Sa contenance en dansant fut dictée par la même délicatesse. Il sembla s'efforcer de soutenir simplement la taille souple et mince de celle qui était tout pour lui, paraissant chercher à lui éviter les fatigues que cette danse était censée causer à son pied.

Et si sa main enveloppait complètement la mignonne petite main de sa danseuse, c'était tout; et son regard, loin de la gêner, semblait la fuir et se perdre dans le vague, sans jamais se porter sur un autre.

C'est dans ces conditions qu'elle fit à plusieurs reprises quelques tours de valse avec lui.

Minuit sonna, et, comme cette heure semblait être la dernière limite des plaisirs permis aux baigneurs, il fallut bien, malgré l'animation et le regret général provoquer la valse finale.

Ce fut M. de Lacor qui à son tour se chargea de délivrer M. de Bretèche de sa danseuse, en la lui réclamant comme adieu suprême à cette soirée.

Il sembla alors à celui-ci qu'un sort spécial lui réservait aussi un adieu suprême dans cette valse, et, semblant oublier toutes ses résolutions, il se précipita littéralement vers la petite marquise, et l'enlaça de son bras, sans lui en demander la permission ; mais elle ne fit aucune résistance, il semblait qu'elle attendait cela.

Dans le tourbillon de cette dernière valse, les aparté pouvaient bien plus facilement passer inaperçus. Aussi à peine avaient-ils fait un tour de salon que, semblant craindre que le moment favorable disparût, M. de Bretèche, dansant presque sur lui-même, étreignit subitement la petite marquise et lui serra la main presque à la faire crier. Mais cette étreinte fut si nerveuse et si passionnée qu'elle devenait chaste à force de traduire un désespoir, et peut-être un adieu suprême. Il avait semblé vouloir rendre l'expression entière du sentiment qu'il ressentait dans un geste inconscient, ne pouvant le faire dans une parole, et ce discours muet et si éloquent avait su rendre toute son âme.

La petite marquise le sentit bien, car il cessa aussitôt de danser, quoique la valse continuât et, s'emparant furtivement d'un petit bouquet qu'il lui avait offert à une figure du cotillon, et qu'elle avait placé à son corsage, il s'esquiva subitement comme un voleur pris en flagrant délit, sans la reconduire à sa place.

XII

NOTRE-DAME DE VASSIVIÈRES

Le lendemain de ce petit bal on se reposa, mais le temps, redevenu beau, fit penser à exécuter l'excursion la plus lointaine, à visiter le pèlerinage de Vassivières et le Pavin, comme on dit dans le pays, et même à pousser jusqu'à la petite ville de Besse, si les forces le permettaient. Il fallut pour cela tout conclure dès la veille afin d'expédier de bonne heure, le jour suivant, les divers traitements ou même de les sacrifier. Chacun fit à sa guise ; on élimina les enfants, les souffreteux et les indolents ; on ne prit que les gens résolus ; on loua de bons chevaux ; on retint le guide de l'hôtel et l'on commanda un déjeuner spécial pour sept heures et demie. Tout le monde fut exact, et à huit heures on était en selle, au nombre de douze.

On se rendit d'abord à l'extrémité de la vallée du Mont-Dore, parcourue déjà deux fois, et l'on escalada les pentes du Sancy par le chemin déjà gravi pour visiter le sommet du pic ; seulement on n'alla que jusqu'au col qui sépare le pic du Sancy du Puy-Ferrand, et on le traversa pour redescendre ensuite vers Vassivières.

Tout le monde paraissait gai et joyeux par le beau temps qu'il faisait. On avait en espérance une excursion des plus intéressantes, et de ces hauteurs on semble planer sur l'existence et dominer, au moins pour la journée, les tristesses de la vie.

C'est ainsi que, dans cette caravane, les âmes les plus soucieuses semblaient oublier leurs peines. La petite marquise et M. de Bretèche, ainsi que la vicomtesse et M. de Lacor, n'avaient-ils pas en perspective toute cette belle journée à passer ensemble? et, faute de mieux, cela était quelque chose.

A peine le col fut-il franchi que l'on trouva une ravine où les chevaux ne semblaient pas avoir où mettre le pied. Mᵐᵉ de Nanzac voulait descendre pour franchir ce mauvais pas.

« Nous n'en finirons pas, dit le guide, si vous faites ainsi. »

Mais le baron sauta à terre, et prenant le cheval de Mᵐᵉ de Nanzac à la bride, il lui fit franchir le petit fossé, à la grande satisfaction de l'écuyère épeurée. Il allait, du reste, rendre le même service aux autres dames, quand la marquise le fit franchir bravement d'elle-même à son cheval, et alors les autres écuyères, même les plus jeunes, suivirent son exemple.

Quelques centaines de mètres plus loin, on tra-

verse un autre petit col derrière lequel on perd de
vue le Sancy.

On jeta un dernier coup d'œil d'admiration sur
cette montagne, qui, vue de ce côté sud, a tout un autre aspect : une seule pente d'une rapidité extrême
s'étend de son sommet dans la vallée. Il en est de
même des pentes environnantes ; en sorte que cet as-
semblage paraît former comme la moitié d'un cratère
gigantesque.

Le nouveau versant que l'on abordait offre un panorama tout autre, mais moins saisissant. Des monticules capricieux allaient en s'amoindrissant à perte
de vue, et, tout près, une étendue considérable de
neige remplissait bien plus qu'une crevasse, mais tout
l'espace d'une montagne à l'autre. Elle descendait
une pente rapide vers la profondeur, ayant fait disparaître tout sentier praticable. Il fallut résolument
la traverser. La couche supérieure de cette neige
étincelante au soleil crépitait en se brisant sous les
pieds des chevaux, qui se hâtaient d'avancer comme
pour en sortir : ils enfonçaient un peu et ne se sentaient pas solides. On eût dit qu'ils n'eussent pu se
maintenir à la même place.

Le guide ne donnait pas d'autre explication que
de dire : « Avancez, avancez ! » Tout le monde s'ob-
servait avec quelque inquiétude, car on sentait le
danger ; mais une petite alerte de cette sorte a quelque utilité ; elle donne de l'énergie et de la résolution.

Au bout d'un gros quart d'heure on fut sorti des neiges, et l'on contempla alors cette nappe blanche s'étendant comme un suaire qui enveloppait tout un pan de montagne.

Au sortir de là, la pente était si escarpée et le terrain rocailleux, récemment dépourvu de sa couche de neige, était si lisse, que les chevaux glissaient sans pouvoir ni se tenir arrêtés un seul instant, ni presque avancer.

Le vent soufflait violemment sur la neige unie; il emporta le voile bleu dont Mme de Nanzac s'était enveloppé.la tête, comme tous les voyageurs, pour se protéger de l'ardeur du soleil.

M. de Lacor, malgré la difficulté de l'endroit, n'hésita pas : il sauta une seconde fois à terre, et, laissant son cheval s'en aller seul à la dérive, il ressaisit le voile de la vicomtesse et le lui rapporta galamment. Il fut obligé ensuite de courir après son cheval, descendu de dix mètres, et de le traîner par la bride pendant un certain temps, jusqu'à ce qu'il pût reprendre pied assez solidement pour se remettre en selle.

Ensuite le chemin redevint plus clément. On retrouva l'ancien sentier, parfois devenu une ravine, puis les pentes s'adoucirent, et l'on chemina paisiblement sur des pâturages sans arbres, tout comme aux environs des hauteurs du Sancy.

Les conversations étaient jusqu'alors restées presque générales et banales; mais à présent qu'il était possible de circuler plus à l'aise, la petite marquise ne put s'empêcher d'attirer en aparté son amie et de lui demander si son mari n'avait point paru s'inquiéter des attentions du baron pendant le petit bal. Elle n'avait pas osé lui en parler, mais devant les nouvelles attentions chevaleresques de M. de Lacor, l'inquiétude l'avait prise.

« Non, lui répondit-elle, et franchement, j'en suis un peu étonnée, je te dirai.

— Ne crains-tu pas que ce soit du feu qui couve sous la cendre?

— Je ne saurais dire, mais rien d'apparent ne se montre dans sa manière d'être avec moi.

— Tant mieux. Et toi, es-tu aussi tranquille sur toi-même et sur les intentions de M. de Lacor?

— Il est de plus en plus galant, c'est vrai, mais, Dieu merci, il ne se déclare pas davantage, et je ne sais comment l'arrêter. Tu vois ce qu'il vient encore de faire pour moi.

— C'est cela qui m'a déterminée à t'en parler, chère Thérèse. Quant à moi, la délicatesse de M. de Bretèche finit par m'embarrasser presque plus que ses attentions. »

Cependant elle ne lui dit rien de la dernière valse.

« Oh! mais, à propos, ma chérie, j'ai été émerveillée de sa conversation pendant le cotillon, reprit Mme de Nanzac. »

Et elle lui raconta de son mieux ce qu'il lui avait dit sur les affections profondes.

Elles arrivèrent ainsi en vue de la petite église de Vassivières.

Une autre caravane, composée d'une dame et de trois messieurs, suivait depuis quelque temps. On voulut ne pas se laisser devancer, mais ce fut impossible ; il fallut leur céder le pas, ils paraissaient être mieux montés.

« Pour nous, dit M. de Lacor, si nous marchons moins vite, nous avons l'avantage de voyager en votre compagnie, Mesdames, et c'est un grand charme de vous voir chevaucher, nombreuses, auprès de nous, toutes gracieuses que vous êtes avec vos coiffures élégantes, vos voiles et les cheveux flottant au vent; vous ajoutez à l'attrait de notre excursion et vous en êtes certainement la plus grande séduction.

— Toujours galant, cher baron, dit le vicomte avec un rire forcé ; c'est une maladie qui ne vous passera donc pas ?

— Pardon, Vicomte, je suis venu aux eaux pour m'en guérir : vous ne trouvez donc pas qu'elles opèrent ?

— Non, pas précisément.

— Ah ! c'est que, vous savez, cela ne fait de l'effet qu'après.

— C'est ce que j'espère bien ! » dit-il d'un ton arrogant. Et il piqua des deux et fit un temps de galop sur un plateau que l'on abordait.

9.

Les deux amies se regardèrent, un peu saisies, et Mme de Nanzac devint toute pâle.

Mais on arrivait; puis l'attention était attirée par un paysan qui semblait vouloir disputer le chemin au premier groupe, qui avait pris l'avance. L'altercation paraissait vive.

En effet, lorsqu'on approcha, le même homme se plaignit de ce qu'on avait traversé un champ lui appartenant, demandant des dommages-intérêts, exigeant, s'il vous plaît, que l'on tournât bride, pour revenir à un kilomètre en arrière passer à côté de son champ. Cette mauvaise plaisanterie fut un sujet d'hilarité générale.

« Mon bonhomme, lui dit sentencieusement le vicomte, vous ferez bien de mettre un poteau indicateur, afin qu'on sache que ce champ vous appartient et que vous interdisez le passage dessus. C'est comme cela qu'il faut faire pour garantir ses droits : on prévient d'abord, et ensuite on est... féroce. N'est-ce pas, baron? Et même je vous conseillerais, moi, de faire clôturer votre champ de murs, avec une bonne porte, une bonne serrure et la clef dans votre poche; comme cela vous seriez maître chez vous, et c'est ce qu'il faut! »

Le bonhomme resta ahuri, mais Mme de Nanzac comprit bien l'apologue.

« Ton mari a la tête montée, lui dit la petite marquise, observe-toi. »

On mit pied à terre, ce qui fit grand bien à tout le monde, car il y avait deux heures et demie qu'on était en selle.'

Vassivières n'est qu'un hameau, composé d'une chapelle et de trois corps de bâtiments à l'entour, portant des noms d'auberges de pèlerins, et recevant les voyageurs. En hiver, une seule de ces maisons reste habitée, car on y est à peu près enfoui dans les neiges.

Ce site a un aspect d'une mélancolie extrême. On a devant soi, au nord, toutes les montagnes étagées, que notre caravane a descendues pour s'y rendre; le pic Sancy et le Puy-Ferrand apparaissent comme un fond de théâtre; tout à l'entour, des monticules qui vont s'abaissant, mais se relevant parfois assez pour vous laisser l'impression qu'on est dans un centre de montagnes. Partout des pâturages sans végétation.

Pendant qu'on apprêtait le déjeuner dans l'auberge la plus proche, on visita cette chapelle.

C'est une construction écrasée, à toiture peu élevée, sans clocher, avec porte en plein cintre sur le côté du midi, de petites fenêtres ogivales, étroites et longues, ayant de forts contrevents en bois massif à l'extérieur; des contreforts l'entourent.

Au nord, à l'abri des mauvais vents, est un appentis dans lequel est établie, tant bien que mal, une demeure pour le chapelain qui dessert cette chapelle pendant trois mois d'été.

Véritable ermitage, où nos voyageurs aperçurent un prêtre à la figure austère, travaillant près de sa fenêtre, au bas des rayons d'une bibliothèque.

Cette chapelle a un petit transsept, dont l'un des côtés a dû être une chapelle seigneuriale ; on y trouve les restes d'armoiries mutilées.

L'intérieur n'a rien de remarquable.

La vierge miraculeuse est placée au-dessus du sanctuaire, sculptée en bois noir de cèdre ou d'ébène, de petite dimension, portant l'enfant Jésus sur ses genoux, et revêtue de manteaux somptueux.

Cette chapelle actuelle date de 1550, et remplace l'ancien oratoire qui existait en 1369, époque à laquelle il fut détruit par les Anglais, qui anéantirent le bourg de Vassivières. Pendant trois siècles la statue se conserva intacte au milieu des ruines de son sanctuaire.

Une fontaine miraculeuse, garantie par un petit bâtiment, existe à l'ouest de l'église, un peu plus bas.

Une légende rapporte que c'est près de cette fontaine que la statuette fut primitivement découverte par une vache, dans un talus.

Les nombreux miracles obtenus par l'intercession de cette vierge firent désirer au clergé de Besse de la posséder dans leurs murs, et, au XVIe siècle, on la transporta processionnellement dans la ville. Mais le lendemain la vierge miraculeuse fut retrouvée à

Vassivières. Cette épreuve fut tentée trois fois avec le même résultat.

Nous ne saurions dire comment les habitants de Besse obtinrent du ciel l'accommodement pratiqué aujourd'hui, qui leur permet de la conserver neuf mois de l'année.

Chaque été, le 2 juillet, elle est transportée solennellement, en procession, de Besse à Vassivières, où elle reste jusqu'au dimanche qui suit la Saint-Matthieu, qui se trouve le 21 septembre. Alors elle est rapportée à Besse avec les mêmes cérémonies.

Ces fêtes sont splendides, surtout le 2 juillet, parce que tous les baigneurs du Mont-Dore et de Saint-Nectaire s'y transportent avec des pèlerins accourus de toute l'Auvergne, et la montagne est couverte de monde.

Près de l'auberge où étaient descendus nos voyageurs existe l'emplacement où chaque année on dresse un autel en plein champ, et une chaire à prêcher sur un monticule, afin de satisfaire la piété des pèlerins, trop nombreux pour être contenus dans la chapelle actuelle.

Ce ne fut pas sans émotion et sans une vive piété que Mmes de Varnay et de Nanzac s'agenouillèrent dans ce sanctuaire béni. Elles sentaient, l'une et l'autre, que l'orage des passions les envahissait, et qu'une détermination décisive, qui influencerait certainement toute leur vie, serait à prendre. Devant

ce drame de l'existence humaine, si fréquent, hélas!
elles sentaient plus que jamais le besoin du secours
d'une protectrice aussi puissante que Notre-Dame de
Vassivières. Elles n'étaient cependant point venues
spécialement en pèlerinage, mais la grâce sembla les
y toucher. Elles se communiquèrent leurs impressions, et s'unirent pour faire un vœu solennel d'y
revenir en pèlerinage l'année suivante, si elles obte-
naient de cette vierge miraculeuse la protection
qu'elles demandaient. Elles laissèrent des cierges
allumés, et emportèrent des médailles.

Le déjeuner à l'auberge eut toute la saveur du cru.

Du linge très blanc, à rayures rouges, s'étendait
sur une longue table en bois, dressée dans une pièce
à part, ayant un banc d'un côté et des chaises de
l'autre, ce qui détermina de suite la façon dont les
dames et les hommes devaient se placer.

Tous les ustensiles étaient de forme bizarre, de
forme auvergnate. On se sentait bien en pleine montagne.

Les assiettes étaient petites et profondes ; les verres
énormes d'apparence, mais ne contenant que très peu
de liquide à cause de leur épaisseur extraordinaire;
des fourchettes en étain, tellement malléables qu'elles
pliaient sous la moindre pression ; des couteaux...!
il n'y en avait pas. On fut trop heureux d'avoir à
son service les quelques couteaux de poche qui se
trouvèrent dans l'assistance, et que l'on se passa.

Du vin aigrelet, rouge et blanc, dans des bouteilles écrasées, dont le goulot, orné d'un renflement, ressemblait au cou d'une oie qui n'aurait pu avaler une noix.

De l'eau dans des fioles en verre blanc.

Le menu demande à être mentionné :

On servit d'abord de petites truites et des sardines avec du beurre excellent. Ensuite la servante annonça bravement un civet de poulet, et apporta un grand plat, où des morceaux de formes indéterminées nageaient avec des oignons, dans une sauce violacée, qui donnait à ce plat tout à fait l'apparence d'une matelote. En sorte que le fou rire s'empara des convives, qui se demandèrent s'ils allaient manger du lièvre, du lapin, du poulet, de l'anguille ou tout autre poisson quelconque. Mais ces dames, après y avoir goûté, expliquèrent que c'était ce que l'on appelait des poulets à l'étuvée. On y goûta avec méfiance, mais l'assaisonnement, quoique d'un goût spécial, était bon, et on leur fit honneur.

On se demandait ensuite ce qui allait arriver : la curiosité était éveillée comme elle n'eût pu l'être dans les meilleurs restaurants de Paris, car tout était étrange autour de soi.

Ainsi, on voyait suspendu aux solives un petit cochon tout entier, auquel il ne manquait que la tête, proprement emmaillotté dans du linge très blanc, et mis là en réserve comme un jambon.

On ne fut pas en effet peu surpris en voyant venir des bouchées à la reine, un peu lourdes il est
vrai et de dimension peu usitée, mais personne ne
s'en plaignit, quoiqu'elles fussent servies dans un
ordre bizarre, comme le reste.

Les côtelettes de mouton renommées de cet endroit ne parurent point, mais elles furent rempla-
cées par un gigot à l'ail.

Enfin, en dernier lieu, une omelette aux fines
herbes tenait lieu de plat de légumes ou d'entremets.

On ne comptait guère sur un dessert ; il arriva
cependant, avec des assiettes représentant en noir des
sujets non moins bizarres que le reste.

Du fromage, des fruits et des petits gâteaux oblongs
remplis de confitures.

Du café, dans des tasses singulières, dont le con-
tenu disparaissait dans une espèce de double fond.

On se déclara, en somme, très satisfait, d'autant
plus que ce déjeuner avait été un divertissement con-
tinuel, presque une représentation ; on l'avait savouré
lentement pour laisser déjeuner le guide et... reposer
les chevaux.

Il y avait près de deux heures que durait cette
halte ; on se remit en selle, réconfortés physiquement
et moralement.

XIII

LE LAC PAVIN ET LA VALLÉE
DE CHAUDEFOUR

En quittant Vassivières, on s'en va en descendant un chemin vers l'est. Les quatorze stations du Chemin de la croix y sont marquées par des croix de fer. On ne tarda pas à se trouver sur la route de Besse. Là, on se mit au trot. La petite marquise resta en arrière, semblant ne pas pouvoir suivre. M. de Bretèche s'en aperçut de suite, et, ralentissant son allure, il se laissa rejoindre par elle.

« Qu'avez-vous? dit-il. Est-ce que votre cheval ne peut marcher?

— Vraiment si ; mais c'est mon pied qui est encore un peu faible, et je m'en sers difficilement pour m'appuyer sur l'étrier.

— Est-ce que la valse d'hier vous aurait fatiguée?

— Non, je ne crois pas, » répondit-elle presque en rougissant.

C'était la vérité; mais elle craignit que cette phrase ne fût une approbation de la conduite de M. de Bretèche à la dernière valse; et cependant dire le contraire eût été fausser la vérité de toute manière. Elle ne se sentait pas, du reste, la force de le contrister par un blâme.

Au bout d'une demi-heure on fut rendu au lac Pavin. On laissa les chevaux à une petite auberge qui est sur la route, et l'on gravit un escarpement le long d'un ruisseau appelé Gelat, qui est le trop-plein du lac.

Les yeux sont émerveillés quand on aborde cette nappe d'eau transparente comme du cristal, qui remplit un cratère semblable à une coupe gigantesque. Sa rotondité, son encaissement, boisé d'un côté et rocheux de l'autre, en font une merveille. Une poésie toute mélancolique s'empare de vous et vous tient sous le charme de la rêverie.

Une allée de parc est pratiquée sous bois, qui le borde pendant un parcours de dix minutes. C'est alors qu'on commence à juger de sa grandeur, car on s'aperçoit qu'on n'a pas parcouru le quart de sa circonférence, et qu'il faudrait une grande heure pour en faire le tour.

Sa profondeur est, dit-on, insondable, ses eaux glaciales; mais les poissons y vivent cependant très bien. Ses bords les plus élevés ont une trentaine de mètres, et s'abaissent vers une échancrure par où nos voyageurs l'ont abordé, et qui est le point d'ensemble le plus saisissant.

Au sud, le Pavin est dominé par le Puy de Mont-Chalme, où se trouve le *Creux du Soucy,* que l'on prétend être la source qui alimente le lac. Ce qui a donné cette créance à cette assertion, c'est qu'en jetant une matière flottante dans cette profondeur, qui a environ deux mètres d'eau, elle reparaît sur le lac.

Les chevaux furent repris.

La route qui conduit à Besse suit la vallée où coule le Gelat; elle contraste singulièrement avec l'aridité de la montagne; les prairies sont émaillées de fleurs, et l'on rencontre de beaux massifs de hêtres.

Mais la petite marquise déclara qu'elle ne pourrait suivre ainsi au trot. Le marquis offrit de la ramener au pas par où l'on était venu. Le guide s'y opposa, craignant avec raison qu'ils ne s'égarassent dans la montagne; il proposa de renoncer à visiter la petite ville de Besse, ce qui allongeait, alors même que l'on eût fait toute la route au trot, et de s'en revenir au pas par la vallée de Chaudefour; chemin tellement intéressant dans la montagne qu'il pouvait être un dédommagement et n'était pas sensiblement plus long que le retour par le Sancy. Ce nouveau plan fut accepté à l'unanimité par courtoisie pour la petite marquise, et l'on abandonna la route de Besse et cette ville, en renonçant à voir sa vieille tour du beffroi, son ancienne église avec sa nef romane et son chœur ogival, ses maisons du XVe siècle bâties en pierre volcanique, et son aspect du moyen âge. Quand on fut sur la hauteur, on l'aperçut dans le lointain se dessinant au milieu des mon-ticules et des touffes de verdure. On fit halte un instant pour contempler son ensemble avec les lor-gnettes.

Le chemin que suivait notre petite caravane chan-geait d'aspect tous les quarts d'heure, et l'on n'eut plus aucun regret de l'avoir pris.

C'étaient de petits mamelons, des plaines entourées de monticules, des sables, des pâturages et des bois que l'on finit par traverser. A leur sortie, la vallée de Chaudefour se découvrit à la vue : elle est boisée, encaissée, verdoyante : c'est un nid dans une enceinte de hautes montagnes que le Puy de l'Angle do-mine.

On se contenta de ce coup d'œil, que les sinuosités du chemin variaient sans cesse.

Les terrains devenaient plus fertiles et les habita-tions se multipliaient; on traversait de petits villages où ruisselaient de fraîches fontaines; on s'enfonçait sous bois, le long des rochers, et l'on était ravi de cette promenade; mais il fallait en sortir et escalader les hauteurs.

Il y eut une rampe dénudée qui fut en effet une

véritable escalade. Les chevaux de montagne, toujours infatigables, durent la gravir tout d'une haleine, et l'on se trouva sur les plateaux supérieurs, couverts de pâturages sans arbre.

La cavalcade avait marché en groupe jusque-là, à part deux ou trois petites haltes pour attendre la marquise, car elle évitait autant que possible le trot, qui la fatiguait de plus en plus, et elle était souvent en retard. Le marquis alors s'en préoccupait bien un peu, mais son ardeur l'entraînait vite dans le mouvement général.

C'est alors que M. de Bretèche ne pouvait s'empêcher de s'inquiéter et d'attendre Mme de Varnay. Il finit par rester seul avec elle en arrière, et le marquis, trouvant commode sa complaisance pour sa femme, le laissait faire, comptant sur sa galanterie pour ne point l'abandonner et s'en rapportant à lui pour la secourir au besoin.

On rallia encore une fois la cavalcade sur ces hauteurs, en abordant le grand cône du pic de l'Angle, que l'on devait contourner, afin de jouir de la vue que l'on allait quitter : c'était le château de Murols, sur son mamelon isolé, et surtout le lac Chambon. Sa forme est capricieuse, accidentée de petits golfes et de promontoires; de petites îles semblent flotter sur sa surface, et ses bords aplatis sont couverts d'une belle végétation. A l'est il est dominé par le Tartaret. On prétend que c'est la lave de ce volcan qui, en arrêtant le cours de la Couze, forma ce lac. A l'ouest est le village qui porte son nom.

Cette vue est merveilleuse, et on la quitta à regret, se promettant bien de revenir la contempler du sommet du pic de l'Angle.

Les plateaux herbés sur lesquels on se trouvait invitaient tellement à une allure plus vive que l'on ne put résister à la tentation de quelques temps de galop, au risque d'attendre ensuite les retardataires.

M. de Bretèche déclara ouvertement qu'il resterait complètement en arrière pour ramasser les blessés. On le laissa faire, car ils avaient pour exemple les accidents arrivés quelques jours auparavant sur ces mêmes plateaux à une autre caravane qui s'était donné la fantaisie de faire presque un assaut de course, et il en était résulté plusieurs chutes.

Mais si M. de Bretèche n'eut pas à ramasser de blessés, bien lui en prit cependant de sa précaution, car il eut à ramasser force manteaux et capelines ou fichus de laine attachés sur la croupe des chevaux et qui, dans cette course un peu échevelée, n'avaient pas suivi leurs possesseurs. Bientôt il en fut tellement chargé qu'il ne pouvait plus les maintenir sur sa bête.

La marquise en avait pris son parti et cheminait au pas avec lui, riant de ces petites aventures et se laissant aller au charme des tendres attentions de son compagnon, qui, pour éviter une explication qu'il redoutait, s'efforça d'être aimable et agréable, voilant l'expression de ses sentiments. Mais la petite marquise perdit promptement sa gaieté, son entrain; elle devint anxieuse à la pensée de se trouver ainsi seule en arrière avec un homme qu'elle savait l'aimer si profondément et qui était en possession du secret de son cœur.

Le guide reparut tout à coup, revenant vers eux au grand galop. M. de Bretèche lui exprima son mécontentement de ce qu'il les laissait ainsi en arrière, et le chargea de tout le butin qu'il avait recueilli.

On se rallia encore, mais cette fois la petite marquise déclara qu'elle ne pouvait plus se tenir à cheval, et la situation semblait devenir embarrassante. Heureusement que le guide fit connaître qu'on était tout près du Mont-Dore, en y descendant directement à pied par une pente rapide, tandis qu'à cheval il y avait bien encore une lieue à faire, car il fallait aller rejoindre la route de Clermont à l'extrémité nord de la vallée du Mont-Dore.

Mme de Varnay, à cette nouvelle, n'hésita pas, et demanda à rentrer à pied avec le guide.

Mais là surgissaient d'autres difficultés, celles d'emmener les chevaux et de faire connaître le chemin à ceux qui devaient le suivre, car l'ancienne voie romaine où l'on se trouvait, et que le pavage désignait encore suffisamment, devenait impraticable.

Le marquis interpella M. de Bretèche pour faire
appel à son dévouement, en le priant d'accompagner
sa femme, le guide s'offrant d'emmener leurs deux
chevaux.

M. de Bretèche, comprenant que Mme de Varnay
invoquait la fatigue que lui causait le cheval tout
autant pour ne pas se trouver isolée avec lui que
parce qu'elle était réellement souffrante, résista de
tout son pouvoir pour déterminer le marquis à
prendre ce rôle, qui lui était naturellement dévolu.
Celui-ci, qui ne se souciait pas du tout de rentrer maritalement à pied, s'en déchargea sur lui
d'une manière si pressante et lui témoigna tant de
confiance que le pauvre amoureux fut pénétré de
cette droiture bien plus qu'il ne l'eût été d'un soup-
çon ou d'une réprimande.

Il y avait, du reste, une raison majeure pour
prendre ce parti, c'est que les sentiers les moins difficiles de cette rampe étaient connus de M. de Bretèche et ignorés du marquis. M. de Bretèche avait
voulu aussi le déterminer à se joindre à eux, mais
le guide avait refusé d'emmener trois chevaux, ne
pouvant en tenir qu'un de chaque côté de lui.

Et voilà comment la petite marquise se trouva
encore une fois confiée plus que jamais aux soins
isolés de M. de Bretèche. Elle était un peu rassurée
par ses refus obstinés pour s'y soustraire; mais, si
elle gagnait cette sécurité d'un côté, elle sentait son

cœur faiblir par la reconnaissance que lui inspirait
cette généreuse abnégation de lui-même.

La cavalcade partit au grand trot et fut bientôt à
perte de vue, tandis que, un peu embarrassés de
leur rôle au milieu de cet isolement, ils battaient
les lieux communs, et les buissons, l'on pourrait
ajouter, car la crête de ces rampes est bordée de
touffes de charmes rasés par le vent comme par la
faux, offrant de capricieuses retraites de verdure,
dont le feuillage était d'autant plus tassé et impé-
nétrable qu'il n'avait pu s'élever.

Tout semblait s'accumuler pour rendre ces lieux
séduisants et dangereux, et s'ils ne se communi-
quaient pas leurs impressions, nous ne voudrions
pas trop les analyser. Mais il y a une distance
énorme, en certains cas, entre les velléités d'un désir
inconscient et la réalité. Cela ne fit qu'augmenter
leur gêne mutuelle. Ils n'en étaient point arrivés à
la familiarité de sentiments qui permet de les dévoiler ou de s'expliquer à leur sujet, et ils avaient
l'un et l'autre trop laissé surprendre leur amour
pour que les choses pussent en rester là et ne pas
éclater à un moment ou à un autre, soit pour le
vaincre par une séparation, soit pour être vaincus
par lui.

La marche faisait bien un peu mal au pied de la
petite marquise, mais elle n'avait plus la fatigue du
cheval. Puis le terrain était mou et herbé; mais il

arriva un moment où la voie romaine qu'ils lon-
geaient tourna brusquement dans la pente, et alors
il ne se trouva plus qu'un chemin dégradé, rempli
de cahots et de pierres roulantes pour la plupart.
Elle ne pouvait plus avancer qu'avec une peine
extrême. M. de Bretèche lui signalait tous les mauvais endroits, et, avec la sollicitude d'une mère pour
les premiers pas de son enfant, semblait prêt à ouvrir
les bras à chaque instant pour lui éviter une chute.

Mme de Varnay fut de plus en plus touchée de sa
réserve, car il eût paru si naturel de lui offrir, en ce
cas, le secours de son bras... Elle ne doutait point de
son ardent désir de le faire, et cependant il ne le
faisait pas... Alors, poussée, moitié par la nécessité et
moitié par la reconnaissance, elle le pria elle-même
de le lui offrir.

M. de Bretèche le fit sans affectation, mais une
fois qu'il tint ce bras sur le sien, il la soutint avec
tant de sollicitude que tous ses sentiments semblèrent se communiquer dans ce contact. Il ne put
bientôt s'empêcher, quand elle chancelait, d'ajouter
l'appui de sa main sur cette main chérie qu'il tenait
si près de son cœur.

Enfin il fallut quitter ce chemin, dont la pente
allait aboutir au bas de la grande cascade, à un kilomètre du Mont-Dore, tandis qu'on avait la ville à
ses pieds et qu'on pouvait la rejoindre par les ram-
.pes en lacets, qui, bien que d'une rapidité extrême,

étaient cependant praticables et abrégeaient beaucoup la durée de la marche. Le mieux était donc de les suivre avec toutes les précautions possibles, et en prenant son temps. C'est ce que M. de Bretèche fit faire à sa chère compagne. Il abandonna son bras bien à regret, et lui traça le chemin pas à pas, l'aidant souvent en la tenant par les mains. La difficulté de la route remplaçait la difficulté de la conversation, et ils descendaient toujours pas à pas. Mais vers le milieu de cette rampe, le petit sentier se trouva interrompu par un éboulement, et un contre-bas d'environ soixante centimètres était à franchir, au pied duquel s'étendait une petite mare d'eau boueuse. M. de Bretèche examina les alentours; il était impossible de passer autre part; il descendit donc, et s'enfonça jusqu'au-dessus de la cheville dans ce sol humide.

Que faire?... le moyen était cependant bien simple. La petite marquise n'offrait pas un poids tel qu'il ne pût la soulever presque à bout de bras et la déposer de l'autre côté du cloaque. D'un coup d'œil l'un et l'autre avaient envisagé la situation. Mais emporter la petite marquise dans ses bras, même pour quelques instants, lui paraissait maintenant une chose plus énorme que de soulever la terre. Il fallait cependant sortir de là. Il se hasarda donc à lui dire, en faisant faiblement le geste de lui tendre les bras :

« Ah ! Madame, si j'osais, et si vous vouliez bien m'honorer d'une telle confiance... »

Mme de Varnay ne broncha pas, mais elle se laissa pénétrer de l'expression de son regard... et soutenir ce regard, c'était permettre de plonger dans le sien et de lire jusqu'au fond de son cœur ! Elle trouva que ce muet langage était plus éloquent que toutes paroles et elle en savoura le poison enchanteur.

Cependant cette ivresse même de la passion l'eût probablement clouée sur place si elle n'eût vu les yeux suppliants de M. de Bretèche se remplir de larmes. Alors, sans plus rien calculer, elle tendit ses bras en avant. M. de Bretèche la souleva aussitôt avec précaution et respect, mais, en la déposant après lui avoir fait franchir ce mauvais pas, il ne put se défendre de serrer sur son cœur ce précieux fardeau, et elle, qui avait dû enlacer son cou de ses bras, en les retirant laissa pendant une seconde sa jolie tête reposer sur son épaule.

Mais M. de Bretèche ne put pas comme au bal fuir immédiatement après, et de cet Éden redescendre sur la terre. Se jetant à genoux, les mains jointes, prosterné en adoration — l'amour les transfigurait l'un et l'autre :

« Ah ! merci, dit-il en s'emparant de l'une de ses mains et la couvrant de baisers, je puis maintenant m'enfuir à l'extrémité de la terre si vous l'ordonnez ! »

Mais la petite marquise n'ordonna rien; elle ne retira sa main que tout juste assez pour le faire relever et la lui abandonna pour se laisser conduire. Pas une parole ne s'échangea, mais qui pourrait dire ce que ces âmes éprouvaient?

M. de Bretèche nous le révélera plus tard, laissons cela à l'éloquence de son amour.

Ils marchaient dans une délicieuse ivresse, la terre avait disparu sous leurs pas et un étourdissement d'émotions et de bonheur inavoué les tenait comme enveloppés dans un nuage mystérieux qui semblait s'envoler au ciel.

Ce fut au milieu de ce trouble délicieux que des exclamations de joie et des piétinements de chevaux arrivèrent à leurs oreilles. C'était la cavalcade qui rentrait au Mont-Dore au galop en poussant des hourras, heureux et fiers de rentrer sans autre accident, après huit heures de cheval.

XIV

LA GRANDE CASCADE

Les jours suivants on se tint tranquille, comme cela est de coutume après les grandes excursions, et rien pendant ces journées paisibles ne survint qui soit digne d'être mentionné.

La petite marquise surtout se reposa et, dans ses relations extérieures, ne laissa rien paraître de ses sentiments intimes, pas plus que dans ses rapports fréquents avec Mme de Nanzac, qui, de son côté, avait pris un soin spécial de tenir M. de Lacor un peu à l'écart, depuis la rebuffade de son mari à l'arrivée de Vassivières.

Chaque soir quelques-uns de nos amis allaient bien au casino, mais presque isolément, comme au début.

La marquise, du reste, garda sa chambre le soir, et son amie lui tint compagnie; dès lors que pouvons-nous avoir à raconter d'intéressant en dehors de leur présence?

M. de Lacor passait ses soirées à jouer au casino, et M. de Bretèche disparaissait et devenait introuvable. Les autres tuaient le temps comme ils pouvaient.

Le 15 août, fête de l'Assomption de la sainte Vierge, dès neuf heures du matin, la procession du vœu national de Louis XIII défila autour du parc et s'arrêta sur la place du Panthéon, à un petit reposoir dressé sur des tables, devant la porte même de l'hôtel. On fit là une station où l'on récita les prières d'usage pour cette cérémonie, au milieu de la pieuse population du pays, qui suivait dévotement la procession ; elle rentra ensuite à l'église pour la célébration de la grand'messe.

La petite marquise vit, de sa fenêtre, cette multitude agenouillée avec recueillement, et en fut impressionnée. Cette procession votive lui rappela énergiquement le vœu qu'elle avait fait à Notre-Dame de Vassivières, si elle lui venait en aide, et, méditant sur ce sujet, elle pensa que Notre-Seigneur avait dit : « Aide-toi, le Ciel t'aidera », et que la Vierge miraculeuse ne lui devait cependant point un miracle gratuit ; que c'était à elle d'agir, d'avoir la force de faire son sacrifice et de l'exiger de son pauvre ami.

Les offices de ce saint jour de fête la fortifièrent dans ces bonnes résolutions.

Ce fut remplie de ces idées courageuses, qui pourtant lui brisaient le cœur, que le lendemain on fit l'excursion pédestre de la grande cascade.

Cela fut entrepris comme une simple promenade, car sa dernière chute est à 1 kilomètre du Mont-Dore, mais il faut encore gravir pendant un autre kilomètre environ un sentier à lacets pour arriver à sa chute supérieure, qui est proprement la grande cascade. Elle continue ensuite à descendre, de chute en chute, jusqu'à la Dordogne, au milieu d'un chaos de gros blocs de rochers provenant de l'éboulement d'une coulée basaltique des pentes du Puy-de-l'Angle, et formant un retrait assez profond dans la vallée du Mont-Dore.

Le pied de Mme de Varnay était reposé, et elle crut pouvoir faire cette excursion, la plus courte de toutes.

Le soleil était très chaud en gravissant cette rampe, et l'on ne trouva qu'un seul petit point ombragé à mi-chemin; mais à chaque tournant du lacet, qui venait presque aborder le torrent, on admirait ses bonds mugissants d'écueils en écueils.

« C'est bien l'emblème de ma pauvre âme », se disait la petite marquise.

On atteignit enfin la grande cascade : c'est une belle masse d'eau, toute une rivière. Elle tombe de 33 mètres de haut et va se briser sur les aspérités d'un amas de blocs, rejaillissant en bonds capricieux ou se perdant en poussière.

Le rocher forme derrière une longue et grande excavation, où l'on trouve un abri délicieux contre le vent et le soleil.

Après avoir examiné la cascade dans tous les sens et passé derrière elle, les plus ardents se laissèrent entraîner à continuer le sentier qui traverse le torrent, au bas même de la chute, et s'en va par un chemin de chèvre, en diagonale, gagner les plateaux supérieurs.

La petite marquise se déclara incapable d'aller plus loin, et proposa d'attendre le retour de cette dernière ascension, qui demandait vingt minutes.

Mme de Nanzac s'offrit pour rester avec elle; mais le marquis s'y opposa, ne voulant pas qu'elle se privât de cette promenade intéressante, et il voulut charger de ce soin M. de Bretèche, prétendant que c'était devenu son rôle d'être la providence, le sauveur et le gardien de la marquise; qu'il s'en acquittait à merveille, qu'il avait fait ses preuves, etc., etc.

La vicomtesse insista cependant pour rester, en remerciant le marquis de ses excellentes intentions à son égard, car elle sentait l'embarras de son amie et elle ne voulait pas la quitter.

Mais, au moment de les laisser toutes les deux en arrière, on vit un groupe d'hommes qui s'acheminait vers les sommets de la grande cascade. Ces dames se récrièrent, se trouvant embarrassées de rester ainsi seules dans cette grotte retirée.

Le marquis, sans plus de cérémonie, intima l'ordre à M. de Bretèche d'être la sentinelle de ces dames.

Tout cela fut fait avec tant d'autorité et d'entrain

qu'il n'y eut pas de réplique à faire. Personne, du reste, n'était fâché de cet arrangement.

Ces dames se reposèrent assises dans la grotte, et M. de Bretèche causait avec elles, tout en contemplant les belles gerbes d'eau qui tombaient en passant au-dessus de leur tête, s'écartant en nappe et se diamantant de mille reflets prismatiques aux rayons du soleil. C'est un spectacle sans cesse renouvelé, avec mille variétés, qui le feraient contempler à l'infini.

Pendant ce temps, notre caravane pédestre gravissait péniblement le dernier escarpement. Les trente derniers mètres surtout sont dignes des passages les plus périlleux de la mer de glace ; une rampe en fer est scellée dans le rocher, et ce n'est qu'en s'y cramponnant qu'on arive à l'escalader, les pieds reposant à peine sur une petite saillie.

Une fois arrivés sur le plateau, à la grande joie des jeunes gens, leurs mères jurèrent qu'elles ne redescendraient pas par là. Comme il était encore de bonne heure, l'idée et le désir vinrent de faire l'ascension du Puy-de-l'Angle, qui dressait en face son dernier cône majestueux.

Mais Mmes de Varnay et de Nanzac était restées à la grande cascade, et cette ascension était impossible pour la petite marqiuse. Alors le marquis trancha de suite la question : il expédia le jeune Pierre de Rives en aide de camp vers elles.

Ces dames et M. de Bretèche, en voyant Pierre redescendre seul et précipitamment, furent d'abord ef-
frayés craignant qu'il ne fût arrivé quelque accident,
mais sa gaieté les rassura vite.

« Je suis chargé, dit-il, en ma qualité d'aide de
camp de mon général, de vous prévenir :

« Premièrement que le but de l'expédition est de
faire l'assaut du pic de l'Angle jusqu'à son sommet
et de revenir par la voie romaine, la partie féminine de la colonne refusant de courir les dangers du
vertige en redescendant le long de la rampe en fer.

« Je suis chargé secondement de prier Mme la vicomtesse de Nanzac de vouloir bien m'honorer de sa confiance pour la faire rejoindre l'expédition générale
sur le sommet du plateau.

« En troisième lieu, mon général prie M. de Bretèche d'avoir le dévouement de se priver des honneurs
de l'assaut et de rester en arrière pour être l'écuyer
servant de Mme la marquise et la ramener paisiblement à l'hôtel quand elle se sera suffisamment repo-
sée, l'ascension n'étant pas jugée possible pour elle. »

Ces dames se récrièrent fort à cette harangue, mais
Pierre insistait. Mme de Nanzac était retenue par la
crainte de contrarier son amie en la laissant ainsi
seule avec M. de Bretèche, car elle désirait bien faire
l'ascension du pic de l'Angle en profitant de cette
occasion qui ne se reproduirait pas, et, qui sait? aussi
peut-être bien un peu pour retrouver M. de Lacor, qui,

bien qu'obligé de se tenir sur la réserve, ne perdait pas une occasion de se déclarer en mille petites roueries ou mille attentions, et la vicomtesse ne laissait point que d'être sensible à cet amoureux jeu.

La petite marquise craignit de son côté de priver son amie, et, voyant là un long temps à passer seule avec M. de Bretèche, ses pieuses résolutions de la veille lui revenant, elle pensa que c'était le moment ou jamais d'avoir le courage de s'exécuter.

Prompte dans la résolution comme dans l'action, elle fit signe à son amie d'accepter en lui disant :

« Ma chère Thérèse, va sans crainte, confie-toi à M. Pierre, qui sera si fier d'être ton conducteur jusqu'au plateau ; et je ne voudrais pas te priver de la vue délicieuse qu'on a, paraît-il, du sommet du pic de l'Angle sur la vallée de Chaudefour que nous avons pu apprécier avec tant de plaisir ; tu pourrais regretter cette belle excursion. Fais-la sans te préoccuper davantage de moi ; la faiblesse de mon pied doit m'en priver, cette année au moins. J'en ai bien assez de ma promenade pour aujourd'hui, et je vais user de l'obligeance de M. de Bretèche pour me ramener clopin-clopant, comme une pauvre perdrix blessée.

M. de Bretèche s'inclina respectueusement sans trahir aucune émotion, et la vicomtesse n'insista pas, comprenant un désir et une intention de son amie de rester seule avec lui.

XV

GROTTE DE LA GRANDE-CASCADE

La petite marquise dit à M. de Bretèche quand ils furent seuls :

« J'ai à vous parler, mon ami, mais attendons que Mᵐᵉ de Nanzac et M. Pierre aient disparu et que ce groupe qui monte ait satisfait sa curiosité. »

Il semblait qu'en faisant tout de suite l'aveu de son projet, il lui deviendrait impossible de reculer ; mais elle laissait transpercer une surexcitation qu'elle ne pouvait plus maîtriser.

« Si vous voulez, reprit-elle, pour prendre contenance, examinons la cascade de plus près. Est-ce que l'on pourrait s'avancer tout à fait derrière la chute, sur ce gros bloc qui la reçoit en partie.

— Certainement, Madame, répondit M. de Bretèche, si vous ne craignez pas d'être un peu mouillée ; par ce temps calme, le vent ne dérangera pas l'aplomb de la chute, on peut approcher tout près par derrière, la disposition des rochers d'en haut comme d'en bas ne la faisant rejaillir qu'en avant. »

11

Et, la soutenant de bloc en bloc, il la fit monter sur celui qui recevait la chute, en la préservant avec son ombrelle des quelques fusées d'eau qui eussent pu l'inonder. La petite marquise put s'enivrer de ce bruit de la masse d'eau qu'elle contemplait tombant presque perpendiculairement devant elle, se détachant au-dessus de sa tête du noir rocher comme une nappe argentée.

Un frisson la fit tressaillir.

M. de Bretèche la regarda stupéfait.

« Qu'arriverait-il, dit-elle, si l'on s'avançait tout à fait sous la chute ?

— On serait foudroyé, Madame.

— Si je m'y aventurais, que feriez-vous ? continua-t-elle, en le regardant fixement.

— Je vous suivrais avec bonheur, répondit-il en la saisissant par le bras.

— Alors retirons-nous, mon ami, cette eau et ce bruit me donnent le vertige, et ma tête s'égare... sans la foi chrétienne, qui domine chez moi, je serais tentée de dire qu'il ne nous reste plus qu'à mourir là ensemble. »

Et elle cacha sa figure dans ses mains.

M. de Bretèche l'enlaça de son bras et, la soulevant presque, l'entraîna sur les blocs voisins ; il sembla à la petite marquise que le bruit de la cascade lui avait murmuré à l'oreille : Je vous aime.

Les visiteurs dont la première apparition avait

effrayé ces dames furent tentés, en se retirant, de la prendre pour une ondine se dressant au milieu des gerbes irisées et vaporeuses de cette poussière d'eau diamantée.

Cependant ils s'étaient assis au fond de la grotte qui semblait les abriter de son ombre; en face, la nappe d'eau, comme un rideau de cristal, les voilait aux regards; la lumière ardente du soleil leur arrivait tamisée par cette gaze diaphane et azurée des couleurs de l'arc-en-ciel; des fougères ruisselantes de perles de rosée, comme une dentelle brodée d'argent, servaient de lambrequins à la voûte, et les parois du rocher, émaillées de mille facettes diaprées, scintillaient au soleil comme une étoffe brochée d'or.

Quelle retraite pour l'amour !

Les yeux étaient éblouis et charmés; l'harmonie indéfinissable du bruit retentissant de la cascade finissait d'engourdir les sens...; le cœur complétant la fascination, la petite marquise se sentit défaillir.

Sa tête s'affaissa languissante sur l'épaule de M. de Bretèche, le feu de ses yeux s'éteignit, et elle tomba inerte entre ses bras ! Il comprit vite que ce n'était qu'un spasme nerveux, et il contemplait avec ravissement cette femme adorée.

Il sentait en elle la réunion des sentiments les plus élevés et les plus passionnés, et sa nature défaillant dans une lutte impuissante...

Sa faiblesse même la sauva, car M. de Bretèche l'aimait pour elle et bien plus que lui-même; tout emporté qu'il fût par son amour, un sentiment désintéressé dominait chez lui, et avant tout il voulait son bonheur.

Il déposa un ardent baiser sur le front de cette tête si chère, renversée sur lui sans connaissance, mais il s'arrêta, interdit, comme s'il venait de commettre un crime.

Il prit alors dans sa main les beaux cheveux noirs qui s'échappaient de sa coiffure, dans le désordre du moment, il les porta à ses lèvres et les baisa avec passion, sentant son cœur battre à lui rompre la poitrine, dévoré du désir insensé d'emporter au désert cet être bien-aimé, qui était devenu toute sa vie, et cependant... prêt, à sa demande, à fuir seul au bout du monde.

La petite marquise rouvrit lentement les yeux : elle vit sa figure penchée sur elle, avec une expression indicible de douceur et de tendresse. Elle le contempla, sans remuer, et les minutes s'accumulèrent sur les minutes dans cette extase d'amour. Enfin l'instinct de la réalité sembla lui revenir.

M. de Bretèche voulut la rassurer, mais elle lui ferma la bouche avec sa mignonne petite main, qu'elle abandonna à ses lèvres.

« Oh ! dit-elle, laissez-moi encore vous contempler avant de vous dire adieu. »

De grosses larmes inondèrent leurs visages... Ils demeurèrent longtemps ainsi...

M. de Bretèche n'osait rompre ce charme enchanteur ; il lui semblait que ce qui pouvait lui rester de bonheur ici-bas s'écoulait dans ces courts instants. La petite marquise, la première, en eut l'énergie.

« Allons, dit-elle, en poussant un gros soupir, il nous faut avoir un courage, mon ami, qui me coûte plus que la vie. Et croyez bien que si je vous fais cet aveu, c'est que je veux qu'il soit le dédommagement de votre sacrifice. »

Et sans faire aucun mouvement, sans changer la pose dans laquelle elle était tombée dans ses bras, elle lui dit de sa voix la plus douce :

« Mon ami, que nous sommes malheureux ! Pourquoi m'aimez-vous ainsi ? J'ai voulu vous guérir, et je n'ai pas eu la force de me garantir moi-même... ; puis, une sorte de fatale destinée s'en est mêlée, et nos sentiments se sont dévoilés comme malgré nous.

— C'est presque la loi commune des vraies amours, ma pauvre amie ; il y a des entraînements irrésistibles, qui se révèlent quand même. Mais calmez-vous, mon sacrifice sera à la hauteur de ce que demandera votre amour... »

Et il resta sans voix.

La petite marquise, devant tant de soumission et une telle immolation, ne put se défendre de porter à ses lèvres la main qu'elle tenait enlacée dans la sienne.

« Que voulez-vous ! continua-t-il, est-ce ma faute à moi si je ne puis m'empêcher de frémir de la tête aux pieds quand je vous vois passer? et savez-vous la persistance insensée que j'ai mise pendant des années à vous fuir? mais vos yeux étaient pour moi le ciel; il ne m'était même plus donné d'analyser votre beauté, car vous étiez devenue un être à part, qui anéantissait tout le reste. A votre vue, une sorte d'extase me saisissait, et la terre disparaissait. Est-ce donc étonnant qu'à la moindre de vos faveurs les plus banales, la tête m'ait tourné? et alors, comme un chien fidèle, qui d'instinct suit la trace de son maître aimé, j'ai suivi la vôtre partout où j'ai pu, et je suis arrivé jusqu'ici ! Et ne vous faites pas de reproches à vous-même, car vous avez été parfaite en tout à mon égard, avec toute la réserve possible ; n'est-il pas bien naturel que les si profondes émotions de mon cœur aient fini par pénétrer le vôtre? Vous blâmiez M. de Lacor d'avoir voulu évoquer, comme excuse de l'amour, auprès de votre amie, une loi mystérieuse qui plane au-dessus de nous. Vous aviez raison, puisque nous avons la force de vaincre cet attrait irrésistible ; mais avouez cependant qu'il a été irrésistible, cet attrait, pour qu'il ait pu nous attirer jusqu'à l'extrémité où nous nous trouvons réduits. C'est pourtant une vérité bien incontestable que certaines natures éprouvent une telle sympathie qu'elles se sentent entraînées l'une vers l'autre involontairement, et qu'il s'établit comme un fil conducteur insaisissable à la foule, d'où naît l'amour, en dépit des hommes et du monde, et j'oserais presque dire du devoir! Jusqu'à quel point ne peut-on pas se donner, sans même s'en apercevoir, dans ce domaine idéal de la fusion des âmes!...

— Hélas! mon ami, j'admets que vous disiez vrai, mais alors où est le remède, sinon dans la sépara-tion et la fuite, quand le devoir s'interpose?

— Je ne le sais que trop, et je me regarde comme un condamné à mort. Cette vie n'est qu'une série d'épreuves, et le bonheur est insaisissable. Ah! lais-sez-moi, comme un avare, emporter au bout du monde les trésors de joies indicibles de ces moments, au milieu de la torture qu'ils me causent. Il le faut, n'est-ce pas?

— Ne me le faites pas dire, exclama la petite mar-quise, en se relevant; ayez tous les courages pour moi... Tenez, partons, il en est temps!... cette nappe d'eau m'attire..., emmenez-moi. »

Appuyée sur son bras, ils commencèrent à des-cendre lentement les lacets de la montagne.

Tout était désert autour d'eux; ils n'entendaient plus que les battements de leurs cœurs, qu'étouffait à peine le bruit de la cascade.

L'un des attraits les plus puissants de l'amour, n'est-ce pas l'impossibilité de le satisfaire? Toutes les

femmes souhaitent être aimées follement : elles vou-
draient toujours avancer et ne jamais rétrograder, se
voir, toujours le sujet d'ardeurs nouvelles et incon-
nues, être sans cesse l'inspiration d'un génie créateur.
Mais la nature humaine a des limites dans ses en-
thousiasmes; elle n'a pas en partage le pouvoir de la
divinité créatrice. La femme ne voudrait jamais connaître la fin, le dernier mot de l'amour. Elle est insatiable, et cela explique peut-être bien pourquoi un
nouvel amour inconnu a pour elle et malgré elle une
fascination inavouée, devant laquelle elle doit fuir,
quand la force lui manque pour lutter.

XVI

LE PUY DE L'ANGLE

Pendant que cette scène d'amour se passait dans la grotte de la Grande-Cascade, au-dessus s'exécutait l'assaut du puy de l'Angle, suivant l'expression de Pierre de Rives. Ce puy est revêtu d'un gazon inculte accumulé en croûte épaisse comme sur tous ces plateaux supérieurs. Sous ces pâturages gras et mous est un amas de détritus inféconds, et pas un arbuste ne pousse dans ces régions, ce qui leur donne un caractère sévère rempli de mélancolie rêveuse.

Son dernier cône offre à l'œil, de ce côté, un aspect régulier, mais trompeur, car à peine est-on arrivé sur le haut d'un premier mamelon que l'on voit une nouvelle cime se dresser. On reprend courage, mais quand, au bout d'un petit quart d'heure, on a gagné l'extrémité de cette cime, c'est encore à recommencer, et ce n'est qu'après avoir franchi trois étages ainsi superposés et se masquant mutuellement, qu'on arrive au dernier sommet qui est fort élevé. Et malgré les mottes arrondies qui servent presque de marches dans sa partie supérieure, ce n'est pas sans une grande fatigue qu'on accomplit cette ascension.

Mais nos promeneurs y mirent le temps et se déclarèrent amplement récompensés de leurs peines, en admirant une des vues du Mont-Dore les plus attrayantes par les détails accidentés qui l'avoisinent.

Au levant, la vallée de Chaudefour s'étend à vos pieds, ravissante de fraîcheur; les regards s'arrêtent ensuite avec complaisance sur le lac Chambon, les ruines du château de Murols et la ville de Besse se perdant dans les replis de montagnes lointaines.

Au couchant est la vallée du Mont-Dore, de nous bien connue, dominée par le pic du Capucin.

Et du nord au midi une série de pics et de mamelons se déroulent en une chaîne d'un aspect gracieux, dont on occupe le centre.

On fit une halte prolongée sur ce sommet, arrondi, mais étroit. On put facilement se reposer sur ses pentes, et s'il n'y avait pas d'abri pour se garantir des rayons d'un soleil ardent, la vivacité de l'air tempérait suffisamment la chaleur.

On voulut tailler au plus court en redescendant par le versant du nord-ouest, mais s'il y a moins de longueur de chemin, il fallut bien plus de temps, la rapidité de la pente demandant des précautions inouïes. Chacun dut se charger d'une dame, et le baron ne manqua pas d'avoir à donner la main à Mme de Nanzac. Mais tout le monde resta groupé.

Au bas du cône on trouva des bois et des plateaux où paissait un nombreux bétail, ce qui semblait ajouter une poésie particulière à ce grand air de solitude, en les consacrant plus spécialement à la vie pastorale.

Enfin l'on regagna l'ancienne voie romaine, pour redescendre dans la vallée du Mont-Dore. Mais, comme nous l'avons déjà vu, cette voie antique suit une pente qui ramènerait au bas de la Grande-Cascade. Et, de même que la petite marquise avec M. de Bretèche, on comprit vite qu'il fallait abréger par les petits sentiers qui descendaient directement à la ville. On se divisa par petits groupes alors, sans même s'en apercevoir, pour chercher un chemin plus facile.

Les hasards sont singuliers... Toujours est-il que Mme de Nanzac, le baron de Lacor et les deux petites de Rives se trouvèrent à suivre un chemin qui les écarta sensiblement du reste de la société.

Bientôt même Louise, dans son ardeur de toujours tenir la tête, entraîna sa sœur assez rapidement dans cette descente, et Mme de Nanzac et le baron de Lacor se trouvèrent distancés sensiblement. C'était une occasion trop favorable pour que le brillant officier ne cherchât pas à en profiter. Il avait, du reste, préparé les voies au fur et à mesure que l'escorte s'était amoindrie autour de lui, en sorte que l'isolement venait à point lui permettre de lancer ses grandes phrases.

« Ah! Madame, pourquoi cherchez-vous à me fuir ainsi? Ne voyez-vous pas combien je vous aime? Ne sentez-vous pas que je suis prêt à tout pour vous?... Ah! si, vous le sentez, car vous m'aimez malgré vous?

— Monsieur, Monsieur!...

— Votre mari vous tyrannise, et ne mérite-t-il pas par là même que vous preniez un dédommagement, qui devient justice? Et d'autres, ne le prennent-ils pas, ce dédommagement?

— Monsieur, Monsieur! de grâce, taisez-vous. La conduite des autres ne nous regarde pas, et vous semblez me faire là une allusion douloureusement blessante. »

Mais le baron, sans l'écouter, continuait avec véhémence :

« Où trouverez-vous un pareil dévouement, un pareil... amour? Et si vous voulez vous y prêter, nous nous entendrions si facilement!...

— Pas si facilement que cela, Monsieur; mon mari est jaloux, vous le dites vous-même. Il vous surveille de près, et avouez qu'il a raison. Croyez-vous donc que je vais accepter cette existence affreuse, d'être ainsi toujours en lutte pour vous éviter? S'il est vrai que vous m'aimez, Monsieur, eh bien, je vous prie de m'en donner la preuve, en respectant

la tranquillité de mon ménage par votre réserve !
Votre amitié eût pu devenir une relation de société
agréable pour moi, et si un sentiment plus vif vous
animait, votre premier devoir de dévouement était
de me le taire.

— Mais alors, Madame, avec ce système on ne
peut aboutir à rien.

— Et à quoi espérez-vous arriver, je vous prie ?

— Mais... c'est alors comme si je ne vous aimais
pas.

— C'est précisément ce qui doit être votre ligne
de conduite. S'il vous plaît de m'aimer à mon insu,
cela vous regarde ; mais ce qui me regarde, moi,
c'est de ne pas me le laisser dire. »

Le baron sentit qu'il n'avait rien à gagner dans
une explication prise de la sorte. Il se tut quelques
instants, en montrant des soins délicats afin d'écarter
les difficultés du chemin pour cette belle inhumaine,
comme auraient dit nos pères, et essaya de la toucher par ses sentiments.

« Je suis bien malheureux, Madame, j'ai tant souhaité aimer véritablement ! Et c'est quand ce mystérieux sentiment vient me visiter que la femme qui
en est l'objet me repousse. Je ne puis chasser votre
pensée de mon esprit, je vous vois toujours devant
moi rayonnante de séductions ! Ayez au moins pitié
de ma faiblesse, ou enseignez-moi l'art de ne pas
vous aimer. »

A ce moment le terrain était tellement vertical qu'il se sentit autorisé à lui tendre la main. Il pressa la sienne affectueusement, et, la soutenant sans lui permettre d'avancer, il la regarda avec une telle tendresse que la vicomtesse fut désarmée un instant, et la nouvelle rigueur qui allait sortir de ses lèvres se trouva paralysée dans son gosier.

« C'est si rare, continua M. de Lacor, d'être vraiment épris... que quand ce sentiment existe, il devrait être une excuse, et il devrait trouver grâce au moins aux yeux de celle qui le cause. Pensez-vous être pour moi un simple passe-temps, pendant cette station aux eaux?

— Je le crains, répondit sans réfléchir Mme de Nanzac.

— Ah! vous le craignez... Si vous étiez sûr de la vérité de mes sentiments, vous les accepteriez donc?

— Avançons, avançons, s'il vous plaît, Monsieur? »

Car ils étaient restés sur place devant un pas difficile, et le baron avait continué à la fasciner par un regard rempli de passion et de soumission.

« Je voudrais, continua-t-il, que cette descente ne finît pas, car, après... quand pourrai-je vous retrouver seule?

— Et ne craignez-vous donc pas de me compromettre aux yeux de mon mari en me retenant ainsi isolée?

— Madame, le hasard, cette fois, m'a servi si naturellement que j'espère qu'on ne me l'imputera pas
à mal. Ces moments de solitude près de vous me sont
si chers que je voudrais pouvoir les faire durer au
prix des plus grands sacrifices. Croyez-vous donc
que je ne pourrais pas vous rendre la plus heureuse
des femmes? car vous aurez beau dire, vous êtes trop
bien douée pour ne pas ambitionner le bonheur d'ê-
tre aimée d'une passion délirante qui puisse vous
faire oublier les entraves sociales, dût-on l'aller cacher au bout du monde! Croyez-vous donc qu'on
inspire si facilement un tel amour, que je n'avais
jamais ressenti encore? Où trouverez-vous un bonheur qui puisse être comparé à celui dont je saurais
vous entourer? »

Il continua à parler ainsi sous l'empire d'une
surexcitation qui le rendait éloquent. Il eût été capable en ce moment de tous les coups de tête les
plus fantastiques sans savoir bien lui-même ce qui
en adviendrait. Mais la résistance et l'émotion visi-
ble de la vicomtesse le mettaient à la hauteur de la
passion la plus vraie et la plus véhémente.

Mme de Nanzac ne disait plus rien; elle n'éprouvait aucun des sentiments de la petite marquise dans
la grotte de la Grande-Cascade; elle ignorait même ce
délire amoureux qui semble arrêter le cours de l'existence pour vous jeter dans un Eden surhumain, qui
vous fait souhaiter la mort comme dernier refuge

d'une âme vertueuse, ou vous fait aspirer à continuer l'extase dont on ne voudrait pas revenir. Mais
elle était étourdie et effrayée tout à la fois, et, en désavouant de toutes ses forces cette passion, c'était pour
elle comme une vision qui la fascinait sans qu'il lui
fût possible de rien entendre et de rien comprendre.
Elle se laissait conduire par la main comme un enfant, et quand, à un dernier détour de ce sentier isolé,
le baron baisa cette main avec transport, avant de la
quitter, elle ne la retira pas et la laissa retomber
inerte.

Le baron fut effrayé à son tour de la fixité et de la
placidité de ses regards, sans pouvoir définir ce qui
se passait en elle. Était-elle subjuguée ou indignée
au point de ne plus lui répondre? il l'ignorait complètement.

Quand ils abordèrent la ville et l'hôtel, tous étaient
rentrés, personne ne vint à leur rencontre, et ce ne
fut pas sans une vive inquiétude qu'il la vit disparaître dans ses appartements sans un regard ni une
parole.

———————

XVII

LA QUÊTE A L'HOTEL

La vicomtesse de Nanzac avait plus d'un motif de trouble en rentrant. Outre ses propres impressions, elle appréhendait la jalousie de son mari. Il ne lui semblait pas naturel qu'il ne se fût pas inquiété davantage de son retour avec M. de Lacor. Mais la femme de chambre lui apprit tout de suite que Mme de Varnay s'était trouvée souffrante depuis qu'elle était rentrée et que M. de Nanzac à son arrivée s'était rendu, avec le marquis chez elle.

Oubliant ses propres embarras, elle courut chez son amie, qu'elle trouva étendue sur son lit, pâle comme une morte, et ces messieurs se concertant à son sujet.

La petite marquise sourit et lui tendit la main en la voyant; mais Mme de Nanzac était tellement pâle aussi que tous les regards se portèrent sur elle, et qu'on se hâta de lui approcher un siège, en la questionnant sur sa santé.

« Je n'ai rien, répondit-elle, si ce n'est que ma femme de chambre m'a effrayée à ton sujet, chère amie; mais ta vue me rassure. »

Leur vue était peu rassurante à l'une et à l'autre; cependant on ne supposa pas autre chose que de la fatigue pour l'une et une émotion subite pour l'autre.

Le médecin appelé arriva et n'eut qu'à prescrire quelques calmants.

Quand toute appréhension fut passée, la petite marquise réclama du repos.

« Tenez, dit-elle, mettez donc le fauteuil de Thérèse près de mon lit, et laissez-nous toutes les deux; nous allons nous consoler ensemble de nos petites misères de santé. »

On obéit.

Quand elles furent seules, elles se prirent les mains et s'embrassèrent avec effusion, leurs yeux s'humectèrent de larmes. Elles se regardaient et n'osaient parler.

L'amour, même combattu et rejeté, est un sentiment tellement personnel que deux femmes, si intimes qu'elles soient, ont bien de la peine à s'ouvrir leurs cœurs sur ce sujet; mais la souffrance devait opérer la fusion de ces âmes dans le creuset de la douleur.

La marquise, plus déterminée et plus expansive, commença la première.

« Tiens, dit-elle, mettons toute fausse honte de côté, confie-toi à moi, chère Thérèse, comme je vais me confier à toi ; car je crois que nous avons grand besoin de nous secourir mutuellement, ma pauvre amie, et en nous promettant un secours commun pour notre séjour ici, c'est la Providence qui nous inspirait.

« Tu as autre chose qu'une impression causée par mon indisposition ? M. de Lacor t'a parlé ; il t'a fait une déclaration d'amour ?... Je le vois, je le lis dans tes yeux.

— Oui,... chère amie, c'est vrai, et je suis bien troublée. J'ai d'abord voulu le faire taire, mais je n'ai pu y réussir, et j'ai fini par garder un silence stupide.

— Ton mari vous a donc laissés seuls ? Voilà un quart d'heure qu'il est revenu.

— Mais j'ignore encore jusqu'à quel point il s'en est aperçu. En descendant la dernière pente du puy de l'Angle derrière l'établissement, je me suis trouvée, avec M. de Lacor et les deux petites de Rives, à suivre un sentier qui nous a jetés à l'écart. Les jeunes filles ont pris leur course dans cette descente, et je me suis trouvée, hélas ! seule avec lui, bien contre ma volonté. Mais laisse-moi me remettre un peu, pour te raconter ces détails, parle-moi de toi pour m'encourager. Que t'est-il donc arrivé de ton côté, toi mon aînée et mon mentor, pour que tu sois malade comme tu l'es? Est-ce que M. de Bretèche aurait oublié la délicatesse et l'abnégation qui semblaient caractériser son affection?

— Oh! non certes, mais tu sais, je voulais lui parler et avoir une explication décisive avec lui, et ces choses ne se font pas sans vous ébranler; surtout quand on n'a pas le droit de se fâcher, et que précisément la délicatesse et l'abnégation caractérisent l'affection.

— Eh bien, en somme, puis-je te demander ce qui s'est passé?

— Hé oui! puisque la première je réclame ta confiance... Eh bien, chère amie... Je lui ai dit adieu pour toujours!

— Ah! tu es courageuse, toi, et je t'admire, ne put s'empêcher de dire la vicomtesse.

— Il le faut bien, car sans cela, ma chère Thérèse, où irions-nous? Et n'es-tu donc pas décidée à faire la même chose, si cela devenait nécessaire?

— Si, mais je ne suis pas si forte que toi.

— C'est parce que tu n'en as pas encore senti, comme moi, la nécessité pour toi-même.

— Hélas! je ne sais... Mais la tendresse de son regard m'a sensibilisée et troublée, bien plus que ses paroles souvent absurdes, au point de paralyser ma défense.

— Oui, mais tu pouvais le blâmer, et il le mérite, et moi, hélas! je ne le pouvais plus et n'en avais plus le droit, car mes sentiments avaient transpercé en dépit de moi-même, et s'étaient comme dévoilés par un enchantement surnaturel.

— Est-ce que, ma pauvre Mathilde, il t'a fait des adieux définitifs?

— Non. J'ignore ses projets, et c'est ce qui m'accable. Le reverrai-je? où va-t-il aller? que va-t-il devenir? Je ne sais. Il est si délicat qu'il a peut-être voulu m'éviter les déchirements des adieux, comme au lit des mourants où l'on étouffe les épanchements de tendresse, par ménagement et pour leur épargner des émotions trop accablantes, car cet adieu eût été entre nous comme la séparation de la mort. »

Elles en étaient là de leur confidence quand on vint apporter une lettre pour le marquis de Varnay.

La petite marquise reconnut de tout suite l'écriture et le papier au chiffre de M. de Bretèche.

« Tiens, dit-elle, cette lettre contient la réponse à ta demande. »

Et elle devint toute tremblante.

Les deux amies ne pouvaient plus converser, elles restèrent plongées dans leurs pensées en se tenant la main.

Enfin le marquis rentra pour le dîner.

« On a apporté une lettre pour vous, lui dit Mme de Varnay.

— Tiens, reprit-il tout surpris en lisant, de Bretèche nous quitte. Voici ce qu'il met :

« Cher Marquis,

« En rentrant, je trouve une lettre d'un de mes bons amis, se disant très malade et me mandant en toute hâte pour lui rendre un important service. Je ne prends que le temps de boucler ma malle, de vous écrire ce mot et de sauter dans la voiture publique qui va partir.

« Veuillez vous faire mon interprète et m'excuser, auprès de Mme de Varnay, de toutes ces dames et de tous nos amis, de ne pouvoir leur adresser mes adieux.

« Votre tout dévoué,

« Raymond DE BRETÈCHE. »

— Oh! je regrette qu'il s'en aille, dit le marquis. C'est une nature qui m'est sympathique et qui me plaît. Il a bien son petit grain d'originalité et de sauvagerie; mais cela ne fait qu'ajouter une saveur piquante à ses allures. Et regardez un peu comme il est dévoué ce garçon-là! Le voilà qui part tout de suite au secours de son ami. Je parie, Mathilde, qu'il a eu toute espèce de soins de vous pour vous ramener, vous voyant ainsi fatiguée?

— Certainement, répondit simplement la petite marquise.

— Eh bien, continua son mari, vous ne descendrez pas dîner ce soir, j'imagine. Que désirez-vous prendre ? Et voulez-vous qu'on vous serve ici, ainsi que Mme de Nanzac ? »

Les deux amies acceptèrent avec beaucoup de satisfaction cette idée, qui les laissait libres et ensemble. Elles transmirent leurs ordres pour la forme, car il leur fut impossible de manger.

« Je n'ai pas à me plaindre, dit Mme de Varnay, quand elle fut seule avec son amie. Je lui ai demandé de s'éloigner, je l'ai voulu, et son sacrifice est certainement bien autre que le mien ; car, lui, il est libre et il m'aime à la folie ! Mais je veux rester fidèle à mon devoir et aimer mon mari. Ah ! que la vie a de singulières phases, et qu'il y a des moments douloureux ! Sans doute il devait en être ainsi, pour nous faire mériter par l'épreuve... mais je suis brisée.

— J'admire, au contraire, ton courage, chère Mathilde ! Je ne puis trop te le répéter, et ton exemple me fortifie, car, pour moi-même, je ne sais comment vont tourner les choses, et j'en suis aux regrets de n'avoir pas suivi tes premiers conseils de prudence.

— Oh ! oui, va ! chère amie, on ne peut s'y prendre trop tôt pour briser ces liens dangereux, car on en arrive sans s'en douter à s'attacher soi-même plus qu'on ne veut, ne fût-ce que par faiblesse, excès de bonté, compassion, que sais-je, moi ? et il faut alors en arriver tôt ou tard à la cruelle exécution dont je souffre tant aujourd'hui, sous peine de se voir en-

traînée et débordée par une funeste passion. Et plus
vous êtes aimée véritablement et d'une manière sou-
mise et respectueuse, plus, j'oserais dire, vous courez,
presque, de dangers, car vous n'avez pas sujet de vous
révolter. La femme qui possédera M. de Bretèche
sera bien heureuse, j'en réponds... mais il ne se
mariera pas, j'ai brisé sa vie en me laissant aimer
imprudemment.

— Et pourquoi ne s'est-il pas marié jusqu'à ce
jour? Connais-tu son histoire?

— Pas du tout, il n'y a qu'un certain nombre
d'années qu'il habite de nos côtés, et je réponds que
depuis qu'il est là j'ai été sa seule préoccupation.

— Mais comment se fait-il qu'une nature si ai-
mante n'ait pas cherché le bonheur dans la famille?
Il n'est guère à supposer qu'il soit arrivé jusqu'ici
sans que son cœur se soit attaché? Il est à croire qu'il
aura eu des chagrins d'amour dans sa jeunesse?

— Certes, je ne prétends pas avoir été son unique
amour, et il a eu le bon goût de ne point se vanter de
cette fanfaronnade de sentiments si rebattue et si fausse
d'ordinaire. Je ne puis lui en vouloir d'avoir aimé
une autre femme avant de m'avoir connue; il faut
être logique, il eût été alors d'une nature bien froide,
et ce cœur tendre, dévoué et passionné n'a pu arriver jusqu'à moi sans déborder, mais je suis folle de
raisonner ainsi; puisqu'il n'est pas mon époux, je
n'ai le droit de rien regretter ni de rien souhaiter...

pauvre cœur qui voudrait aspirer à des félicités qui ne sont pas de ce monde.

— Il me semble, chère Mathilde, qu'à ta place j'eusse bien désiré savoir son histoire.

— Je ne dis point que je ne l'ai pas désiré, mais c'est une chose trop délicate à demander, car j'eusse pu l'embarrasser, comprends-tu? »

Les deux amies continuèrent encore longtemps à causer et finirent par se raconter les détails de leurs aventures, car, outre la peine qu'elles en ressentaient, leur embarras était grand, et elles avaient besoin de se concerter.

Le soir, toutes les dames de leur connaissance vinrent les visiter, mais c'est dans de tels moments que les banalités et le vide des conversations mondaines leur apparurent dans tout ce qu'ils ont de frivole et d'inutile; au point qu'elles ne pouvaient revenir elles-mêmes d'avoir ainsi passé des années dans de pareilles futilités; et deux vies bien distinctes se dressaient alors devant elles : une vie intérieure où toutes les facultés de l'âme sont prises par Dieu, par le devoir, par les affections; et une vie extérieure dans laquelle on gaspille à plaisir son cœur et ses meilleurs sentiments en inutilités et en coquetteries.

Ce furent leurs dernières réflexions de la journée avant de se séparer.

Malgré la diversion causée par l'indisposition de

son amie Mathilde, la vicomtesse s'attendait presque
à essuyer une scène de jalousie en rentrant chez elle.
Il n'en fut rien. Seulement son mari était froid et
sérieux, ce qui existait depuis quelque temps déjà.
Mais un petit événement devait le lendemain faire
déborder la coupe de sa mauvaise humeur.

Comme ils étaient dans l'appartement de la marquise, la maîtresse d'hôtel monta pour avoir des
nouvelles de ces dames, qui allaient bien mieux du
reste, et leur apprit qu'il était d'usage de faire une
quête pour les pauvres tous les vingt jours environ
dans chaque hôtel à un dîner de la table d'hôte, et
que cette quête était confiée à une des dames les plus
anciennes à l'hôtel, des mieux posées, des plus
agréables, et qu'elle venait l'offrir à Mᵐᵉ la vicomtesse
de Nanzac.

« Ce serait bien mieux entre les mains de Mathilde,
répondit tout de suite cette dernière.

— Oh! mais, pas du tout, chère amie, on ne pourrait trouver une plus charmante quêteuse, et c'est, en
outre ton droit de première arrivée; je suis bien, du
reste, trop éclopée pour savoir si d'ici à quelques
jours je pourrais faire pareille chose; accepte, accepte.

— Eh bien, dit Mᵐᵉ de Nanzac, j'accepte, si mon
mari n'y voit pas d'inconvénient.

— Non, du tout, ma chère, répondit le vicomte, je
suis même flatté de la distinction qu'on vous accorde.

— Mais, ajouta l'hôtesse, la quêteuse est toujours

accompagnée d'un cavalier, pris ordinairement parmi les jeunes gens, et j'ai demandé à M. le baron de Lacor, qui est de votre société, de vouloir bien remplir cet office, qu'il a accepté avec empressement en m'entendant vous désigner, Madame. »

Il se fit un silence glacial.

Tous ignoraient cet usage, et l'embarras de Mme de Nanzac était extrême, car elle ne pouvait alléguer, même aux yeux de son mari, aucun motif pour refuser d'une manière plausible M. de Lacor, et elle sentait qu'en l'acceptant elle allait attirer sur elle toutes les foudres de sa jalousie.

La petite marquise jugea à propos de trancher dans le vif sans prolonger un instant de plus l'anxiété d'un réponse.

« C'est parfait, dit-elle ; le baron est bien le brillant cavalier qui convient, car, en dehors de lui, il n'y a dans nos relations que des hommes mariés ou de tout petits jeunes gens.

— Un homme est donc bien nécessaire ? risqua le vicomte.

— Mais, Monsieur, reprit l'hôtesse, c'est l'usage, et cela a l'avantage de procurer plus d'argent aux pauvres, car le quêteur, d'un côté, et la quêteuse, de l'autre, vont solliciter la charité de leurs connaissances pour la réussite de leur quête. »

Le vicomte ne répondit rien, mais il prit son chapeau et s'en alla.

Tout sembla rester ainsi conclu vis-à-vis de la maîtresse d'hôtel, sans plus d'explication. Mais Mme de
Nanzac sortit rejoindre son mari chez elle.

« Cela vous ennuie, mon ami, lui dit-elle, de me
voir quêter avec M. de Lacor ?

— Ah ! certes, oui, cela m'ennuie, riposta-t-il tout
courroucé, et je ne souffrirai pas que ce soit. Cet
homme va finir par vous compromettre. Ma patience
est à bout à la fin.

— Mais, mon ami, calmez-vous, nous sommes
d'accord, et je ne demande pas mieux de l'éviter, vous
l'avez vu par mon silence, mais je n'ai su qu'alléguer
pour le refuser.

— Ni hier non plus, pour qu'il vous ramenât
seule, n'est-ce pas ?

— Ah ! j'en ai assez souffert et j'en ai été assez con-
trariée. Pourquoi ne m'accompagnez-vous pas, vous
aussi d'ordinaire ?

— Vraiment ! c'est facile. Voulez-vous donc me
faire passer pour un mari ridicule et jaloux en vous
donnant le bras et en vous surveillant ?

— Mais comment voulez-vous que je le renvoie ?..
en ayant avec lui des explications qui lui feraient
dévoiler ses sentiments peut-être ; préférez-vous
cela ?

— Ah ! vous en êtes là avec lui ?

— Mais, mon ami, vous perdez la tête ; c'est précisément parce que je n'en suis pas là avec lui que je

ne sais comment le renvoyer. Ne voyez-vous pas tous mes efforts pour l'éviter ?

— Oui, je crois bien, il est toujours fourré dans vos jupons, quand il peut ; il ne perd pas une occasion favorable, et vous, vous dissimulez avec moi ; vous vous êtes bien donné de garde de me parler de votre retour d'hier seul à seule avec lui.

— Oui, je m'en suis donné de garde, parce que j'ai eu peur de vous, et je craignais ce qui arrive aujour-d'hui. Vous n'êtes plus le même pour moi depuis quelque temps.

— Bon dommage ! Je serais affectueux pour une femme qui ne sait plus aimer son mari ? »

Mᵐᵉ de Nanzac tomba dans un fauteuil en fondant en larmes.

Cela calma le vicomte plus que les ripostes les plus logiques. Il se promenait de long en large dans la chambre, rongeant son frein sans plus rien dire.

Enfin il s'approcha d'elle et lui prit la main en la regardant avec une sorte de bienveillance.

« Que voulez-vous que je fasse ? lui dit sa femme avec toute la douceur possible. Je suis prête à vous obéir dans la moindre chose ; mais, de grâce, con-seillez-moi et traitez-moi en amie ; autrement je n'ose plus vous parler ; vous prenez cela pour de la froideur, et nous tournons ainsi dans un cercle vicieux.

— Eh bien, dit-il, arrangez-vous comme vous

voudrez, mais je ne veux pas que vous quêtiez avec lui.

— Très bien, je ne demande pas mieux; mais ai-dez-moi à trouver une raison qui puisse contenter tout le monde et sauvegarder votre dignité de mari? Vous le disiez vous-même il y a un instant : je ne dois pas vous donner le ridicule de la jalousie. Je ne puis pas alléguer... qu'il me fait la cour, j'aurais l'air de le trouver dangereux. Ah! admettez au moins que les pauvres femmes ont aussi de terribles épreuves à supporter. Aidez-moi à faire pour le mieux dans cette occasion difficile.

— Ah! vous trouvez cela une épreuve et vous trouvez qu'il est difficile d'en sortir? Très bien. Et n'est-ce pas vous qui de gaieté de cœur êtes allée vous jeter dans ce guêpier depuis que vous êtes ici?... Si dès le commencement vous ne l'aviez pas attiré par vos coquetteries et ne l'aviez pas laissé être votre attentif, vous ne seriez point dans l'embarras où vous... nous mettez. Mais non les femmes sont endiablées pour briller et avoir des adorateurs : cela les pose... oui pour en faire venir d'autres... Je me suis maintenu tant que j'ai pu aux promenades, au casino, au bal; mais je suis à bout... et c'est bien de votre faute si vous êtes dans cet embarras. Sortez-en comme vous pourrez? »

A ce moment on frappa à la porte, et l'on remit au vicomte un pli cacheté à l'adresse de la vicomtesse de Nanzac.

« Tenez, dit-il, ce billet doit être de lui, si j'en juge au parfum dont il est infecté et à ce chiffre enluminé.

— Lisez vous-même, mon ami.

— Non certes. Me croyez-vous donc jaloux? Pensez-vous que je le redoute?»

La vicomtesse décacheta et présenta à son mari la lettre toute ouverte sans la lire.

« Tenez, je le disais bien! Voyez un peu la recherche de ce bel amoureux :

« Madame,

« J'apprends que je suis le fortuné mortel qui doit avoir l'honneur de vous accompagner pendant la quête pour les pauvres au dîner de la table d'hôte dans quelques jours. Si dans cet hôtel tout se passe d'une manière un peu simplette, on doit chercher au moins à faire cette chose d'une façon convenable, et je suis autorisé par l'usage à vous offrir un bouquet.

« Me serait-il permis, Madame, de vous demander la nuance de la toilette que vous devez prendre, afin d'y assortir les fleurs?

« Recevez, Madame, l'expression des sentiments les plus respectueux et dévoués que j'ai l'honneur de mettre à vos pieds.

« Baron de Lacor. »

— C'est cela, continua le vicomte, vous voilà en

correspondance galante et intime sur la couleur de votre robe, dont vous allez probablement joindre un échantillon à votre réponse, afin qu'il fasse chercher à Paris les fleurs rares de cette nuance? Et, en remerciement, le voilà à vos pieds avec ses sentiments... »

Et le vicomte froissa la lettre dont l'épais papier anglais résistait et la jeta par terre avec un geste de de colère.

« Soyez tranquille, allez, dit la pauvre femme, je ne quêterai pas, et vous me suggerez un motif indiscutable et vrai, car je serai malade. »

Elle avait fini par être courroucée et par trouver son mari injuste, et une révolte intérieure la bouleversait.

« Allez vous-même lui porter cette nouvelle, dit-elle, puisque vous m'interdisez de lui répondre.

— Je ne vous interdirais rien du tout si je connaissais le dessous des cartes. Qui me dit à moi que vous n'avez pas combiné tout cela hier à vous deux?

— Oh! grand Dieu, non, je puis le jurer si vous voulez?

— Eh bien, alors que vous êtes-vous donc dit? »
La vicomtesse resta interdite.

« Vous voyez, vous restez sans réponse.

— Je reste sans réponse parce que je veux être vraie, et que la moindre banalité galante vous fait bondir.

— Ah! enfin, avouez-le donc, il vous parle d'amour.

— Je n'ai pas dit cela, riposta la malheureuse femme. »

Et alors, cette prémisse posée, elle dut être conséquente avec elle-même, ne pas désavouer sa riposte et la soutenir. Pressée de questions, elle sentit l'impossibilité de prendre ce mari irrité pour confident sous peine de tout perdre.

Et cependant elle se voyait toujours digne et vertueuse, attachée à lui et à son devoir. Que faire? Ce fut la vérité qui en souffrit. Elle dut fabriquer un dialogue qu'elle s'efforça de faire rentrer dans la vérité, en citant quelques phrases galantes et vagues du commencement de sa liaison avec le baron.

Cette duplicité lui fut tellement pénible que, la confessant dans le sein de son amie, elle lui disait qu'elle eût souffert mille tourments pour s'épargner cette honte à elle-même.

Nous pactisons trop avec son douloureux embarras pour y faire participer le lecteur par la reproduction de ce dialogue.

Il en résulta que la maladie qu'elle avait annoncée par dépit devint une réalité.

La petite marquise oublia sa douleur et sa fatigue pour prendre sa place et empêcher tout désagrément et tout bruit au dehors. Elle quêta avec le baron de Lacor, en robe de cachemire couleur crème, un bouquet blanc à la main. Ils firent l'un et l'autre bonne mine contre mauvais jeu, ils furent charmants et d'une gracieuseté parfaite pour les convives ; leur amabilité produisit deux cents francs environ pour les pauvres.

Le marquis seul soupçonna la jalousie de M. de Nanzac.

« C'est une terrible chose que cette maladie, dit-il à la marquise. Ah! ma chère amie, tâchons de ne jamais être atteints de cette funeste chimère. »

———

XVIII

LA ROCHE VENDEIX
ET LA GRANDE SCIERIE

Les jours suivants furent singulièrement tristes pour nos amies. Mme de Nanzac était très gênée avec son mari, et si de nouvelles scènes ne s'étaient pas renouvelées, la froideur et le mutisme leur avaient succédé. Elle avait été vraiment malade pendant plusieurs jours, mais la santé était revenue cependant plus vite que chez la petite marquise, dont les impressions pénibles étaient plus profondes : car si chez la première le dépit et la contrariété étaient les causes de son mal, chez la seconde, les peines que son cœur endurait et causait ne cessaient de la bouleverser au point de lui donner la fièvre. Elle fut la première à engager son amie à sortir de nouveau et à reprendre la vie d'excursions qu'elle ne pouvait plus suivre.

« Cela est même indispensable, lui dit-elle, pour rompre la monotonie du tête-à-tête trop fréquent avec ton mari en ce moment de gêne ; c'est au contraire, en te montrant vaillante en public pour éloigner M. de Lacor qu'il reprendra confiance. »

Et par les soins même du marquis, on organisa encore une cavalcade pour la Roche-Vendeix.

Le baron de Lacor avait perdu son assurance auprès de Mme de Nanzac. Au lieu de recevoir une réponse d'elle, il avait reçu deux mots seulement de la petite marquise le prévenant qu'elle remplacerait son amie souffrante et que sa toilette serait blanche.

Il était resté perplexe, se demandant s'il était digne d'amour ou de haine, si cette abstention était pour le fuir comme dangereux ou comme importun et si, en outre, la jalousie du mari n'était pas venue s'interposer?

Il était dans la vérité plus qu'il ne le supposait dans ses recherches, car les motifs d'éloignement de Mme de Nanzac étaient un composé de toutes ces choses contradictoires. Elle n'eut donc pas de peine à le tenir à l'écart pour cette fois.

On se rendit jusqu'à l'entrée de la Bourboule, qu'on ne visita pas, espérant y revenir quelques jours plus tard en voiture avec la marquise de Varnay.

La cavalcade tourna à gauche en bon ordre, excitant la curiosité des baigneurs, un peu dépourvus de distractions. On parcourut des chemins tortueux et ombragés d'un pittoresque un peu sauvage dans la vallée de Fenestre.

Les premières rampes de la Roche-Vendeix commencèrent dès lors à se faire sentir, et les cavaliers eurent à fournir une escalade véritable pendant sept ou huit minutes sur un rocher où les chevaux durent monter à l'assaut sous peine d'être entraînés dans la descente. Tout le monde se récria, car le guide n'avait pas prévenu, sûr qu'il était du pied des petits chevaux de montagne, pourvu qu'on les laissât faire; il ne répondit qu'en excitant bêtes et gens du geste et de la voix, comme en Espagne quand les muletiers font gravir au trot une rampe à leurs mules, et la difficulté fut bientôt franchie. On se félicita alors d'avoir persévéré, car une délicieuse vue s'offrait aux regards.

La vallée Charbonnière s'étendait au couchant, profonde et boisée; de tous côtés l'horizon était fermé par des hauteurs garnies de sapins magnifiques; en arrière seulement, au nord-ouest, une percée s'ouvrait sur la Bourboule, mais ce panorama était encadré comme un décor d'opéra, ayant pour fond le village de Murat-le-Quaire sur sa montagne. Tous ces détails, peu intéressants vus de près, formaient à cette distance un mélange harmonieux dont la variété se fondait dans l'espace.

A l'est, la Roche - Vendeix proprement dite ne tarda pas à émerger de la verdure dans son altière fierté.

Son histoire est intéressante. Cette roche portait

13

à son sommet une forteresse ; on l'appelle Roche-Vendeix, Vendais, ou du siège. C'était un fief anglais, défendu par le Limousin Mérigot ou Amerigot Marchès, surnommé le roi des pillards. Charles VI, en 1390, fit assiéger cette forteresse. Marchès, n'ayant pas obtenu de secours du roi d'Angleterre, qui avait conclu une trêve avec le roi de France, prit la fuite au bout de six semaines d'escarmouches, laissant la défense de Vendeix à son oncle Guyot d'Ussel, qui tomba dans une embucasde où il périt ; la garnison se rendit, et le château fort fut démoli ; des brousailles l'ont remplacé. Un sentier serpente autour du cône; qui pourrait encore servir de point stratégique important par l'étendue de sa vue sur tous les replis de cette contrée.

Au pied du cône sont des burons, où l'on attache les chevaux pour le gravir à pied, ce qui demande encore près de vingt minutes.

La vicomtesse de Nanzac, bien soucieuse ce jour-là, promenait ses ennuis un peu à l'écart, le long des burons, pendant qu'on finissait de descendre de cheval. Arrivée à une petite fenêtre à hauteur d'appui, elle entendit frapper légèrement aux carreaux à l'intérieur; elle n'y fit pas d'abord grande attention, mais ce bruit recommença un peu plus accentué. Elle regarda alors cette fenêtre plus attentivement et vit le coin du rideau se soulever et laisser paraître la figure de M. de Bretèche. Elle resta stupéfaite. Quoiqu'elle fût isolée à ce moment de toute la caravane, elle n'osa pas faire le moindre signe, mais cette apparition lui avait suffi ; elle supplia son mari de la laisser se reposer chez ces braves gens pendant l'ascension du cône. Le vicomte, emmenant avec lui M. de Lacor, ne demanda pas mieux.

Quand Mme de Nanzac les vit partis, elle retourna à la fenêtre mystérieuse, abritée sous un hangar d'où elle ne pouvait être vue. La fenêtre s'ouvrit aussitôt, et M. de Bretèche s'y présenta, presque méconnaissable, sous des vêtements de paysan.

« Je vous ai vus tous défiler, dit-il sans préambule. La marquise de Varnay n'est pas là; est-ce qu'elle est malade ? Je ne résiste pas à m'en informer près de vous, Madame, que je sais être son amie et.... sa confidente.

— Non, dit la vicomtesse, rassurez-vous. A la nouvelle de votre départ, elle a été certainement très souffrante, mais ce n'est qu'une fatigue causée par ses peines intérieures.»

Suivit un silence embarrassant.

« Je sais, répondit M. de Bretèche, qu'on me croit parti.

— Et, en effet, comment ne l'êtes-vous pas ?

— J'ai été jusqu'à Clermont, Madame, avec l'intention bien arrêtée de m'enfuir; mais là... il me fut impossible de renoncer à voir encore Mme de Varnay. Je suis revenu par des chemins détournés jusqu'ici, où je me suis caché et déguisé.

— Est-ce que vous l'avez revue ?

— Oui, certainement, je l'ai revue au Mont-Dore, mais à son insu et sans être reconnu de personne.

— Mais vous jouez là, Monsieur, un jeux bien dangereux ;

— J'espère au moins qu'il ne l'est que pour moi, car je ne suppose pas qu'on pense jamais que je suis revenu pour voir Mme de Varnay, et, en tout cas, il me semble que je ne m'expose qu'à une mystification. Peu importent les dangers, du reste : un condamné à mort n'y regarde pas de si près.

— En êtes-vous donc là vraiment ?

— Je l'espère du moins, Madame.

— Voyons, vous êtes encore jeune, relevez-vous de cet abattement.

— Ah! Madame, vous ne savez donc pas ce que c'est que d'aimer ?

— Mais regardez l'exemple que vous donne Mme de Varnay, et croyez-vous donc quelle ne vous aime pas ?

— Elle, c'est différent, elle a des devoirs à remplir; mais, moi, je suis seul et libre dans le monde, et il m'est plus doux de mourir de chagrin que de vivre heureux en dehors d'elle.

— Ce serait cependant plus sage. Vous me faites pitié. A quoi servira votre désespoir ? Que vous changiez de pays, je le comprends; mais ne pouvez-vous donc pas encore vous rattacher à la vie?

— Non... jamais !

— Mais pourquoi, avec un cœur comme le vôtre, ne vous êtes-vous pas marié?

— J'ai essayé, mais je n'ai pas réussi.

— Je pensais bien que vous deviez avoir eu quelque désespoir d'amour dans votre jeunesse.

— Oh ! non pas, mais un mécompte. Est-ce que la marquise de Varnay se préoccupe de cela à mon sujet ?

— Je crois que oui, un peu, tout en vous louant de n'avoir pas fait la parade vulgaire de lui avoir consacré votre premier amour.

— Ah ! si votre amie désire savoir mon histoire, je veux bien vous la confier, car elle est courte et simple.

« Je n'avais aucun attrait pour les plaisirs faciles; je suis cependant plus passionné que bien d'autres, et je comprends toutes les séductions de la femme, mais à condition que le cœur soit de la partie. Ma résolution fut bientôt prise de ne pas jeter le meilleur de ma vie aux quatre vents du ciel, pour n'avoir plus ensuite que des lambeaux épars à offrir à une femme dont je ne serais plus digne, que je n'aurais plus ni la force ni le désir d'aimer, et à laquelle je ne pourrais plus donner le bonheur qu'elle réclamerait.

« Après avoir cherché en vain une femme qui répondît à l'idéal de mes rêves, je m'arrêtai simplement au désir de mes parents de me faire épouser la fille de leurs voisins de campagne, qui semblait du reste réunir toutes les qualités désirables au point de vue de la raison. On nous fiança et je m'attachai à elle. Mais voilà que le seul frère qu'elle avait vint à mourir subitement. Sa fortune se trouvant doublée, je crus qu'il y allait de mon honneur de rendre ma parole. On la refusa d'abord, mais un nouveau prétendant, dont le titre et la fortune pouvaient rivaliser avec la nouvelle position de celle que j'avais appelée un instant ma fiancée, se présenta. La pauvre enfant, dont le cœur était droit et honnête, se débattit quelque temps contre la volonté nouvelle de ses parents, puis succomba dans la lutte par manque de volonté ou... d'amour.

« Alors je jurai de ne plus m'y laisser prendre.

« Je me mis à voyager, je quittai presque le pays, où je ne revins que de loin en loin pour voir mes vieux parents. Je les ai perdus, et, après leur mort, je vendis mes propriétés et je continuai à errer de par le monde.

« J'entrevis sans émotion les plus belles créations féminines. Je pouvais les admirer un instant comme on admire une belle statue ou une tête de Raphaël, cela ne leur donnait pas pour moi un cœur et ne m'en donnait pas davantage pour elles.

« Mais un jour... un jour, je vis passer devant moi une femme : sa démarche était noble et altière, quoique pleine de grâce. Ses grands yeux noirs semblaient jeter des éclairs, mais sous ses longs cils se cachait en même temps une expression de bonté et de tendresse indéfinissables, et, au-dessus de tout cela, je ne saurais dire quel fluide magnétique se dégagea d'elle. Je restai cloué sur place, mon cœur tressaillit d'une sensation nouvelle et je me sentis comme illuminé d'une flamme divine... C'était la marquise de Varnay.

« Depuis, je n'ai plus vécu que dans un enchantement proche de l'ivresse, quoiqu'elle ne pût m'appartenir jamais ; et maintenant que je dois la fuir, je sens que ma vie est terminée. »

Mᵐᵉ de Nanzac écoutait avec ravissement et terreur ces paroles dites avec une telle simplicité et une conviction si profonde, qu'il était impossible de mettre en doute leur sincérité.

M. de Bretèche avait en effet la physionomie illuminée d'une sorte de flamme surhumaine qui le transformait.

La vicomtesse comprit et excusa la faiblesse de cœur de son amie, car elle se sentait malgré elle subjuguée par une telle vérité de passion.

Et, plus pour cacher son impression que par curiosité, elle reprit :

« Comment l'avez-vous revue ensuite ?

— Oh! c'est bien simple, continua M. de Bretèche,
Je restai dans cette ville et j'épiai ses promenades
pour la voir passer; je sus bien vite qui elle était;
je me fis présenter dans quelques salons où je savais
la trouver.

« La première fois que je la vis au bal, je la trouvai
si merveilleusement belle et attrayante que je crus
qu'il me serait impossible de soutenir l'éclat de cette
beauté et de ses attraits, et qu'il me faudrait m'en
aller pour ne pas trahir les émotions de mon cœur.
Je restai perdu dans les rideaux d'une portière, n'o-
sant remuer de peur que le parquet ne se dérobât
sous mes pas.

« Et la voyant avec d'heureux danseurs, enlacée
dans les bras d'un brillant officier qui l'emportait
dans le tourbillon d'une valse, je me demandais
comment lui et les autres pouvaient avoir cette
audace, et je me disais que certainement ils n'avaient
pas même idée de ce que je ressentais pour elle. Je
comprenais tellement cette différence que ce sentiment d'ivresse et d'amour éteignait toute jalousie
chez moi?

— Eh bien, vous en êtes venu cependant à danser
avec elle?

— Oui... de proche en proche, je finis par être
présenté, par faire partie de ses relations; mais qu'il
me fallut de temps pour oser la faire danser! pour
affronter ce feu... et encore je ne le fis jamais que

rarement et avec une extrême réserve, car près d'elle je me sentais plein de trouble et d'embarras.

— Mais cependant vous êtes entrés en relations plus intimes ?

— Ah ! la première faveur que j'eus d'elle, toute banale qu'elle pût être, je crus en devenir fou !... et je n'ai plus vécu dès lors que pour la voir, que pour penser à elle, que pour la suivre autant que je pouvais le faire sans la compromettre. Et voilà comment je suis arrivé jusqu'ici.

— Et que comptez-vous faire maintenant ? Projetez-vous encore d'essayer à la revoir ?

— A chaque fois, je prends la résolution que ce sera la dernière, et pourtant je ne puis me résigner à partir ! J'espère toujours avoir plus de courage, et toujours je veux la revoir encore.

— Allons, soyez homme, et ayez l'énergie qu'elle vous montre elle-même. Voilà que l'on redescend le cône, il ne faut pas qu'on soupçonne que j'ai parlé à quelqu'un ; mais, avant de vous quitter, je veux cependant vous dire que, si vous l'aimez à ce point, son cœur valait le vôtre. Elle souffre le martyre, je le sais, moi, et elle apprécie toute la grandeur de votre amour, de votre délicatese et le dévouement de votre sacrifice. Vous ne lui en voulez point, n'est-ce pas, d'être restée digne de l'héroïsme que vous lui montrez ? Tenez, croyez-moi, c'est sa vertu, je n'en doute point, qui vous a fait atteindre cet idéal.

13.

— C'est possible, chère madame, je ne demande qu'à l'admirer sans restriction. Elle aura été pour moi la femme unique dans le monde qui m'ait fait tressaillir à chaque fois que je l'ai vue. Je ne l'ai pas rencontrée libre, notre amour a transpercé malgré nous ; la fuite maintenant est mon devoir, puisqu'elle l'exige, mais c'est mourir... mourir de douleur ! Oh ! cachez-lui mon désespoir, ne lui dévoilez de cet entretien que ce que vous croirez qui pourrait lui apporter quelques consolations... Ah ! consolez-la toujours et conservez, pour le lui rappeler, un souvenir sans fin de celui qui ne pourra pas oublier l'amie dévouée qui, à elle et à moi, nous aura rendu ce service inestimable. »

En terminant cette phrase, M. de Bretèche tendit la main à Mme de Nanzac.

Celle-ci la lui donna en disant :

« Je vous le promets, jamais je ne vous oublierai pour vous rappeler à elle, la consoler, si je puis, et... toujours admirer cet exemple.

— Merci, » dit M. de Bretèche en l'interrompant et en serrant fortement la main qu'il tenait.

Et il referma la fenêtre aussitôt.

Mme de Nanzac se mit à marcher fiévreusement de long en large, pour que le grand air, en fouettant sa figure, dissipât toute trace d'émotion ; puis, pensant être en vue, elle s'avança à pas lents vers ses compagnons de promenade.

« Ah ! vous avez bien perdu de n'être pas montée là-haut ! lui dit ouvertement M. de Lacor en l'abordant. La vue est magnifique, l'horizon est borné de tous les côtés, les détails sont ravissants, et les échappées sur ces profondes vallées n'en sont que plus saisissantes. C'est aussi un point remarquable pour la stratégie.

— Les femmes ont bien besoin de stratégie ! répondit brusquement le mari. Moins elles en ont, mieux cela vaut.

— Eh bien, reprit Mme de Nanzac, vous devez être satisfait, car je suis restée là, prosaïquement, comme ces paysannes, me contentant de ce que j'avais sous les yeux, et je vous assure bien que je ne regrette rien. »

On reprit les chevaux, et par des chemins accidentés on fut bientôt sous les beaux bois de la vallée Charbonnière.

Notre caravane ne tarda pas à regagner la délicieuse route de Latour, montant et descendant au milieu d'une forêt de sapins d'une végétation luxuriante, débouchant parfois sur la plaine et sur de riants vallons, sortant de l'ombre pour découvrir un panorama tout ensoleillé et pour y rentrer ensuite.

Quand les pentes douces de la route le permirent, on laissa la jeunesse prendre le grand trot et le galop, et cela devint une véritable course. Pierre et sa sœur

Louise ne voulaient pas se céder et luttaient ensemble, cravachant leurs chevaux comme des jockeys.
Les cheveux et la robe de la petite fille volaient au
gré du vent avec cette grâce enfantine qu'on se plaît
à admirer.

Mais il arriva une fois que Pierre fut désarçonné,
et le pauvre garçon dut se laisser glisser le long de
sa selle. Il rattrapa son cheval, dont il était enchanté,
du reste, et qui n'allait que trop bien, car, une fois
lancé, il ne voulait plus s'arrêter. Sitôt qu'il posait le
pied sur l'étrier, l'animal repartait de suite. Enfin il
parvint à s'élancer, mais pas assez pour enjamber sa
bête, il retomba le ventre sur la selle, les pieds pen-
dants d'un côté et la tête de l'autre, s'y cramponnant
avec les mains. Il dut ainsi subir un temps de galop à la
grande hilarité générale. Et quand le pauvre garçon
put, par un effort suprême, reprendre la noble position d'écuyer, ce fut par un tel soubresaut que son
chapeau en roula à terre. Les rires recommencèrent
de plus belle et personne ne vint à son aide. Le guide
était sur le point de mettre pied à terre pour lui ramasser sa coiffure, quand M. de Nanzac l'en empêcha
afin de laisser le jeune garçon dans l'embarras. Le
vicomte, privé depuis quelque temps de toute gaieté,
voulut cette fois se dédommager et s'en donner à
cœur joie. Il avait porté un grand coup auprès de sa
femme et semblait avoir réussi à anéantir toute relation entre elle et le baron, et, dans son contentement,

il faisait tomber sans pitié son hilarité sur Pierre, l'accablant de quolibets. Ce fut au milieu de mille mésaventures que ce pauvre garçon put rattraper son chapeau et remonter en selle.

Mais le vicomte s'oubliait en célébrant son triomphe au point que, pendant ces dernières scènes qui l'absorbaient, le baron ne perdit pas un instant pour joindre Mme de Nanzac et lui dire :

« Chère madame, je suis au désespoir, je ne puis plus vous aborder : vous ai-je offensée ? Comment pouvez-vous douter de celui qui vous aime si passionnément que la vie semble n'être plus rien pour lui sans vous?..

— Ah ! de grâce, Monsieur, taisez-vous, ne continuez pas ce terrible jeu. Je vous ai cependant donné mes raisons, celles de toute femme honnête, la dernière fois que vous avez osé m'entretenir.

— Mais puis-je au moins savoir vos sentiments pour moi ? car je sens que vous m'aimez, rien qu'à votre fuite.

— Monsieur, vous êtes cruel ! Je n'ai pas à m'expliquer sur mes sentiments, et la seule bonté que je puis avoir pour vous est de vous permettre de m'en montrer la sincérité en me fuyant de votre côté.

— Singulière affection ! »

Mais Mme de Nanzac partit au galop pour rejoindre son mari, qui continuait à rire à perdre haleine des mésaventures de Pierre.

Mme de Nanzac n'avait pas voulu alléguer en
rien la jalousie de son mari pour se défendre, car
cela eût pu faire croire à M. de Lacor qu'elle
conservait un sentiment caché pour lui; mais, surtout depuis la confidence qu'elle venait de recevoir
de M. de Bretèche, elle se sentait guérie de toute impression vis-à-vis M. de Lacor. L'un lui paraissait si
vrai, si désintéressé et si grand dans sa douleur, et
l'autre si futile, si égoïste et si mesquin dans sa persistance, qu'elle se reprochait amèrement la moindre
faiblesse de cœur vis-à-vis de cet homme, autant
qu'elle se sentait portée à l'excuse chez son amie
pour un attachement si généreux. Elle restait pénétrée de leurs douleurs poignantes et de leur courage.

L'ordre s'était rétabli dans la caravane. On quitta
la route pour visiter la Grande Scierie, à quelque
cinq minutes de là.

C'est un charmant petit vallon merveilleusement
encaissé, s'élargissant sur de riantes prairies. Un
torrent le traverse faisant tourner une roue et mouvoir le mécanisme qui sert à scier les sapins en planches. Cette construction a un charme indéfinissable
par sa rusticité. Tout est branlant, disjoint, pou-
dreux de bran de scie ou inondé de poussière d'eau,
et tient comme en équilibre sur un rocher et sur des
étais. Un architecte pourrait hausser les épaules,
mais quelle poésie pour un peintre !

Un peu plus bas, adossée à la montagne et noyée à demi dans les sapins, est une élégante villa, demeure du propriétaire, qui a su faire entrer dans son parc, comme une décoration naturelle, la scierie elle-même.

Au-dessus de cette scierie est une retenue d'eau du torrent, réservoir formant un petit lac, plein de poésie comme tout cet endroit.

On reprit la route de Latour, qui remonte vers le Rigolet haut, pour faire jouir d'une vue délicieuse sur la Bourboule et ensuite redescendre vers la vallée du Mont-Dore, la montrant dans son aspect le plus attrayant.

On rentra au grand trot sur la place même du Panthéon, avec un bel effet d'ensemble dont toute la jeunesse était bien fière.

XIX

LA BOURBOULE ET LA CASCADE
DE LA VERNIÈRE

La vicomtesse de Nanzac, après de mûres réflexions, résolut de ne point parler à la petite marquise de la rencontre qu'elle avait faite. Elle jugea préférable, puisque le coup était porté et la séparation accomplie, de laisser la plaie du cœur de sa pauvre amie se cicatriser ainsi d'elle-même, sans rouvrir cette blessure par la pensée de cette proximité où se trouvait M. de Bretèche, et peut-être aussi par l'espérance d'une nouvelle entrevue suivie de déchirants adieux.

Et, si dans les confidences qu'elle avait reçues il pouvait y avoir des choses consolantes à dire, il lui sembla préférable de réserver cet aveu pour des temps plus calmes.

Il parut impossible qu'on quittât le Mont-Dore sans visiter la Bourboule, cette autre station thermale qui n'est qu'à quelques kilomètres, et le surlendemain on s'y rendait en voitures découvertes. Mme de Varnay, du reste, cherchait à braver pour ne point laisser voir la douleur qui l'accablait, et se disait rétablie.

La Bourboule, qui fut certainement connue des Romains, comme bien des vestiges en font foi, resta de longs siècles dans l'oubli. Ce n'était plus qu'un misérable petit village, quoique depuis le XVe siècle on trouve des traces de l'existence d'un établissement thermal. Mais depuis une dizaine d'années il s'est complètement transformé. Il possède maintenant trois établissements thermaux, dont l'un, orné de petites coupoles et de peintures à l'intérieur, est fort luxueux, et une quantité d'hôtels. Malheureusement il n'y a pas eu de plan d'ensemble pour ces constructions, qui s'alignent un peu en tous sens.

La chaleur ce jour-là était extrême, et nos promeneurs purent constater combien la végétation y était pauvre. Un parc, planté déjà depuis plusieurs années, n'a encore pu donner aucun ombrage ; heureusement qu'une allée d'arbres séculaires se trouve sur le premier plan des montagnes boisées qui l'avoisinent.

Un petit casino en miniature est bâti provisoirement. En le visitant, ils eurent la bonne fortune d'assister à la répétition d'un concert donné par des Espagnols dont les voix sonores n'étaient pas sans talent.

De petits bazars étalaient des bijoux faits avec des pierres du pays, des saphirines, des grenats de la

Dore et des mouches à reflets bleus montées en épingle. Ces mouches se trouvent en grande abondance dans l'Ile aux insectes, près Saint-Sauves, à deux kilomètres en descendant la Dordogne, endroit charmant et pittoresque.

On reprit les voitures, et l'on poursuivit cette route seulement à un kilomètre, pour voir la physionomie de la vallée qui se resserre entre les rochers au fond desquels mugit la Dordogne. De temps à autre, de beaux arbres ombrageaient ces eaux au bas des pentes des montagnes.

Revenus jusqu'au tiers du chemin du Mont-Dore, au bas de la côte escarpée qui va rejoindre l'ancienne grande route de Clermont, ils laissèrent les voitures pour aller visiter à pied la cascade de la Vernière, qui n'est qu'à vingt minutes. La marquise elle-même pensa pouvoir se permettre cette petite promenade.

Ils traversèrent de fraîches prairies et un torrent sur un tronc renversé. Des promeneurs se trouvèrent là fort à propos pour indiquer le chemin difficile à débrouiller au milieu de plusieurs sentiers qui à cet endroit abordent la vallée.

Après avoir gravi pendant sept ou huit minutes un petit chemin ombragé, ils trouvèrent le poteau indiquant la cascade de la Vernière, et réclamant la modique somme de 10 centimes par personne comme péage dû au propriétaire des prés qu'on venait de traverser.

Personne ne voulait se soustraire à ce droit plus ou moins arbitraire; mais alors il eût fallu laisser la monnaie au pied du poteau, car on ne voyait pas trop par quel moyen on eût pu s'acquitter.

« Ne vous inquiétez pas, dit le vicomte de Nanzac, on saura bien vous trouver. »

En effet, en descendant le versant de la cascade, la bonne femme correspondant à la demande du poteau vint réclamer le passage sur la prairie.

« Êtes-vous une vraie ou une fausse bonne femme? lui dit le vicomte.

— Comment, mon bon monsieur, une fausse bonne femme? répondit-elle. Jamais je ne me suis déguisée de ma vie; vrai d'honneur, je suis une femme aussi vrai que vous êtes un homme.

— Oh! je n'en doute point, et je ne vous demande pas de nous le prouver; mais je vous demande si vous êtes bien la propriétaire des prés.

— Hélas! non, je ne la suis point; je suis bien trop gueuse pour cela! mais c'est moi qui suis chargée de faire payer pour elle.

— Ah! c'est très bien; alors, nous n'allons pas en trouver une autre qui viendra nous réclamer?

— Oh! que non, mon bon monsieur, on ne vous réclamera plus rien.

— Hé bien, tant mieux, ma bonne femme; c'est tout ce que je vous demandais. »

Pendant ce dialogue, le marquis de Varnay explo-

rait avec une jumelle cette délicieuse gorge encaissée,
au fond de laquelle se faisaient déjà entendre les mu-
gissements de la cascade.

« Cet endroit est ravissant, dit-il.

— Il y aurait de quoi inspirer un peintre, ajouta
la marquise.

— Mais, ma chère, vous dites vrai, et si vrai qu'il
y a là, en bas, un peintre qui, sympathisant sans doute
avec votre idée, s'en inspire. Et même ce personnage m'intrigue beaucoup, car, avec ma lorgnette,
je crois reconnaître la vareuse, le capuchon et tout
un individu absolument identique au baigneur original qui, le jour de notre ascension au Sancy,
m'aida si singulièrement à terminer mon marché de
location de chevaux. Vous souvenez-vous ? je vous
ai raconté cela.

— Oui, parfaitement, répondit Mme de Varnay,
fort émue, en regardant la vicomtesse de Nanzac, car
elles savaient toutes les deux que ce personnage avait
été M. de Bretèche.

— Ça doit être lui, dit la vicomtesse à l'oreille de
son amie; comment pourrait-on le prévenir ? »

Alors la petite marquise, avec la résolution et la
présence d'esprit qui ne l'abandonnaient jamais :

« Pierre, dit-elle au jeune de Rives en arrêtant
tout le monde du geste, faites donc, je vous prie, un
peu répondre l'écho : j'imagine qu'il doit y en avoir
un en cet endroit.

— Que dire? demanda Pierre.

— Oh ! n'importe quoi... Écho!... prends garde de te laisser surprendre. »

Et Pierre, de sa plus belle voix, se mit à crier : « Écho!... prends garde... de te... laisser surprendre. »

L'écho ne répondit rien du tout, et la petite marquise s'efforça d'exciter l'hilarité à son détriment sur sa mauvaise inspiration, afin de prolonger la halte et le bruit des éclats de rire.

Mais le peintre releva la tête de dessus sa toile et regarda machinalement. Il reconnut vite le groupe d'où cet appel était venu, et ne se méprit point sur l'avertissement ingénieux qu'on voulait lui donner. Aussi, sans perdre un instant, il disparut derrière son tableau même, laissant tout là, et gagna furtivement les bois, qui étaient très proches, du reste.

On continua à se moquer de la petite marquise, de l'écho qui avait été assez peu galant pour ne pas vouloir lui répondre, et l'on trouva qu'elle prenait admirablement la plaisanterie. Ainsi distraits, on arriva à l'entrée de cette gorge, près de la toile du peintre.

« Tiens, dit le marquis, mais il a disparu, ce coquin-là. Ah! c'est trop fort! moi qui voulais examiner de près ce singulier personnage. Il se cache donc de moi, comme la première fois, après m'avoir servi?

— C'est l'écho qui lui aura fait peur, dit Pierre.

— Il l'aura emporté avec lui, dit un autre; c'est pourquoi il ne vous a pas répondu, Marquise. »

Mais au milieu de ces quolibets on avait entouré la toile d'autant plus facilement qu'on n'était gêné par personne, et que cette simple ébauche charmait par l'attrait irrésistible d'une poésie pleine de mélancolie.

« C'est un peintre amateur, dit le marquis, il connaît peu les ficelles de l'art; je sais ça, moi qui ai mis la main à la pâte; mais si la peinture est naïve, l'inspiration est splendide, et je gagerais que ce gaillard a une grande et belle âme, pleine de générosité et de poésie. Regardez-moi un peu comme il a su idéaliser ce petit coin de la nature, ravissant, il est vrai. Mais quel éloignement il a su donner à cette petite gorge! Quelle vérité il y a dans ces sombres débris d'arbres séculaires gisants sur ce sol émaillé de fleurettes aux mille couleurs! Quelle opposition et quelle poésie! Puis cette belle nappe d'eau argentée au bout de ce nid de verdure! On dirait la voir tomber et rejaillir; et les proportions sont si bien gardées que, sur cette petite toile d'un demi-mètre, vous semblez mesurer à l'œil les sept mètres d'élévation de la chute. Et quelle profondeur vraie la roche volcanique paraît avoir! Les forêts escarpées qui la dominent semblent si élevées qu'on dirait qu'elles se perdent avec les nuages de ce beau ciel d'azur qui éclaire tout cela. Et comme ce rayon de soleil vient ingénieusement varier les tons et se jouer

dans tout ce léger feuillage! Quelle lumière! quelle
ombre! Quelle rêverie mystérieuse il y a dans cette
composition hardie!

— Ah! reprit le vicomte, je ne vous croyais pas,
Marquis, si enthousiaste que cela de l'art et de la
belle nature; je ne vous croyais pas tant de poésie
dans l'âme.

— Mais, mon ami, ce n'est pas moi qui ai cette
poésie, c'est le peintre. Si j'en avais autant que
lui, cela ferait joliment l'affaire de la marquise.
N'est-ce pas, dit-il, en s'adressant à elle, les femmes
aiment cela?

— Oui, certainement, répondit la petite marquise,
les femmes aiment cela, et vous voyez qu'elles
ont bon goût puisque vous appréciez vous-même
cette nature, ces effets artistiques, cette poésie et ces
sentiments. Et les apprécier comme vous le faites,
c'est les sentir et les posséder.

— Merci bien, dit le marquis en se découvrant.
Jamais je n'avais reçu encore un aussi charmant
compliment de ma femme. »

Tout le monde se mit à rire en applaudissant, et
ce fut échauffés par les belles paroles du marquis et
la traduction idéalisée du peintre que l'on visita
avec admiration cette cascade et ses alentours.

On avait appris, chemin faisant, que la cascade
du Plat-à-barbe était seulement à un kilomètre de là.
On proposa d'aller la visiter. Mais Mme de Varnay

refusa de s'exposer à cette fatigue; elle proposa de rester sous les arceaux de verdure avec Mme de Nanzac, qui le lui offrait; on les reprendrait au retour.

Ce plan fut adopté.

Toute la bande partit pour visiter le Plat-à-barbe, et les deux amies restèrent ravies de voir les choses s'arranger ainsi.

Quand elles furent seules, la vicomtesse n'hésita plus à raconter brièvement sa rencontre à la Roche-Vendeix avec M. de Bretèche. Elles restèrent à causer ensemble et virent leurs amis disparaître au poteau indicateur.

Peu après, M. de Bretèche, qui les épiait et à qui rien n'avait pu échapper, sortit du fourré et parut tout à coup non loin d'elles.

Mme de Nanzac le rassura aussitôt, en lui disant que tout le monde était parti pour visiter la cascade du Plat-à-barbe.

« Ils ne seront pas de retour avant une heure, dit-il; mais, par excès de prudence, si vous voulez, Mesdames, retirons-nous dans l'observatoire où je me suis caché tout à l'heure; de là nous les verrons revenir, et nous serons en outre à l'abri de tous regards curieux. »

Elles acceptèrent et le suivirent. Il écarta les branches devant elles, et en deux minutes ils arrivèrent à un petit promontoire enfoui dans la verdure, d'où ils pouvaient tout voir sans être vus.

« Pardonnez, dit humblement M. de Bretèche, le chapeau à la main, à un pauvre fou, de n'avoir pas suivi à la lettre vos indications, Madame, et de ne pas s'être enfui à tout jamais sur l'heure. A peine parti, le courage m'a manqué et je suis revenu, comme un voleur de grands chemins, dans ces lieux, avec l'espoir de dérober à l'insu de tous, quelques moments de bonheur inespéré en vous apercevant, et je ne puis désavouer cette démarche toute imprudente qu'elle ait pu être, puisqu'elle me procure cette consolation. »

Mme de Nanzac voulut s'éloigner. La petite marquise la retint en lui disant :

« Chère amie, reste, reste, ta présence ne nous gêne en rien. Tu sais qu'il m'aime et me quitte, que nous partageons cette sympathie naturelle, cette profonde affection, si tu veux, en la désavouant, et que, ne pouvant lui donner un cours légitime, nous nous séparons. J'espère que tu n'es pas scandalisée de notre conduite ?

— Oh ! non, certes ! reprit vivement la vicomtesse en saisissant avec effusion la main de son amie. Je vous admire bien au contraire, et votre courage devant tant de sincérité, de désintéressement, et votre sacrifice si douloureux, me paraissent au contraire aussi héroïques que touchants. »

Elles s'assirent sur un petit talus de gazon, et M. de Bretèche, pâle et calme en apparence, debout devant elles, mais semblant illuminé d'une flamme intérieure, continua :

« Il me faut séparer ma cause de la vôtre, Madame, vous laisser accomplir votre devoir en liberté, et presque souhaiter pour votre bonheur d'être oublié ; laissez-moi cet orgueil et, pour mon propre compte, la consolation de vous admirer comme un archange des cieux, et de vous adorer dans une espèce de vision béatifique, comme l'idéal de toutes les perfections morales et physiques. »

La petite marquise voulut se récrier par un geste de modestie devant son amie.

« Oh ! ne vous récriez pas, car c'est la vérité pour moi, et l'exacte expression de mes pensées. Et peu importe, du reste, si mon amour me faisait exagérer. Je vous vois ainsi, et ne veux pas vous voir autrement. C'est ma joie, ma fierté et mon bonheur à moi, le seul qui me reste après tout. Je puis bien m'en emparer et m'y cramponner. C'est si doux, c'est si bon, si suave, d'avoir tout à admirer en vous, de vous aimer si complètement que la soumission me devienne possible. Vous avez été si belle dans votre vertu, si douce dans vos rigueurs, si indulgente dans votre compassion ! Et tout cela, passant par vos lèvres et l'expression de votre regard, m'arrivait comme les oracles de ma destinée, imprégné d'un charme que vous seule avez jamais possédé pour moi. Tout pâlissait autour de vous ! Les beautés de

ce monde me semblaient créées pour vous servir en
reine. Vous résumez pour moi un ciel sur la terre.
Ah! laissez-moi emporter partout ce souvenir, en
vivre et en mourir. »

Les deux amies s'étaient pris les mains et regardaient presque avec stupéfaction cet homme qui
semblait ne plus être sur la terre. L'émotion de sa
voix, l'expression de son regard humecté de larmes,
la conviction de son geste, la noblesse de son main-
tien sous la simplicité de son vêtement, avaient quelque chose d'une pénétration surhumaine. La petite
marquise connaissait ces élans d'enthousiasme et
d'amour vrai qui avaient subjugé son cœur malgré
elle ; mais son amie ne soupçonnait pas ces élévations, et l'impression d'admiration qu'elle en recevait
sans déguisement faisait que ces deux femmes su-
bissaient une mutuelle sensation indéfinissable. Elles
restaient là serrées l'une contre l'autre, à écouter les
éloquentes paroles d'amour qui sortaient du cœur
même de M. de Bretèche, telles qu'il les ressentait,
sans emphase ni calcul. Il aimait de cet amour naturel, simple, vrai, qui anéantit tout. Aucun sacrifice
ne lui coûtait, et sa vie était devenue une extase.

Il parla encore quelque temps sous l'empire de
ce même sentiment, puis il se tut et resta dans
une muette contemplation qui en disait encore plus
que toutes les paroles et que personne n'osait
rompre, car il semble qu'une divinité vous visite

dans ces instants qui n'appartiennent plus à la terre.

Dans leur pensée, ce fut leur adieu suprême.

Des bruits de voix les firent revenir péniblement à la réalité des choses. Ils tressaillirent de frayeur, pensant qu'on les cherchait. Mais c'étaient heureusement des visiteurs étrangers. Ils les laissèrent s'en aller, et, comme trois quarts d'heure s'étaient écoulés, ils jugèrent nécessaire de se séparer.

« Si je pouvais seulement, dit Mme de Varnay, emporter votre tableau comme souvenir !

— Oh ! Madame, il est à vous comme moi-même et tout ce que j'ai pu faire : le seul mérite qu'il puisse avoir à vos yeux, c'est que pas un coup de pinceau n'a été donné sans que j'aie pensé à vous, et pas un effet n'a été obtenu sans l'inspiration de mon amour. »

Mme de Varnay le prit et, tout hésitante et émue, elle détacha la perle qui fixait la dentelle de son col et la lui tendit en lui disant :

« Je la portais tous les jours heureux où je vous ai revu ici.

— Gardons ce tableau dit Mme de Nanzac, à laquelle tout devenait facile pour donner un peu de consolation à sa pauvre amie ; chacun l'a fort admiré, nous dirons que nous l'avons acheté au peintre que nous avons retrouvé. »

Les deux amies, chargées de leur précieux trésor, s'enfuirent pour éviter de nouvelles émotions qui eussent pu à la fin trahir leurs forces, et se mirent à gravir lentement jusqu'au poteau indicateur, où elles préféraient être retrouvées, laissant M. de Bretèche disparaître de son côté avec son attirail de peinture.

———————

XX

LA CASCADE DU PLAT-A-BARBE
ET LE SALON DE MIRABEAU

Les deux amies, installées au bord du chemin par
où leurs compagnons devaient revenir, à l'ombre
des chênes séculaires, restèrent quelques temps en
silence sous le charme douloureux de ces émotions
et de ces adieux.

Mais bientôt la marquise de Varnay voulut savoir
tous les détails de l'entrevue de son amie, l'avant-
veille, avec M. de Bretèche. Cette dernière, pressée
de questions, se départit de sa première résolution
et lui avoua tout ce que M. de Bretèche lui avait raconté de sa propre histoire. Ce qu'elle avait prévu
arriva : la pauvre Mathilde trouva dans le récit d'une
vie qui lui avait été tellement consacrée, même à son
insu, un grand sujet de consolation pour son cœur ;
mais c'était encore accumuler les regrets et les émotions au moment d'une séparation, et la tendre amitié
de Thérèse l'avait pressenti ; ce qu'elle n'avait pas

soupçonné, c'est que Mathilde se ferait des reproches à elle-même de l'avoir si longtemps méconnu, et surtout de la peine qu'elle avait dû lui faire, bien qu'à son insu.

« Quand je pense, disait-elle, que je l'ai longtemps dédaigné pour de jeunes écervelés dont les attentions me flattaient précisément parce que c'étaient des hommes à la mode et prisés des femmes, auxquelles ils distribuaient sans discernement leur encens ! Ah ! chère Thérèse, que nous sommes futiles, légères et coquettes dans le monde ! Oh! que j'ai été coupable envers lui ! »

Et de grosses larmes remplirent ses yeux.

« Calme toi ! lui dit Thérèse. Si nos amis arrivaient !

— Oh ! continua Mathilde, peu m'importe, je deviens folle, et je n'ai plus rien à craindre, maintenant que je l'ai quitté... peu m'importe ce que l'on pensera. Ah! je voudrais le revoir, à présent que je le connais mieux, et lui demander pardon de mes folies, de l'avoir si longtemps dédaigné, de l'avoir apprécié si tardivement. Pourquoi ne m'as-tu pas raconté tout de suite ces précieux détails ? J'eusse pu, aujourd'hui du moins, me réhabiliter à ses yeux.

— Mais, chère Mathilde, je ne pouvais supposer la rencontre bien fortuite d'aujourd'hui, et je voulais éviter d'accumuler les émotions pour toi ; et n'y avait-il pas aussi un devoir de délicatesse de lui conserver ce secret? Certes, je ne voulais rien te cacher, mais attendre des temps plus calmes pour te faire ces révélations ; et tu vois, pauvre amie, comme j'avais raison, car je ne soupçonnais même pas tes remords, qui sont certes bien exagérés.

— Tais-toi, répondit rudement la petite marquise: la moindre légèreté envers un tel amour et une telle immolation est un crime. »

Thérèse devint toute triste.

« Ah! peux-tu me méconnaître à ce point! Si tu savais quel culte d'admiration, toi et lui, vous m'inspirez!... »

Mathilde l'interrompit en la couvrant de baisers, reconnaissant l'erreur de ce moment de vivacité.

Cela fit une diversion heureuse, qui ramena la petite marquise à des sentiments plus calmes et surtout plus prudents au moment de l'arrivée des leurs. Heureusement qu'ils tardèrent à venir, ce qui permit aux deux amies de reprendre possession d'elles-mêmes.

Nos excursionnistes arrivèrent enfin à la cascade du Plat-à-barbe; mais la jeunesse, qui ne se lassait pas de marcher, et qui voulait voir le salon de Mirabeau, la seule chose qui lui restât à explorer au Mont-Dore, s'était décidée à s'en retourner à pied de ce côté, sous la direction d'un vieux guide trouvé au Plat-à-barbe !

« Tiens, tiens, fit le marquis en voyant le tableau

de la cascade de la Vernière près de ces dames. Comment vous êtes-vous donc emparées de cette petite merveille?

— Ah! c'est bien simple, dit Mme de Nanzac, nous l'avons achetée au peintre, qui était revenu pour l'achever.

— Et quel est ce peintre? »

La vicomtesse, décidée à mentir sans scrupule dans la circonstance, continua :

« Ah! je n'en sais rien; nous ne nous sommes pas préoccupées de cela.

— Mais vous avez eu grand tort, Mesdames, car si cette peinture n'est qu'une ébauche, elle est remplie d'inspiration. Regardez donc, Nanzac, de quel sentiment de poésie et de mélancolie elle est empreinte.

— Mais oui, mais oui, certainement, dit le vicomte. C'est quelque héros de roman votre peintre. Si c'est cela, il est bon à pendre comme les autres!

— Hé bien, pour le pendre, il faudrait aller à sa recherche. Vous ne lui avez donc point demandé où il demeurait, ce qu'il faisait dans le pays, etc.? Et moi qui avais à peu près la certitude que c'est mon original de la journée du Sancy.

— Peu importe, fit la petite marquise; mais, que voulez-vous, nous étions déjà bien heureuses de l'occasion qui s'offrait à nous de pouvoir acquérir

cette peinture. Mais parlez-nous donc maintenant de
la cascade du Plat-à-barbe.

— Ah! cette cascade-là, je ne sais pas comment il
s'y serait pris pour la peindre, dit M. de Nanzac :
c'est un torrent qui glisse en se tordant le long d'un
rocher, dans un lit capricieux. Il a un point d'arrêt
dans une espèce de cuvette qu'il s'est creusée, et dont
il s'élance par une échancrure figurant assez bien un
plat à barbe gigantesque, dont la cascade aura pris
son nom. Mais pour voir cela on est suspendu sur
l'abîme, dans un balcon en bois, attaché à la paroi
du rocher. En sorte qu'on voit l'eau arriver presque
au-dessus de soi, à une vingtaine de mètres, et s'en-
fouir au moins aussi profondément dans le fond
d'une étroite gorge de rocher ; de beaux arbres surplombent partout un peu, comme autour de la cascade
de la Vernière.

— Et comment monte-t-on à ce balcon en bois?
demanda la marquise.

— Mais, on n'y monte pas, on y descend. Figurez-
vous, Madame, qu'après avoir gravi pendant une
demi-heure ce chemin par où nous arrivons, et qui
finit par être tout à fait en forêt, on le quitte à une
petite baraque servant de buvette, pour descendre
brusquement, pendant près de dix minutes, un petit
sentier en zigzag qui aboutit au balcon, et est, je vous
assure, fort raide à remonter. Aussi, au retour, nous
avons bu deux bouteilles de limonade à la buvette.

— Ah! c'est pourquoi vous nous avez tant fait attendre, repartit la vicomtesse : car voilà une heure et demie que vous êtes partis, — sans vous faire de reproches, — et nous commencions à désespérer de vous ; sans l'achat de notre fameux tableau, notre contentement de l'avoir et le passe-temps que nous avons pris à en vérifier l'exactitude, nous eussions trouvé cela bien long.

— Vous auriez dû vérifier, dit le vicomte, si le nombre des feuilles était exact.

— Mais, répondit sa femme en riant, nous en aurions eu vraiment le temps. »

En plaisantant ainsi, ils regagnèrent les voitures par le chemin qu'ils avaient suivi en venant, et une demi-heure après ils étaient rentrés au Mont-Dore.

La jeunesse, comme nous appelons le groupe des jeunes gens et des jeunes filles, ne rentra qu'une heure plus tard. Ils avaient d'abord suivi un sentier dans la forêt, ensuite ils parcoururent des plateaux à découvert qui les conduisirent au Rigolet bas, qui est un village de burons, dont le Rigolet haut fait le pendant à des hauteurs supérieures. Un peu après ils abordèrent de nouveau des pentes boisées qui les conduisirent en vue du salon de Mirabeau.

C'est une enceinte gazonnée, analogue au salon du Capucin, avec la différence que de hauts rochers l'encaissent d'un côté. Ce nom lui vient de ce que le frère de l'orateur, le vicomte, surnommé Mirabeau-

Tonneau, à cause de sa célébrité comme buveur, avait choisi en 1787, pendant son séjour au Mont-Dore, ce lieu comme siège de ses joyeux festins.

De là, ils regagnèrent la route de Latour, qu'ils laissèrent pour revenir par des sentiers charmants sous bois, à travers les dernières pentes du pic du Capucin.

C'était ainsi que devaient se terminer les excursions au Mont-Dore, car, deux jours après, le gros de la bande quittait cette station thermale, théâtre de faits si émouvants pour les principaux personnages dont nous avons retracé l'histoire. Mais leur voyage n'était pas terminé, et de plus poignantes émotions les attendaient encore.

XXI

LE CHATEAU DE MUROLS

Dès le soir même, Mme de Nanzac, sans perdre de temps, se hasarda à adresser une lettre par la poste au propriétaire des burons de la Roche-Vendeix, avec prière de remettre la lettre y incluse au monsieur qui logeait chez lui. Elle prévenait M. de Bretèche du jour et de l'heure présumés du départ du Mont-Dore, de leur visite au château de Murols, de leur itinéraire, d'un séjour projeté à Royat; après ils devraient en une journée revenir chez eux. Elle lui disait les scrupules de Mathilde et ses remords de l'avoir méconnu si longtemps lorsqu'elle avait appris son histoire, ses regrets de ne pouvoir s'en excuser près de lui. Tout cela à l'insu de son amie, mais espérant qu'une rencontre pourrait peut-être avoir encore lieu, sans lui en donner cependant l'espérance.

Les deux jours suivants se passèrent en préparatifs de voyages, en règlements de comptes.

15

Les deux amies s'échappèrent le dernier jour et allèrent furtivement faire un pèlerinage à la grotte de la Grande Cascade. La petite marquise retrouva toutes ses forces pour se donner ce douloureux plaisir. Elle contempla longtemps la cascade et les rochers témoins de ses épanchements, et rapporta de cet endroit ravissant un gros bouquet de fleurs cueillies par son amie; elle revint l'âme ulcérée, mais pleine d'énergie et de courage, pour poursuivre sa voie dans le droit chemin.

Le départ eut lieu après un déjeuner matinal; il fut assez triste. Les gens de service, au lieu de faire escorte comme à l'arrivée et de se montrer aimables, une fois payés, disparurent tous sans plus se soucier des voyageurs.

Il y avait tout un train de voitures qui emmenait les Varnay, les Nanzac, les de Rives et le baron de Lacor, quelque peu maussade; mais tous ces voyageurs étaient préoccupés; les enfants regrettaient de s'en aller, chacun déplorant le départ à sa manière; le plus petit des de Rives, qui adorait les ânes, alla embrassser tous ceux qui étaient sur la place et partit le cœur bien gros.

Les adieux à ceux qui restaient s'étaient faits la veille au soir, leur traitement les prenant tous à cette heure matinale.

Le ciel était sombre et nuageux, bientôt même un épais brouillard enveloppa les voyageurs pendant la longue ascension du départ; elle commença par la grande route de Clermont, qui serpente dans les bois de la Chaneau. Mais à six kilomètres on laissa à gauche cette route, pour se diriger entre le puy Morand et le puy de la Tache sur Marols. C'est un véritable col à franchir. Ce ne sont plus que des plateaux, de vastes et maigres pâturages, mais admirablement tourmentés et couverts de bétail.

Il y eut là, juste à point, comme un lever de rideau. Les nuages que l'on dominait se déchirèrent, laissant à découvert la délicieuse vallée de Chaudefour à droite du côté du puy de la Tache.

On redescendit alors vers Murols. Le temps s'était éclairci et, pendant plusieurs kilomètres, on galopa sur ces pentes qui s'allongeaient en fuyant les hauts puys qui disparaissaient les uns derrière les autres, pour être remplacés par des mamelons encore élevés; mais on avait quitté la grande montagne.

Enfin, la majestueuse ruine du château de Murols apparut aux yeux de nos voyageurs.

Une demi-heure avant d'arriver, une route en lacets vous le fait contempler sous ses aspects divers. Il est là debout, fier et altier encore, sur sa butte basaltique appelée dyke dans le pays, aux reflets rougeâtres et bistrés.

La colossale construction qui se soude dessus est faite de laves taillées qui s'harmonisent si admirablement avec elle que le travail de la nature et celui de l'homme se confondent. En approchant, on reconnaît que cette masse, qui d'abord a paru ronde, est à pans coupés. Elle date du XVe siècle. C'est un des plus beaux restes de la féodalité que l'on puisse contempler.

Les voitures arrivèrent au petit village de Murols, situé entre le mamelon qui supporte le château et le pic du Tartaret, qui le domine.

On détela les chevaux pour les faire reposer, et l'on se dirigea vers le château.

La marquise de Varnay se sentait brisée, et couvrait sa douleur en se plaignant de la fatigue qu'elle éprouvait. Elle demanda à rester et à se reposer sur un lit dans le modeste petit hôtel du village, pendant la visite aux ruines, quelque intéressantes qu'elles puissent être. Elle allégua sa faiblesse, mais la vérité était que rien ne l'intéressait plus en ce moment, et que pouvoir être triste en liberté lui semblait préférable à tout.

La vicomtesse de Nanzac se trouva dans un embarras extrême. Elle eût voulu ne point quitter son amie, mais elle avait une vague espérance que M. de Bretèche se trouverait peut-être caché dans les ruines du château, qu'elle savait être un dédale, une sorte de labyrinthe offrant de faciles retraites. N'osant dire ses espérances trop éphémères à Mathilde, elle se résolut à paraître céder à ses instances, pour qu'elle allât visiter le château, bien décidée au besoin à venir la chercher.

C'est encore toute une petite ascension à faire que de gravir le mamelon isolé depuis sa base, pour arriver au château. Mme de Nanzac ne s'en était pas rendu compte; quand elle s'en aperçut, cela la désola, mais elle continua cependant, trouvant d'un autre côté que cette visite pourrait bien être au-dessus des forces de son amie dans l'état d'abattement où elle l'avait laissée.

On arriva à la première enceinte, qui n'a qu'une seule porte et laisse encore un espace considérable jusqu'au château.

L'intérieur est indescriptible. C'est un tohu-bohu de constructions encore debout et de ruines d'une fantastique complication.

On y débrouille cependant, en gros, une cour intérieure partagée par un bâtiment d'habitation effondré, le tout entouré de la formidable forteresse, d'une dimension immense, n'ayant qu'une seule fenêtre à l'extérieur, pratiquée dans la chambre de la châteleine, qui s'ouvrait au levant sur le pic du Tartaret. Un chemin de ronde avec machicoulis existe encore formant un imposant couronnement tout autour. Un donjon domine le tout.

La vue est saisissante : une plaine immense, parsemée de mamelons de tous côtés; au sud-ouest, la masse du Mont-Dore ferme l'horizon. La silhouette du sommet du Sancy se dessinait ce jour-là sur le ciel au milieu des pics. Plus près, la Dent du Marais

ou Saut de la Pucelle, rocher aigu aux arêtes déchi-
quetées, orné d'une touchante légende.

On prétend qu'un seigneur poursuivait une jeune
fille qui, pour sauver sa vertu, sauta de cette roche
élevée et fut préservée miraculeusement de tout mal
dans sa chute; puis qu'ensuite, comme on ne voulait
pas ajouter foi à son récit, poussée par l'orgueil, elle
voulut, devant témoins, recommencer ce saut périlleux et se brisa sur les rochers.

Les eaux du lac Chambon sont masquées en partie
par cette roche. Nous avons déjà vu que ce lac a été
formé par la Couze, dont la lave du Tartaret, qui le
domine, avait arrêté l'écoulement.

Au nord et au nord-est, l'horizon se perd au
milieu de monticules moins élevés, mais tout aussi
mouvementés. On voit le mont Cornador, au bas
duquel est Saint-Nectaire; puis les élévations qui
renferment les grottes de Jonas, pouvant loger toute
une population.

Mme de Nanzac ne jeta qu'un coup d'œil sur ces
beautés, et, voyant ces messieurs braquer leurs lor-
gnettes et en train de faire une étude de ce paysage en
l'expliquant à Mme de Rives et à ses filles, elle redescendit inaperçue au milieu de la cour intérieure du
château, poussée par un instinct irrésistible d'y trouver peut-être M. de Bretèche caché dans le dédale
de ces tourelles, des poternes ou des arcades éche-
lonnées en tous sens. Les petites cours mystérieuses

de l'élégant logis de la Renaissance, qui, à une époque
postérieure, fut construit dans les flancs éventrés de
l'édifice féodal, les amas de débris encore richement
décorés d'armoiries au milieu des grandes herbes et
des plantes sauvages, qui s'harmonisent si bien avec
ses ruines, auraient pu lui offrir facilement quelque
refuge,

Mais elle ne trouva rien.

Un effondrement, sous le manteau gigantesque
d'une cheminée, laissait voir au dehors la campagne
verdoyante, émaillée de fleurs, et l'azur du ciel,
comme au fond d'un panorama. La vicomtesse s'était
arrêtée pour jouir de cet effet saisissant, lorsqu'il lui
sembla entendre tousser mystérieusement. Elle écouta
attentivement, et cette espèce d'appel recommença.
Elle se dirigea alors avec précaution de ce côté,
tout en tremblant, et se trouva dans la pièce attribuée
jadis à la châtelaine, près de l'unique fenêtre donnant au dehors. Au-dessus était un étage ne laissant
qu'une moitié de voûte, et dans la pièce voisine un
escalier en partie détruit y conduisant.

Elle se disposait à faire une interpellation, quand
un bruit de pas précipités qui paraissaient suivre sa
trace se fit entendre, et elle vit apparaître le baron
de Lacor, la physionomie bouleversée.

Le baron avait, tous les jours précédents, semblé
ronger son frein à l'écart et accumuler sous ses noirs
sourcils une sourde vengeance.

Cette impression n'avait pas échappé à la pauvre Thérèse ; aussi fut-elle fort effrayée à sa vue.

« Ah ! Monsieur, que faites-vous là ? s'écria-t-elle ; de grâce, retirez-vous ; à chaque instant on peut nous surprendre.

— Oh ! ne craignez rien, Madame, répondit-il, ils sont tous engagés dans le chemin de ronde et en ont pour longtemps à le visiter sans pouvoir jeter aucun regard dans cet intérieur ; et une explication est indispensable entre nous.

— Mais, Monsieur, je n'ai aucun compte à vous rendre, j'imagine ?

— Pardon, Madame, je vous aime et le plus véritablement possible ; vous avez fort bien accueilli mes premières avances et m'avez fait croire à un... amour que vous me retirez brutalement aujourd'hui, j'oserais dire, en me repoussant d'une manière humiliante.

— Mais, Monsieur, je tombe des nues devant vos prétentions. Que voulez-vous donc ? Je me suis montrée bonne, et, je le vois, bien trop indulgente envers vos prévenances et votre galanterie tant qu'elle n'a pas dépassé les bornes de la convenance. Que voulez-vous donc de plus ? Si vous l'aviez maintenue dans les limites, j'eusse pu laisser continuer ces relations, je vous le dis très franchement.

— Oh ! je l'ai toujours pensé ; vous m'aimez malgré vous, mais on vous détourne de moi, et vous me traitez comme un écolier qu'on bafoue. Ah ! Madame, c'est bien mal !

— Ah! cela, Monsieur, je vous prie de cesser ce langage, et je ne resterai pas à vous écouter plus longtemps. Pensez donc ce que vous voudrez, peu m'importe. »

Et la vicomtesse voulut s'en aller.

Mais le baron lui barra le passage.

« C'est lâche, Monsieur, de retenir une femme malgré elle.»

Mais le baron, tremblant d'émotion et de rage, ne livrait pas le passage et barrait de ses bras la seule porte étroite qui donnât accès dans ce corps de bâtiment.

« Enfin, Monsieur, puisque vous me contraignez à vous donner une explication que ma fierté de femme n'eût jamais consenti à vous accorder librement ; puisque vous me réduisez à cette humiliation qui a l'air d'une excuse, sachez donc que mon mari est jaloux, jaloux furieux contre vous, qu'il s'en est expliqué avec moi. Dès lors, je devais vous éviter.

— Ah! vous ne m'avez pas toujours fui de la sorte. Un mari jaloux n'est pas si difficile à tromper, et... je vous aime de rage, ma passion est sans limite...

— Monsieur, je vais appeler au secours.

— Appelez donc ! pour attrouper tous les vôtres, scandaliser cette jeunesse, vous couvrir de ridicule

15.

ainsi que votre mari, vous perdre à jamais près de lui et près du monde. Ah ! croyez-moi, Madame, le silence et l'abandon à l'amour sont encore les plus sûrs et les plus doux moyens...

— Ah ! comment, s'écria-t-elle d'une voix étranglée par l'angoisse, un ami dévoué, un ange libérateur, ne sortira pas de ces ruines pour me délivrer ! »

A ce moment, quelques pierres vinrent à rouler de la pièce voisine, et M. de Bretèche, couvert de poussière, se précipita devant eux.

« C'est à moi, Monsieur, dit-il, que vous aurez à rendre raison de vos insultes. »

M. de Lacor resta un moment stupéfait.

« D'où sortez-vous, reprit-il, et de quel droit vous mêlez-vous d'intervenir ainsi mystérieusement pour protéger Madame ?

— Du droit qu'a tout homme d'honneur de défendre une femme insultée.

— Ah ! monsieur le coureur d'aventures. Ah ! monsieur le chevalier errant, savez-vous que je puis dévoiler votre retour clandestin près des belles ?

— Vous pouvez, Monsieur, dévoiler ce que vous voudrez : je sais que les délateurs et les lâches se trouvent sur toutes les routes et qu'ils sont bons à châtier partout où on les rencontre.

— Vous me rendrez raison de ces paroles, Monsieur.

« — J'ai osé espérer, Monsieur, que vous me le demanderiez.

— Je suis à vos ordres.

— Moi aux vôtres. Mais, je vous prie, veuillez laisser passer Madame. »

Mme de Nanzac était restée les mains jointes, comme pétrifiée.

A ce moment, s'oubliant elle-même, elle se jeta entre eux en les suppliant de s'apaiser et de tout oublier. La pauvre femme tomba à genoux éperdue.

« Ah! ricana le baron, enfin vous voilà à mes genoux. »

M. de Bretèche voulut la relever, mais elle fut debout sans attendre son secours.

« De grâce, Madame, lui dit son libérateur, fuyez cette salle ; il y va de votre dignité et de votre honneur de ne pas être vue en notre présence en cet état.

— Ou qu'on ne vous y voie pas vous-même, riposta le baron.

— Il s'agit bien de moi ! exclama M. de Bretèche hors de lui ; puisque vous ne reculez pas devant l'infamie de perdre une femme, vous reculerez peut-être devant la mort. Au large ! dit-il, en lui mettant un revolver sous le nez. »

Le baron fit un soubresaut.

M. de Bretèche le tenant en joue :

« Je vous en supplie, Madame, sortez, ou je tire. »

La pauvre femme sortit, mais, à peine descendue dans la cour intérieure, elle s'évanouit.

Les visiteurs à ce moment revenaient à l'intérieur et la trouvèrent étendue par terre. Ils se précipitèrent autour d'elle. Elle rouvrit les yeux et eut la force de dire :

« Ce ne sera rien, je suis tombée au milieu des pierres qui ont manqué sous mes pieds ; emportez-moi. »

C'est ce que l'on fit, tout le monde étant uniquement préoccupé de la secourir.

Pendant ce temps, M. de Bretèche avait terrassé M. de Lacor, et, le tenant sous son genou, le pistolet à la gorge, il le maintint immobile avec cette sentence sur les lèvres : « Si vous dites un mot, vous êtes mort ! »

XXII

SAINT-NECTAIRE ET ISSOIRE

La marquise de Varnay fut fort effrayée en voyant arriver son amie portée sur un brancard improvisé et les traits bouleversés.

Cependant Mme de Nanzac avait bien recouvré toute sa connaissance et prétendait ne pas souffrir, mais avoir subi seulement un grand effroi en se croyant perdue dans l'éboulement qui s'était produit. On crut à son récit sans examen, et l'inquiétude se calma.

Comme toutes ressources manquaient dans ce petit village de Murols, on se décida à partir pour Saint-Nectaire, qui n'est qu'à une petite heure, et où l'on trouverait des médecins et un hôtel confortable. La vicomtesse fut même de cet avis, et l'on partit le plus vite que l'on put, au point que ce fut à peine si l'on s'aperçut que le baron de Lacor manquait; car un bouleversement de places s'était fait dans les voitures pour permettre à la malade de s'étendre sur toute une banquette au fond de l'une d'elle.

En tout cas, on pensa que son absence ne devait pas retarder le départ, qu'il en apprendrait assez vite le motif et qu'il trouverait facilement le moyen de les rejoindre à pied, à cheval ou en voiture.

On passa la nuit à Saint-Nectaire, où tous les soins purent être prodigués à Mme de Nanzac ; le médecin pensa, du reste, qu'un peu de repos suffirait.

Toute la nuit la pauvre Thérèse ne put dormir ; mais, jugeant qu'avant tout il ne fallait pas inquiéter son amie, qui voulut coucher dans sa chambre, mais bien lui cacher ce terrible duel, elle dut avoir l'énergie de faire semblant de prendre du repos. Les images les plus sinistres l'obsédaient continuellement. Si M. de Bretèche venait à être tué, quelle douleur pour Mathilde ! Pourrait-elle supporter sans se trahir cette nouvelle qui lui arriverait subitement? Et alors tant de vertu, de courage et d'abnégation pouvait être méconnu, et son affliction pouvait en un instant la perdre aux yeux du monde et troubler à tout jamais son repos conjugal. Ne ferait-elle pas mieux de la prévenir? Elle ne put cependant s'y décider, car elle raisonnait là dans l'hypothèse de la plus terrible issue, heureusement rare, et l'inquiétude où cette rencontre allait jeter son amie, déjà si ébranlée par les émotions des derniers jours, pouvait causer une catastrophe pire que celle qu'elle voulait conjurer et que la Providence leur épargnerait peut-être.

Si c'était M. de Lacor qui devait succomber, Thé-rèse en faisait son affaire. Son dévouement et sa tendre amitié pour Mathilde semblaient le préférer; mais elle se sentait profondément troublée à la pensée qu'elle eût été cause de cette mort, aussi bien que de celle de M. de Bretèche. Puis, toute courroucée qu'elle fût contre M. de Lacor et ses derniers pro-cédés, une contradiction inexplicable du cœur faisait qu'une douleur sourde et terrible l'accablait et se dressait devant elle en face de l'alternative de la mort d'un homme dont l'amour l'avait émue malgré elle : car, si elle sentait tous les défauts de cet amour, elle ne pouvait au moins lui refuser l'emportement de la passion, et, tout en luttant contre ce sentiment et le désavouant chez elle comme chez lui, l'instinct fé-minin frémissait malgré tout, et la pauvre femme se tordait dans les tortures morales les plus poignantes.

Son seul espoir était que l'honneur fût satisfait par une blessure, car elle ne pouvait supposer un arrangement.

Et quel effet ferait le bruit de ce duel, dévoilant la présence de M. de Bretèche, et le rapprochement de ce fait avec son évanouissement? Elle s'adressait les plus amers reproches, sans savoir comment elle eût pu faire autrement.

Enfin le jour parut, mais son agitation était si grande dans son désir de parer aux éventualités qui allaient se produire qu'elle ne put rester couchée. Mme de

Varnay crut qu'elle devenait folle, mais on dut la laisser faire et se mêler à la vie commune.

Après le déjeuner on visita l'établissement thermal, qui est dans la cour de l'hôtel même. On le désigne sous le nom de l'établissement du Mont-Cornador, au pied duquel il se trouve.

Cet établissement, tout petit qu'il est, renferme tout ce qui est nécessaire : douches, piscines, bains de pieds, etc., et même d'une manière confortable et presque luxueuse. Des peintures le décorent, et tout y est arrangé avec goût. Comme au nouvel établissement de la Bourboule, un petit vestibule précède chaque salle de bain pour y garantir les vêtements de la vapeur.

Au sortir de cette visite, Mme de Nanzac, qui donnait le bras à Mme de Varnay, fut frappée de la persistance d'une marchande de photographies à tourner autour d'elles. Cette femme, vêtue en simple Auvergnate, avait l'œil intelligent et tenait à la main seulement une dizaine de vues des environs, et paraissait un peu embarrassée de son rôle de marchande.

On proposa d'aller visiter l'église qui se dresse majestueuse sur un rocher à pic, à quelques minutes de l'hôtel, à mi-chemin de cette élévation. Elle date des Xe et XIe siècles, en style roman-auvergnat, caractérisé par son dôme à pans coupés au croisement du transept, l'ornementation des modillons formés de petites pierres carrées rappelant les constructions romaines. De grossières peintures gâtent l'intérieur, dont le style est pur et remarquable. Mille détails sont curieux : bénitiers, ferrements de portes, grand crucifix du maître-autel, chapiteaux byzantins des colonnes du chœur aux feuilles de lotus, et personnages en costume militaire du Xe siècle représentant naïvement les scènes de la Passion.

C'est tout ce qui reste du vieux Saint-Nectaire. Toute trace du château qui se dressait sur la place de l'Église a disparu depuis longtemps; il ne reste plus même aucun vestige de ses enceintes fortifiées.

Pendant que l'attention de tous était absorbée par ces curiosités, notre marchande suivait toujours nos deux amies. L'idée d'un message secret vint enfin à la pensée de la vicomtesse. Elle se retira à l'écart dans la chapelle de la Sainte-Vierge, et, quoique toujours accompagnée de la petite marquise, elle vit cette femme les suivre encore et sembler implorer comme charité l'achat d'une des photographies. Alors Mme de Nanzac les examina et regarda cette femme dans les yeux.

Celle-ci, s'enhardissant, lui dit :

« Madame, êtes-vous bien Mme la vicomtesse de Nanzac? »

Et, sur sa réponse affirmative, elle ajouta :

« Prenez cette photographie, Madame, et soyez sans inquiétude. »

Mme de Nanzac la prit ; elle représentait précisément l'église, mais elle sentit dessous un pli cacheté.

Elle voulut donner une pièce de monnaie à la messagère, qui répondit :

« Merci bien, Madame, je suis payée. »

Et elle s'esquiva.

En possession de cet écrit, rassurée par la phrase de cette femme, Thérèse ne songea plus qu'à gagner sa chambre sous prétexte de fatigue, sans pouvoir s'isoler de son amie, qui avait du reste saisi une partie du mystère.

Une fois rentrée, Thérèse ouvrit le billet ; il contenait ces lignes :

« Madame,

« Soyez sans inquiétude, *il* est blessé au bras droit sans gravité, mais l'honneur est satisfait. Votre dévoué serviteur est intact.

« J'ai exigé et obtenu le mutisme sur ma présence et une explication plausible pour tous de *sa* disparition, par télégramme au marquis, à Issoire. »

A peine l'eut-elle lu qu'elle se jeta au cou de Mathilde en fondant en larmes, lui disant à l'oreille : « Dieu soit béni, il est sauvé ! »

Après ce premier accès de joie presque nerveux passé, Mme de Nanzac donna en deux mots à son amie l'explication du billet, puis lui raconta en détail les événements de la veille.

On vint savoir de leurs nouvelles. Elles demandèrent qu'on leur accordât du repos tout le reste du jour, assurant qu'on pouvait tout disposer pour se rendre le lendemain à Issoire.

Et pendant que les deux amies prirent en effet un repos dont elles avaient si grand besoin en épanchant bien longuement leurs cœurs, tous nos autres voyageurs firent l'ascension du mont Cornador, et visitèrent Saint-Nectaire-le-Bas.

Au-dessus de l'hôtel, des promenades sont pratiquées sur les premières pentes du mont. En trois quarts d'heure on peut arriver aux grottes qui sont à son sommet. Ces grottes, qui ont dû servir de logis dans les temps les plus reculés des origines gauloises, sont surmontées par les ruines d'un château de Saint-Nectaire qui se dressait sur ce sommet presque inaccessible, en face de Murols. Ces ruines du château neuf de Saint-Nectaire se sont écroulées et ne présentent plus guère qu'un amas de pierres et quelques pans de murailles.

De ces rocs granitiques, on juge de la physionomie de ce pays aux sommets stériles et aux fertiles vallées ; on voit se dessiner, dans ce repli de terrain, Saint-Nectaire-le-Haut, et, à un kilomètre en descendant, Saint-Nectaire-le-Bas, au milieu de touffes de verdure.

Nos touristes s'y rendirent. Il se compose de deux établissements primitifs, à baignoires en béton, de quelques hôtels secondaires au bord de la route, et de quelques maisonnettes.

Le lendemain matin on se remit en route pour Issoire, en s'étonnant un peu de n'avoir pas revu paraître le baron de Lacor, et on laissa ses malles à Saint-Nectaire.

On passa au pied du Puy-d'Eraigne ; on suivit l'étroit vallon qu'arrose le ruisseau de Fredet, et l'on se trouva dans la vallée de la Couze, torrent qui, au hameau de Saillans, forme une cascade tombant de sept mètres.

Plus loin, à Verrières, est la Roche-Longue, sorte d'aiguille qui se dresse à plus de cent pieds de haut au bord du torrent. C'est une scorie dont il ne reste plus que les parties les plus dures, comme une sorte d'éponge granitique ; il semble qu'elle est prête à s'envoler en poussière, et elle défie les siècles. Les masures branlantes du petit village, groupées sur les pentes du torrent, offrent l'aspect le plus pittoresque.

La tour de Mont-Rognon ne tarde pas à apparaître sur la hauteur ; elle servait autrefois d'observatoire.

La vallée continue à être ravissante de fraîcheur, encaissée au milieu de rochers qui vont toujours s'élevant et deviennent formidables ; c'est d'un effet fantastique.

Nos deux amies semblaient trouver dans ces belles

horreurs une image de leur dramatique situation.

Elles arrivèrent ainsi à Montaigut-le-Blanc, bâti en amphithéâtre sur les pentes du puy de la Rodde. L'antique château des Montaigut dresse encore ses ruines sur le sommet de ce puy.

La vallée devient ensuite fertile et large, comme pour annoncer la fin des angoisses et du roman, et nous conduit ainsi jusqu'à Issoire.

En arrivant à l'hôtel de la Poste, le seul qui existe, nos voyageurs trouvèrent, à l'adresse du marquis, un télégramme ainsi conçu :

« Retard imprévu ; regrets de ne pouvoir vous rejoindre, devant visiter le Velay. — Malle recouvrée. — Prière d'adresser compliments et adieux à tous. — Baron de Lacor. »

« Bon voyage ! fit le vicomte de Nanzac.

— C'est singulier tout de même, dit le marquis, cette disparition subite ! Qui diable aura donc pu le retenir à Murols ?

— Vous en cherchez bien long, reprit M. de Nanzac ; il se sera attardé dans la campagne ; il n'aura pas cru que nous repartions sitôt.

— C'est vrai, après tout, et, sans l'accident arrivé à votre femme, nous l'eussions attendu. Mais comment ne nous a-t-il pas rejoint dans la soirée à Saint-Nectaire, ou le lendemain ?

— Ah ! dame ! vous m'en demandez bien long,

marquis. Est-ce que l'on sait ce qui a pu retenir en voyage un beau cavalier comme lui?

— Ah! vous êtes méchant à son encontre. J'aime mieux penser qu'il a trouvé un ami, lequel l'a déterminé à visiter le Velay.

— Eh bien, mettons que ce soit un ami, et n'en parlons plus.

— Mon Dieu, dit la petite marquise, que les hommes sont donc curieux, tout en accusant les femmes! Quoi de plus simple que le désir de M. de Lacor de terminer ce voyage par la visite du Velay? Il vous le dit lui-même dans son télégramme.

— Je le veux bien, reprit le marquis; mais je trouve sa conduite un peu légère de ne pas chercher à nous rejoindre après notre séjour aux eaux ensemble, notre longue intimité et l'accident arrivé à Mme de Nanzac.

— Ah cela! dit le vicomte, n'allez-vous point le rappeler, vous, maintenant? Voulez-vous bien me faire le plaisir de laisser ce monsieur tranquille et de ne pas le troubler dans sa visite du Velay? Sans cela... je serais capable de vous en demander raison. »

Ce fut l'oraison funèbre du pauvre baron... Les uns se mirent à en rire, et les autres n'osèrent plus en parler. Le marquis seul ajouta comme péroraison :

« C'est égal, voilà deux de nos amis du Mont-Dore qui nous quittent bien subitement! »

Le lendemain matin, quand nos voyageurs voulurent visiter la ville, ils s'aperçurent vite qu'elle se composait d'une seule grande rue circulaire, comme l'allée de ceinture des parcs, de maisons mal bâties, de boutiques mal tenues et de ruelles infectes.

Une particularité les frappa : c'est la manière dont s'opérait le nettoyage des rues dans cette naïve Auvergne. Ils savaient qu'à Constantinople ce nettoyage de la voirie se faisait par les chiens ; mais, ce qu'ils ignoraient, c'est qu'il est une ville en France, et cette ville est Issoire, dont les immondices sont enlevées par les cochons, à leur profit, ou plutôt au profit de leurs propriétaires. Beaucoup de ses habitants en possèdent ainsi un, qu'ils mènent le matin à l'engrais non aux champs, mais parmi les rues de leur cité ; en sorte que, si cela n'est pas très plaisant aux yeux, c'est, paraît-il, commode pour tous, et rien n'est perdu pour personne.

Mais au centre de ce fumier est une perle, une seule, mais de la plus belle eau.

Nous voulons parler de la magnifique église Saint-Paul, véritable basilique du XIe siècle, en style roman-auvergnat ; comme à Saint-Nectaire, son clocher octogone surmonte la coupole du transept ; ses chapelles, saillantes à l'extérieur, font ressembler son abside aux Jérusalem célestes des emblèmes.

C'était un dimanche : la grand'messe, à laquelle on assista, fut célébrée avec une solennité et une dignité qui frappèrent nos voyageurs, dans ce beau vaisseau tout voûté et décoré de peintures simples et naïves, mais qui s'harmonisent avec le monument.

A cela vinrent s'ajouter une parole évangélique pleine de charité et d'élévation et une musique sacrée faite pour inspirer. L'orgue faisait entendre une harmonie large et sévère, qui élevait l'âme au ciel comme une prière et calmait les passions terrestres. Tous en furent pénétrés, et Mmes de Varnay et de Nanzac y trouvèrent le calme et la force qu'elles eussent vainement cherchés autre part.

Toute l'intelligence et l'élévation de cette cité semblent s'être réfugiées là, comme si c'était son âme.

Le chemin de fer emporta ensuite rapidement nos voyageurs à Clermont, à travers les plaines de la Limagne.

XXIII

CLERMONT ET ROYAT

On alla s'installer au Grand-Hôtel de Royat. De la terrasse qui s'étend devant l'hôtel on voit toute la ville de Clermont couronnant le sommet d'un large mamelon situé au centre d'un demi-cercle de puys qui semble l'embrasser, dominé par le majestueux Puy-de-Dôme, et à l'extrémité opposée, vers le levant, les immenses et fertiles plaines de la Limagne arrosées par l'Allier.

Dès le lendemain, tout notre monde prenait, à Royat, les élégantes voitures recouvertes d'un grand parasol et allait visiter la ville; on s'y rend en un quart d'heure.

Ils traversèrent la grande place de Jaude, transformation du mot *Jovis*, Jupiter, car les souvenirs et vestiges païens et romains pullulent dans cette cité. C'est le centre du mouvement de la ville: voitures, voyageurs, hôtels y sont réunis; son aspect est égayé par l'animation qu'ils produisent, et le Puy-

16

de Dôme semble de là vous inviter à l'aller visiter.

Les anciennes rues de Clermont sont étroites; leur physionomie est triste, mais de grandes percées viennent çà et là rendre la lumière, et la beauté de ce climat se fait jour avec son riant soleil. On en jouit principalement au Jardin botanique, si merveilleusement placé au milieu d'un paysage enchanteur.

Deux monuments sont surtout remarquables: la cathédrale et Notre-Dame du Port.

Le commencement de la reconstruction de la cathédrale date du XIIIe siècle. Elle ne vient que d'être terminée; bâtie en pierre de Volvic, elle a un aspect sombre et sévère, mais monumental et grandiose, qui cependant ne lui ôte rien de son élégance. Les faisceaux intérieurs de ses colonnettes sont d'une légèreté remarquable.

Notre-Dame du Port doit son nom à la proximité de la place où l'on déposait autrefois les marchandises du pays.

Dès 586, il y avait là une église qui, détruite plusieurs fois, fut reconstruite au XIe siècle, et c'est celle que l'on admire aujourd'hui. Comme à Issoire et à Saint-Nectaire, c'est un des plus beaux spécimens du style roman-auvergnat, encore plus orné que les deux autres, décoré de sculptures et de mosaïques en lave. On y admire de magnifiques vitraux exécutés à Sèvres, dans le style du monument; un chœur surélevé, une crypte renfer=

mant la Vierge noire et une fontaine miraculeuse.

Dans ce sanctuaire, Mme de Varnay et Mme de Nan-zac se souvinrent de l'intercession qu'elles avaient implorée aux pieds de Notre-Dame de Vassivières, et il leur sembla en effet qu'une protection spéciale leur avait été accordée, à voir la tournure inattendue qu'avaient prise les choses.

Cependant elles étaient encore entourées de mille appréhensions et de dangers possibles, et elles sentirent leur foi redoubler dans ce secours divin. Aussi adressèrent-elles de bien ferventes prières à cette vierge invoquée sous le nom de Notre-Dame du Port, pour atteindre sans naufrage le port du salut, après lequel elles aspiraient de tout leur cœur.

Le jour suivant on visita Royat : Royat, vrai nid de verdure chanté par les poètes, qui s'est construit entre les puys de Gravenoire et de Chateix. Aux ruelles tortueuses du village, à ses masures, aux escaliers chancelants, à son église fortifiée, aux cascades, grottes et ravins pittoresques viennent se joindre ses chalets et ses nombreux hôtels, son établissement de bains d'un aspect monumental, en face des élégants jardins de son casino.

Comme aux environs de Naples, Royat a sa grotte du Chien, moins le lac Agnano et la splendeur de son aspect sauvage ; mais cette grotte est spacieuse, et les facettes pittoresques de son noir rocher l'emportent de beaucoup sur la grotte italienne. Quant à l'effet du gaz carbonique asphyxiant les chiens comme les hommes dans les couches inférieures de l'air où il se tient dans cette grotte, il est le même. Ce fait chimique est maintenant connu de tout le monde.

Cette curiosité a remplacé cependant avec avantage les greniers de César, que l'on vous faisait visiter autrefois, et qui contenaient des grains de blé et des fragments de légumes calcinés mêlés à l'argile de cavités creusées à mi-côte du puy Chateix.

Le point central est l'établissement thermal et le casino, constructions récentes réunissant l'élégance au confortable. C'est un ensemble des plus mouvementés : on a profité des escarpements pour étager les terrasses et les rampes bordées de magasins et d'hôtels. Le casino, de plain pied d'un côté, est suspendu de l'autre sur les jardins.

Un viaduc géant à une hauteur prodigieuse, sur lequel passera le chemin de fer du Mont-Dore, est venu étaler sa magnifique construction comme un décor fantastique.

La Tiretaine, qui coule au fond du ravin, a de chaque côté une route bordée d'hôtels, envahissant d'une part les flancs de la montagne et de l'autre dominant les plaines qui entourent Clermont.

Ces deux routes, le long desquelles se succèdent des maisons blanches et bien entretenues, vous con-

duisent, toujours en montant, à deux kilomètres de
là, au village de Royat.

C'est un changement de décors à vue qui nous
transporte d'un bond à un ou deux siècles en arrière,
et tout le pittoresque de la masure chancelante et
primitive vous apparaît dans le dédale des rues tortueuses, étroites et sales. Des échelles, des étais, des
balcons en bois, abrités par des toitures avancées et
délabrées, font le bonheur des peintres. Cette manière artistique d'envisager les choses peut seule
faire passer par-dessus le délabrement et la malpropreté de ces lieux.

Une église romane s'élève au milieu de ces masures, majestueuse et sévère comme une forteresse,
car elle est fortifiée ; son massif clocher octogone a
l'air d'en être le donjon, et une ceinture de machicoulis, soutenus par une série d'arcs à plein cintre,
retombant sur des consoles, couronne d'une manière
monumentale ces formidables murailles. On se croi-
rait au moyen âge.

Sur la petite place, les yeux sont charmés par
une croix du XIVᵉ siècle, sculptée en lave et ornée,
des douze apôtres et de leurs attributs.

Nos visiteurs descendirent ensuite vers le ravin
pour y voir la grotte de Royat, par des sentiers dé-
sillusionnants, et arrivèrent à une vaste excavation
dans les rochers basaltiques, qui leur sembla avoir
bien volé sa réputation, malgré les jets d'eau lim-

16.

pide qui en jaillissent ; des laveuses l'encombrent
et la salissent, et les abord se ressentent trop de la
malpropreté du village.

La marquise de Varnay eut cependant envie de
goûter à l'eau des sources, et comme une des laveuses la voyait embarrassée pour le faire, n'ayant aucun vase, elle lui dit :

« Si Madame désire boire?... »

Et, plongeant dans l'eau un tablier bien blanc,
creusé en tasse au milieu de ses mains, elle lui présenta cette sorte de jatte, qui ne perdait rien du liquide qu'elle contenait.

La petite marquise se désaltera amplement et, à sa
suite, tout le monde voulut y goûter, dans le tablier
de la bonne femme.

On quitta ce lieu et le village pour se perdre
agréablement dans les chemins ombragés qui conti-
nuent à gravir, dans l'encaissement des deux montagnes ; il conduisent, à un grand kilomètre de
là, au hameau de Fontanas, dont sort une source
magnifique au centre de ces misérables habita-
tions.

Mais nos visiteurs se contentèrent de gagner les
premiers plateaux couverts de prairies, coupés de
frais ruisseaux et ombragés d'arbres séculaires. Las-
sés de leur excursion d'exploration, ils s'étendirent
sur l'herbe à l'imitation d'autres groupes.

Après avoir admiré autour d'eux la beauté de ce

lieu et avoir causé de tout ce qu'ils venaient de voir, la conversation devint languissante et le sommeil commença à les gagner tous.

Ils s'y abandonnèrent volontiers, et bientôt tous furent endormis à l'exception des deux amies qui avaient l'âme trop anxieuse pour goûter ce repos. Puis une préoccupation constante les tenait en éveil : c'était d'observer s'ils n'apercerveraient point M. de Bretèche sous un déguisement quelconque ; elles le savaient très adroit et savaient aussi que le désir de la petite marquise était un ordre pour lui tellement impérieux qu'il ferait l'impossible pour y répondre, et cependant c'était l'avant-dernière journée de leur voyage. Mais il se pouvait faire qu'elles eussent été suivies de loin. A tout événement, elles voulurent essayer de s'écarter ; ce qui leur fut facile. Elles se levèrent donc sans bruit ; le gazon amortissait leurs pas ; elles s'éloignèrent assez, sans toutefois perdre leurs amis de vue.

Leur prévision, en effet, était fondée. Elles ne tardèrent pas à voir surgir derrière des touffes d'arbres, un homme coiffé d'un bonnet de loutre qui lui donnait un aspect étrange ; un foulard autour de la tête comme s'il eût été blessé, le cou et le devant de la figure cachés sous le col de son habit qu'il avait relevé. Il portait devant lui un petit plateau contenant des pétrifications de la source Saint-Alyre de Clermont. Il posait pour le marchand ambulant, et son déguisement était tel que, même en abordant ces dames, elles ne le reconnurent pas et crurent plutôt avoir affaire à quelque messager secret, comme à Saint-Nectaire.

C'était cependant bien M. de Bretèche lui-même. Le son de sa voïx qu'il ne déguisa pas les rassura tout de suite.

« Je suis à vos ordres, dit-il. Je vous ai suivies hier et aujourd'hui sans trouver d'autre occasion de vous joindre que celle-ci, que vous me facilitez.

— Mon ami, dit la petite marquise, je voudrais vous parler. Si cela ne peut se faire aujourd'hui ou demain, je vous autorise à revenir me voir chez moi à mon retour. Mais, ajouta-t-elle, avec un grand effort, il serait à souhaiter que cela n'eût pas lieu, parce qu'alors nos résolutions seront bien plus difficiles à mettre à exécution... En aurions-nous même la force, et alors...

— Ordonnez, Madame ; est-ce qu'en ce moment je ne puis vous entendre ?

— Oh ! si bien sûr, dit Mme de Nanzac, je vais m'éloigner et surveiller.

— Non, chère Thérèse, nous sommes bien peu libres ici pour un dernier entretien qui peut trahir mes forces. Il y a des promeneurs de tous les côtés, et à chaque instant quelques-uns des nôtres peuvent se réveiller, nous réclamer ou nous rejoindre. Mais, dites-moi, mon ami, nous devons déjeuner de bonne

heure demain et faire l'ascension du Puy-de-Dôme ;
ne pourrais-je donc pas m'attarder sur son sommet
avec mon amie, — je me charge du prétexte, — et
vous, vous y trouver quelque part, car j'ai entendu
dire que ce sommet est très mouvementé et compliqué de constructions et de ruines antiques.

— C'est vrai, et si vous le voulez, je puis très bien
me cacher dans les ruines de l'ancien temple de Minerve et n'apparaître que quand je vous y verrai revenir seule avec Mme de Nanzac. Je serai sous ce
costume si je ne suis aperçu aujourd'hui.

— Alors, partez, ce sera plus prudent.

— Oui, partez, ajouta Mme de Nanzac, mais laissez-
moi auparavant vous remercier en deux mots de
l'acte héroïque que vous avez fait pour moi en me
défendant ainsi et en risquant tout pour vous-même
de toute manière ; mon souvenir et ma reconnaissance vous sont acquis à tout jamais.

— Merci, Madame ; mais je n'ai fait que mon devoir de galant homme, et, de plus, n'êtes-vous pas
l'intime amie de Mme de Varnay ?

— Dites-moi encore, avez-vous eu des nouvelles
de M. de Lacor ?

— Oui, Madame, sa blessure est sans gravité ; j'ai
eu l'heureuse chance de le désarmer et de ne lui faire
qu'une égratignure au bras, qui cependant le lui fait
porter en écharpe et l'empêche de tenir la plume ;
mais je vous affirme que dans une quinzaine il sera

guéri, et qu'il a renoncé à exercer toute pression sur vous; vous ne le reverrez pas. »

La vicomtesse ne répondit rien et pressa fortement la main de son amie.

M. de Bretèche se retira discrètement sans être aperçu. Ces dames se rapprochèrent des dormeurs, dont plusieurs commençaient à s'éveiller.

On resta encore là une grande demi-heure à somnoler, à causer, à se reposer. Mais on ne jugea pas nécessaire de poursuivre plus loin la visite de cette vallée, qui, en se rétrécissant et en montant toujours, leur eût fait faire une véritable ascension; on savait du reste que la plus belle partie du chemin était parcourue.

On redescendit; le parc du casino était splendide. Une musique militaire excellente jouait sous le kiosque, qui est vaste et élégant. De nombreuses toilettes s'étalaient au soleil sur de longues files de chaises, tandis que les promeneurs semblaient les passer en revue en se faisant admirer.

Après avoir subi la première tournée, Mmes de Varnay et de Nanzac demandèrent à rentrer à l'hôtel, mais sans vouloir priver toute la famille de Rives, avec sa nombreuse jeunesse, et ces messieurs du plaisir de jouir de cette exhibition et de la musique.

Le marquis les reconduisit en les chargeant d'un ample boîte de fruits confits, excellente spécialité de l'Auvergne.

« Chère Thérèse, dit la petite marquise quand elles furent seules, ne sens-tu pas comme moi combien tous les plaisirs extérieurs du monde deviennent insignifiants et même stupides quand on est aux prises avec les affections sérieuses ?

— Oui, répondit Mme de Nanzac, mais en nous guérissant des frivolités, par ce moyen, nous tombons dans de pires inconvénients.

— Nos devoirs d'épouse et de mère de famille sont les seuls vrais, vois-tu bien. Nous aurons beau nous débattre au milieu des coquetteries du monde et des affections romanesques, là n'est point le bonheur et le but de la vie.

— Cependant tu sembles au moins, toi, avoir trouvé un idéal d'amour.

— Oui, mais la satiété du ménage l'eût peut-être usé, cet idéal, et en supposant qu'il n'en eût rien été, il me faut chasser loin de moi ce séduisant fantôme.

— J'admire et je respecte ton courage, je te l'ai déjà dit souvent, et je ne sais si à ta place j'aurais eu la même force que toi.

— Oui, tu l'aurais eue certainement, car tu ne vois là que le mirage séduisant de la passion, mais si tu te fusses trouvée aux prises avec la réalité, tu aurais compris le dédale d'impossibilités et d'erreurs où cette liaison coupable t'eût jetée. Et je bénis le Ciel de la précipitation qu'ont prise les choses, car cela m'a forcée à trancher dans le vif. J'ai peut-être bien eu tort, au milieu de ce courage que tu vantes tant, d'avoir laissé percer mes sentiments ; mais que veux-tu, on n'est pas parfaite, je n'ai pas eu la force de briser davantage ce cœur qui m'a consacré sa vie, quoique à tort, et je veux encore que demain il me quitte comblé des consolations de mon affection. Je voudrais rester pour lui un idéal d'amour sacrifié au devoir. »

Les deux amies, toutes dévouées l'une à l'autre, dressèrent ensuite leurs batteries pour se trouver seules au sommet du Puy-de-Dôme avec M. de Bretèche. Elles y mirent toute l'adresse que les femmes peuvent avoir en pareille circonstance.

En ce moment tout le monde rentrait.

La veille, on avait dîné dans la grande et belle salle du grand-hôtel, décorée de peintures et richement ornée de lustres, pouvant tenir cent couverts, et prolongée d'une adjonction de cinquante autres ayant vue sur Clermont et son panorama. Elles demandèrent que l'on dînât ce soir-là dans l'orangerie, salle basse et fraîche en sous-sol, s'ouvrant par des arcades sur une terrasse ornée d'orangers. Cette salle rappelle, par sa disposition et les mosaïques de son pavage, les ravissantes retraites en soubassements de l'*Isola bella* sur le lac Majeur. Dans cet endroit on dîne en famille, en petits groupes, sur des tables isolées.

Le soir, une petite sauterie entraîna toute la jeunesse au salon, mais la marquise et la vicomtesse réclamèrent leurs chambres. On les savait souffrantes l'une et l'autre, et on les laissa faire; on n'osait plus, du reste, les contrarier. Le vicomte trouvait bien que leur conduite était un peu originale et leur intimité un peu grande; mais dès lors que cela faisait fuir le monde à sa femme, et qu'il ne voyait plus apparaître le baron de Lacor et même M. de Bretèche, il se trouvait satisfait. Puis, il fallait ménager aux personnes faibles leurs forces pour l'ascension du lendemain.

XXIV

LE PUY-DE-DOME

Le lendemain donc, après le déjeuner, qui fut pris de bonne heure, les voitures commandées se trouvèrent au pied du magnifique perron du grand hôtel, et emmenèrent à toutes brides nos excursionnistes. Le temps était beau, malgré la violence du vent.

On descendit de Royat au village de Chamallières, dont l'église est un curieux spécimen de l'architecture religieuse des VII⁰ et VIII⁰ siècles.

Ensuite on 'prit l'ancienne route du Mont-Dore, et, par un détour énorme, pour éviter des rampes trop raides, on arriva au pied du Puy-de-Dôme, au bout de deux heures environ de voiture. Au fur et à mesure que l'on monte, le panorama s'étend et varie selon les sinuosités de la route, pour vous faire pressentir l'horizon splendide dont vous jouirez au sommet du Puy.

On laissa les voitures et les chevaux aux miséra-

bles auberges qui leur offrent un abri à cet endroit,
et l'on commença l'ascension à pied, qui est pratiquée
maintenant sur le versant sud-ouest de cette montagne si admirablement régulière dans sa forme co-
nique.

On trouva d'abord de petits bois taillis, puis la
montagne se dénuda vite, laissant cependant une
ample moisson de fleurettes à faire aux jeunes de
Rives.

Un large sentier en lacets, bien entretenu, vous
conduit en moins d'une heure au sommet.

Tout le panorama de Clermont, avec son cercle
de montagnes, est à vos pieds à l'est, avec les vastes
plaines fuyantes de la Limagne, traversée par le ruban d'argent que forme l'Allier, et au delà Vichy et
les montagnes du Forez. La coulée verdoyante de
Fontanas et de Royat, jusqu'aux ruines du château
de Tournoël, se dessine dans son ensemble. A l'ouest,
le Limousin. Au sud se déroule la chaîne des monts
Dômes, qui conduisent l'œil de puy en puy jusqu'au
formidable barrage des monts Dore. Les routes ser-
pentent çà et là à travers les cônes; nombre de
cratères éteints se montrent tout autour, comme les
coupes vides du grand festin d'une nature éteinte ;
quelques-uns se sont remplis d'une eau froide et
glaciale comme la mort, ne montrant plus que
les reflets d'un large miroir là où avaient jailli
des torrents de flammes et de lave en ébullition.

Mais cet ensemble est splendide, et les Auvergnats disent :

> Si Dôme était sur Dôme,
> On verrait les portes de Rome.

Le beau sommet arrondi et agreste qui couronnait cette montagne n'existe plus. C'est maintenant un dédale de constructions et de ruines ; un chétif res-taurant lutte contre le vent. Au nord sont encore les débris d'une chapelle dédiée à saint Barnabé. Là, dit-on, les sorciers et les sorcières célébraient leur sabbat, dont la légende est des plus fantastiques.

En août 1876 fut inauguré un observatoire con-struit sur ce sommet, représentant une immense tour ronde en briques élevée d'un étage, avec terrasse sur son sommet.

Le vent devint tel que nos voyageurs furent obli-gés de se tenir à l'abri de cette construction, sous peine d'être littéralement emportés. Des nuages poussés avec violence, les envahirent, et ils se trou-vèrent dans un épais brouillard fort humide ; mais, le nuage passé, ce fut un lever de rideau qui leur laissa voir de nouveau les merveilles de cette vue.

C'était toute une entreprise de se remettre en marche pour redescendre. Chaque dame dut se con-fier à un cavalier pour n'être pas culbutée ; mais une fois arrivé un peu au-dessous du sommet, on se trouva garanti. On descendit ainsi paisiblement aux

ruines du temple de Minerve, qui fut découvert en
construisant les fondations de l'observatoire, et qui
se voit au sud et un peu au-dessous. C'est encore
un amas imposant : de larges escaliers y étalent leurs
marches en pierres magnifiques, et des murailles
construites en petit appareil présentent encore un
aspect monumental dans leurs débris. Nos voyageurs
les visitèrent succinctement et repartirent.

A deux minutes de là, la petite marquise, trouvant
un talus abrité, s'y assit et demanda à se reposer, se
disant un peu fatiguée. Elle ne tarda pas à proposer
qu'on voulût bien l'y laisser avec sa fidèle amie, et
lui envoyer de l'auberge où étaient les chevaux et
les voitures, au pied du Puy, une des chaises à porteurs qui stationnaient là pour la commodité des
voyageurs. Cette précaution parut excessive et on la
combattit.

« Êtes-vous donc si fatiguée que cela ? lui dit le
marquis, alors je reste avec vous ; puis cela va demander bien du temps, et que vont devenir tous nos
compagnons ?

— Non, mon ami, reprit-elle, je ne suis point fatiguée de manière à vous inquiéter ; mais je suis lasse,
et ce grand vent, que nous allons retrouver en tournant la montagne à l'ouest, me suffoque ; si vous
étiez aimable, je resterais paisiblement avec Thérèse ; vous descendriez avec tout le monde ; on
m'enverrait une chaise à porteurs, et vous vous en

iriez, nous laissant le panier à deux places. De cette
manière, vous pourriez encore jouir de la musique
au parc de Royat ou prendre tout autre divertissement auquel nous ne tenons pas, et nous nous con-
tenterions de revenir ainsi paisiblement. »

On voulut combattre encore ce projet, que le
vicomte trouva une bizarrerie de femme malade,
grommelait-il à l'écart entre les dents ; mais sa femme
insista de son côté pour rester avec son amie et ne
pas la contrarier. Le vicomte haussa les épaules et
et se permit de dire : « Ce que femme veut, Dieu le
veut.

— Mais oui, reprit la petite marquise. Eh bien,
ayez la courtoisie de flatter ma manie et de nous
laisser avoir encore la puissance de Dieu sur vous
pour ce dernier jour de voyage. »

Et, comme la marquise l'avait supposé, on les
laissa accomplir leur projet. Tout le monde partit et
chacun se sentit violemment fouetté par le vent. Les
enfants s'amusèrent à se laisser emporter dans les
pentes qui heureusement tournaient souvent, les
mettant alors à l'abri. Leur descente fut rapide ; elle
dura à peine une demi-heure, mais il fallait trois
quarts d'heure pour remonter la chaise à porteurs.

Quand les deux amies eurent perdu de vue
leurs compagnons, elles retournèrent aux ruines
romaines.

Leur observation avait été toutefois trop préci-

pitée, car à moitié de la descente le vicomte s'arrêta
court, et dit au marquis :

« Tenez, mon ami, je vais remonter vers ces dames,
continuez à descendre pour commander la chaise à
porteurs, et il faut faire cela vous-même en cas de
difficultés ; mais je suis un peu inquiet de leur sort
et de les savoir là-haut toutes seules. Puis, dans le
cas où vous ne trouveriez plus de chaises à porteurs,
je serais là pour leur prêter main-forte, par ce vent
diabolique, et, au bout d'une heure d'ici, si nous ne
voyions rien venir, nous nous acheminerions pour
descendre.

— Au fait, répondit le marquis, vous avez peut-
être raison, — malgré leur désir de s'entretenir seules
ensemble. »

M. de Nanzac remonta tout pensif. Il avait
perdu confiance et tout à coup une bouffée de jalousie lui avait monté au cerveau. La disparition
subite de ce M. de Lacor lui paraissait louche, et il
rapprochait cela dans sa pensée avec la manie de ces
deux femmes de vouloir depuis quelque temps toujours être seules et à l'écart. Son idée était donc de les
surprendre à la sourdine. Un peu avant d'arriver, il
quitta le sentier battu et gravit la montagne assez
péniblement en appuyant du côté de l'ouest.

Pendant ce temps, que se passait-il aux ruines romaines?

Ces deux dames les avaient parcourues lentement

en se donnant le bras, laissant échapper une petite
toux d'appel de temps à autre. Elles firent une première tournée et les trouvèrent absolument désertes.
Mais, connaissant la prudence de M. de Bretèche,
elles ne se découragèrent pas. A la seconde tentative
un appel semblable au leur y répondit; les deux
amies alors réitérèrent et virent que la réponse venait
d'une excavation. Elles s'avancèrent dans le couloir
qui y descendait et virent venir à leur rencontre
M. de Bretèche.

« Les ruines sont désertes, dirent-elles, ne craignez
rien.

— Le plus prudent est de rester sous ces débris de
voûte, continua-t-il.

— Soyez en repos, reprit Mme de Nanzac, je vais
faire le guet. »

A peine la petite marquise fut-elle seule avec
M. de Bretèche qu'elle lui tendit les mains. M. de
Bretèche se trouvait d'une marche plus bas qu'elle
il lui enlaça la taille et la pressa sur son cœur. La
jolie tête de Mathilde s'affaissa sur son épaule; il
l'embrassa tendrement dans un élan irrésistible.
Après ce moment d'épanchement fébrile, se tenant
les deux mains enlacées, ils restèrent muets comme
en extase pendant de longs instants, les regards pleins
de larmes et perdus dans les yeux l'un de l'autre.

« Nos moments sont comptés, mon ami, dit la
petite marquise; que je me hâte de vous dire ce que

j'ai sur le cœur. Mme de Nanzac m'a transmis vos confidences sur vous-même et vos impressions sur moi. Elles m'ont vivement émue et je vous remercie de les lui avoir faites; comment ne m'avez vous pas dit cela?

— Je n'eusse jamais osé vous le dire à vous-même, et encore a-t-il fallu une provocation aussi pressante à les faire, et en un moment où je vais vous perdre. Je ne pense pas, du reste, qu'elles puissent rien changer à l'arrêt que vous avez porté.

— Hélas! non, mon pauvre ami, car cet arrêt émane de devoirs supérieurs à notre volonté et de Dieu même, je pourrais dire, par conséquent. Mais laissez-moi au moins vous demander pardon à mains jointes de vous avoir méconnu si longtemps, et surtout de vous avoir traité autrefois avec tant de frivolité dans le monde.

— Mais non, chère Mathilde, vous ne me faisiez pas cette peine, car je comprenais que vous ne sentiez pas l'amour qui me dévorait.

— Oui, mais au moins quelle privation, pour ne pas dire quelle torture, n'est-ce pas? je vous imposais! Ah! laissez-moi vous demander humblement pardon de n'avoir pas su vous comprendre, d'avoir laissé mon cœur sourd à ce véritable sentiment, de l'avoir tenu fermé par cette légèreté impardonnable que je maudis tant en moi maintenant. Eh! comme vous me faites sentir la différence qu'il y a

17.

entre une vie toute extérieure et de dissipation, qui n'est que passagère, et la vie intérieure du cœur, qui est de tous les instants! Vous avez fait de moi une autre femme, vous avez illuminé mon âme, et tout cela pour que j'arrive à vous demander de vous éloigner de moi, vous, si malheureux, qui n'avez jamais aimé que moi! Oh! c'est affreux ce sacrifice, pauvre ami! Mais si je ne vous le demandais pas, je serais perdue, car la lumière de votre amour m'a tracé mon devoir en me montrant l'abîme sous les pieds. Oh! laissez-moi poursuivre ma résolution, mais, avant de vous quitter, vous demander encore pardon et vous dire une dernière fois : Je vous aime, et je vous sacrifie pour rester digne d'un si grand amour! »

Et elle se jeta éperdue dans ses bras. Il la couvrit de baisers pendant quelques minutes.

L'ange des saintes amours veillait sans doute sur eux et les couvrait de ses ailes, car rien ne vint troubler cette dernière consolation du sacrifice, cette transfiguration de l'âme qui est un reflet du ciel sur la terre.

Mais la nature humaine a des limites dans sa force qu'il ne faut pas essayer de braver; c'est sa faiblesse même qui l'inspire. La petite marquise le sentit et se redressant subitement :

« Assez, dit-elle, mon ami, assez, il est temps... que ce soit notre adieu. Je l'ai précipité, car chaque instant peut nous séparer; mais jusqu'à la dernière seconde échangeons les pensées de nos cœurs sans nous exposer davantage à des faiblesses irréparables qui ne nous laisseraient que des regrets.

— Vous êtes un ange, » dit M. de Bretèche en tombant à ses genoux.

Il couvrit ses mains et le bas de sa robe de baisers et de larmes, et se releva dans l'attitude et avec la calme résignation du martyr.

Qu'il parut beau à ce moment à Mme de Varnay ! Elle en fut tellement saisie qu'une sorte de respect inconnu d'elle jusqu'alors la pénétra.

Ce fut à ce moment que le vicomte de Nanzac, après avoir contourné la montagne, aborda les ruines par l'extrémité opposée de leur entrée, où la vicomtesse faisait le guet. Il ne la vit pas, mais il entendit parler sans découvrir non plus les interlocuteurs. Il s'avança alors avec la plus grande précaution en rasant le sol. Il saisit quelques paroles d'amour, car M. de Bretèche et Mathilde avaient continué leur entretien intime.

« Il y a là des amoureux cachés, se dit-il ; grand Dieu, si c'était ma femme ! La persistance de ces deux dames pour rester seules m'a semblé si peu naturelle... »

Il retint son haleine, mais il n'entendit plus rien. Après un long moment, il releva un peu la tête entre les débris et aperçut sa femme qui marchait furtivement comme une ombre entre les ruines, se courbant même et regardant de tous côtés.

« C'est elle à coup sûr, dit-il, que j'ai entendue et qui est là avec M. de Lacor. Je l'aurais parié; la Providence les livre à ma vengeance, j'en suis fâché pour eux, mais leur heure est sonnée. »

Et, ce disant, il tira de sa poche un petit revolver qu'il portait sur lui en voyage et l'arma sans bruit.

« Maintenant, dit-il, écoutons, et, avant de nous précipiter sous cette voûte où ils sont cachés, assurons-nous de leur culpabilité, qui me paraît bien incontestable. »

Et il se rasa de nouveau, l'oreille contre terre, près d'une fissure par où les premières paroles lui étaient arrivées.

Ce mouvement et cette attention lui firent perdre de vue sa femme, qui, en effet, vint à l'entrée de la voûte où il crut qu'elle pénétrait, pour s'assurer que ses amis y étaient toujours en toute tranquillité, et, d'un pas furtif, s'en retourna à son poste à l'entrée des ruines, pour continuer à observer.

Il saisit de nouvelles exclamations de tendresse de la part des deux amants, il entendit le bruit des baisers dont M. de Bretèche couvrait encore les mains que la petite marquise lui abandonnait. La jalousie alors le suffoqua, et, éperdu, il se mit à descendre de dessus la voûte avec des précautions inouïes pour les surprendre sans qu'ils pussent fuir, ignorant s'il n'y avait pas des issues intérieures.

Au cours de cette évolution il se trouva une crevasse par laquelle il put les apercevoir de plus près. Dans l'impatience de se venger et craignant qu'ils ne lui échappassent, il visa par cette fente. Mais, au moment de lâcher la détente sur la tête de sa victime, qu'un pâle reflet de lumière éclairait à peine, les traits délicats de la petite marquise se dessinèrent à ses yeux attentifs. Il resta pétrifié. Alors, s'inclinant, il put découvrir celui qu'il appelait son complice et reconnut M. de Bretèche, le visage découvert et la tête nue, couvrant avec respect de baisers les mains de la marquise de Varnay.

Il respira à son aise en voyant que ce n'était pas sa femme, et, bien qu'il lui semblât qu'il se passait quelque action coupable, il n'alla pas jusqu'à s'ériger en grand justicier.

Mais, quelques instants après, l'idée lui vint que sa femme devait être là aussi cachée dans quelque autre coin avec le baron de Lacor, et il ne pensa plus qu'à les chercher sans donner l'éveil. Il se blottit de nouveau derrière quelques végétations et débris de muraille et regarda à l'entour. Il ne tarda pas à voir la vicomtesse reparaître rôdant sans bruit. S'il se fût trouvé plus près, il eût été capable de quelque violence, persuadé qu'elle aussi avait là un amant caché. Mais, en observant avec plus de calme, il finit par comprendre la vérité et avoir l'assurance qu'elle était là comme une simple sentinelle. Il la trouva certes fort coupable d'une pareille complicité, mais cepen- ·

dant il fut délivré de ses anxiétés jalouses, et il remit à plus tard pour lui faire expier cette faute.

Il résolut alors de ne pas se montrer et de profiter de son incognito pour s'instruire le plus qu'il
pourrait par ses yeux et par ses oreilles, trouvant que
sa cause était bien assez en jeu pour se permettre cette
indiscrétion sans scrupule.

Il regarda et écouta donc.

Voici ce qu'il entendit :

« Puisqu'il le faut, je vous fuirai, vous qui êtes
pour moi le charme de la vie.

— Mon Dieu ! mon Dieu ! à quelle cruauté je suis
réduite, pauvre ami, quelle malheureuse destinée
est la nôtre !.... Et où irez-vous ainsi ?

— Oh ! je n'en sais bien rien ; mais j'aurai au
moins la consolation d'emporter dans mon cœur un
souvenir ineffable qui ne sera entaché d'aucune
souillure, et l'espérance de rester pour vous l'idéal
du pur et parfait amour, puisque vous avez bien
voulu me l'avouer ; je mourrai avec cette joie et cette
douleur au cœur. Vous continuerez à être pour moi,
dans mon exil, ce que vous avez toujours été depuis
que je vous ai aperçue : le seul être aimé.....

— Ah ! me faut-il ainsi vous briser l'âme !... Quelle
lutte entre le devoir et la tentation la plus enivrante
qu'une femme puisse rêver.....

— Le devoir accompli n'est pas un vain mot, ma
bien-aimée, vous le sentez mieux que qui que ce

soit. Quant à mon bonheur en ce monde, il ne peut être autre; la faute l'eût empoisonné, parce que je vous eusse sue malheureuse, et que je vous veux heureuse avant tout, avant moi et plutôt sans moi. Vous ne pouvez l'être que dans la droite voie. Le sacrifice que je ferai à toute jouissance (car je ne puis en avoir qu'en vous et par vous), sera l'aiguillon qui entretiendra mon courage et qui m'obligera à vivre pour vous obéir. Quoique je puisse faire, ce sera ainsi travailler pour vous, et je tâcherai que mon labeur soit utile à l'humanité. Je dirais bien que, n'importe où je sois, s'il en était besoin, au moindre signe.... Mais non, ne laissons pas cette porte dangereuse ouverte entre nous.... que la séparation soit complète! Il le faut pour votre tranquillité et votre dignité, qui me sont devenues plus chères que tout au monde après l'amour que j'immole. Je n'ai pas besoin, je crois, de vous assurer de ma fidélité après un tel sacrifice et après avoir vu dans vos yeux se refléter le ciel?

— Et vous, mon ami, vous ne douterez jamais de ma fidélité, n'est-ce pas?

— Oh! certes non.

— Vous comprenez, je crois, que je n'irai point rêver ou me laisser prendre à un autre amour après avoir eu la force de briser le vôtre. Je sais trop quel amoindrissement, quelle désillusion je trouverais partout ailleurs, après avoir touché du doigt à l'idéal de

ce qui me semble possible en ce monde, car votre
retraite à ma demande et pour me laisser vertueuse
est certes le dernier mot du dévouement. Non, je ne
faiblirai jamais ; je vous l'ai dit, vous avez illuminé
ma vie, vous avez fait de moi une tout autre femme.
De frivole et coquette qu'elle était, vous l'avez rendue
sérieuse, et elle a compris les trésors intérieurs des
joies du cœur auprès des folies passagères du monde
Non, je ne faiblirai jamais après un tel sacrifice.
Comptez donc sur ma fidélité ; ma vie se consacrera
au devoir, à mes enfants, à mon mari..... »

A ce mot, la petite marquise resta interdite, et un
soupir suivi d'un sanglot étouffé lui échappa.

« Je vous comprends, trop généreuse amie, reprit
M. de Bretèche, depuis quelques moments l'idée qui
vient de surgir devant vous me traversait l'esprit
quand vous m'affirmiez votre fidélité. Restez dans
votre première pensée : vous me serez fidèle complètement en n'étant point coupable ! C'est cela, n'est-
ce pas ? »

La petite marquise fit un petit signe imperceptible
d'adhésion, et se couvrit le visage avec les mains
même de M. de Bretèche, qu'elle tenait enlacées dans
les siennes. M. de Bretèche les retira doucement au
bout d'un instant, et, souriant tristement en voyant
tant de délicatesse dans ce cœur, il continua :

« N'étendez donc point cette fidélité que vous
voulez me garder à votre mari. Dieu vous affirme

lui-même qu'il n'est qu'un avec vous. Ce que Dieu
a consacré et trouvé saint, je ne puis le trouver blâ-
mable et... et mon sacrifice doit s'étendre jusque-là,
ajouta-t-il avec effort.

— Oh! vous êtes sublime dit la petite marquise! »

Et ils demeurèrent un long temps immobiles, les
yeux perdus l'un dans l'autre.

« Il y a, reprit-elle, en ce monde des martyres de
tout genre, vous en souffrez un pour moi et vous
êtes transfiguré par ce martyre! »

Puis, après un moment de silence :

« Je ne sais, dit-il, lequel des deux méritera le
plus? »

La petite marquise tressaillit.

« Mais n'approfondissons pas cette question reprit-
il, abandonnons-nous aux desseins que Dieu a sur
nous et poursuivons notre œuvre; il semble qu'il
m'inspire en ce moment. L'amour, comme il s'est
révélé à nous, n'est-il pas une fièvre de l'âme? Et si,
pour beaucoup, un pareil amour est une déchéance,
ne nous montre-t-il point parfois aussi ce qu'il pourrait être, même entre époux.

— Oh! que vous êtes bon et magnanime! Vous
vous oubliez pour ne penser qu'à moi et m'indiquer
le moyen de chercher encore à être heureuse dans le
devoir.

— Dites simplement, chère Mathilde, que la vérité
que vous m'avez montrée par votre vertu a fini par

me gagner. Vous êtes et resterez vertueuse épouse,
comme votre digne amie Mme de Nanzac; et si son
mari, au lieu de se montrer jaloux et le vôtre un peu
indifférent, finissent par comprendre les trésors qu'ils
possèdent dans leurs femmes et le rôle charmant
qu'ils ont à jouer dans leur ménage, la tendresse et
l'amour peuvent toujours fleurir dans leur foyer et
le bonheur être votre partage. »

Ces dernières paroles émurent et comblèrent tellement de joie le vicomte qu'oubliant son rôle et aban-
donnant toute prudence, il poussa une petite exclamation d'enthousiasme.

« Quelqu'un est là, dit aussitôt la petite marquise,
et, disparaissant avec M. de Bretèche sous la voûte,
celui-ci l'entraîna dans le soubassement. »

Une dernière étreinte eut lieu, brève, muette, éloquente comme la mort.

M. de Bretèche la fit sortir par une autre issue, et
elle arriva pâle et tremblante auprès de son amie stupéfaite de son apparition de ce côté.

« Fuyons, dit-elle; quelqu'un est sur les ruines. »

Les deux amies commencèrent à descendre à pas
précipités. Mais au bout de quelques minutes elles
trouvèrent la chaise à porteurs qui montait vers elles.
Il était temps, car les forces de Mme de Varnay commençaient à la trahir.

Le vicomte n'eut d'autre ressource que de descendre le plus vite qu'il put sur le versant qui avait

protégé déjà son incognito en montant. Le bonheur
lui donnait des ailes. Il aperçut la chaise à porteurs
et l'attendit sur le chemin.

Il se présenta tout naturellement à ces dames
comme étant venu leur prêter son aide pour le retour et leur ôta toute inquiétude par ses prévenances
et son amabilité.

Le lendemain soir chacun était rentré dans ses
foyers.

Les eaux furent lentes à produire leurs bienfaits
sur ceux qui nous ont le plus intéressé au Mont-
Dore. Mais la petite marquise et la vicomtesse de
Nanzac avaient rempli le programme qu'elles s'é-
taient proposé au départ, et, à défaut d'une cure
bienfaisante pour leur santé, elles avaient subi et
surmonté des épreuves qui devaient amener pour
elles une guérison morale et les confirmer dans le
bien pour toujours.

ÉPILOGUE

L'aimable et charmante marquise de Varnay était encore à la campagne. Un mois s'était écoulé depuis son retour du Mont-Dore. Des ciseaux de jardin à la main, elle se plaisait à réunir les dernières fleurs de la saison. Les feuilles jaunies jonchaient le sol, le couvrant comme un manteau de tristesse, et la beauté de la petite marquise s'était harmonisée, par sa gravité, à ce deuil de la nature.

Mme de Varnay revenait du parc les mains pleines de fleurs, se nourrissant de ses tristes pensées, lorsqu'elle entendit sonner doucement à la porte. C'était Mme de Nanzac.

« Qu'y a-t-il ? demanda la petite marquise en voyant son air abattu.

— Es-tu seule, ton mari est-il là ?

— Oui, il est avec le tien dans le parc. »

Et, comme autrefois, elle la pria de l'emmener dans sa chambre. Elles s'y rendirent en silence.

« Qu'as-tu à me dire ? demanda Mathilde troublée.

— Tiens, lis, ma pauvre amie, lui dit Thérèse en lui mettant un journal sous les yeux.

« Nous apprenons que M. de Bretèche est parti à la tête d'une expédition qu'il a organisée pour explorer les contrées des grands lacs d'Afrique. C'est un de ces hommes d'énergie et de cœur, dévoué aux nobles causes, qui va chercher à faire pénétrer au centre du continent africain la civilisation française, à créer, pour le commerce et l'industrie, des ressources et des débouchés nouveaux, à préparer pour ces régions, si peu connues encore, un avenir qui s'annonce plein d'espoir et de grandeur. »

De grosses larmes gagnèrent la petite marquise. Calme et résignée, elle prit les mains de son amie. Elles restèrent ainsi sans parler. Cette muette douleur était comprise de la vicomtesse, elle ne la troubla point; son amitié la lui faisait partager, et elle y répondait par son propre silence.

Après un long temps, Mathilde le rompit la première en disant :

« Chère amie, l'année prochaine ne se passera pas sans que nous allions ensemble nous agenouiller dans le sanctuaire de Notre-Dame de Vassivières. »

Et elle baisa et humecta de ses larmes la médaille qu'elle en avait rapportée et qui ne la quittait jamais.

« Oui, chère amie, nous irons ensemble, et nos vies ne se sépareront plus, n'est-ce pas? car ton exemple m'a sauvée et régénérée, et tu es l'ange protecteur

que je veux chercher à imiter. Notre-Dame de Vassivières, qui nous a certainement protégées, nous
accordera, espérons-le, la tranquillité et le bonheur ;
tu le mérites tant !

« Comment est ton mari pour toi maintenant ?

— Il est bon et affectueux plus que jamais, et je
m'efforce d'y répondre et de le rendre heureux. Et
le tien, chère Thérèse ?

— Tu sais les attentions et l'amabilité qu'il eut
pour nous en descendant le Puy-de-Dôme ? Eh bien,
depuis, il ne s'est pas démenti un seul instant ; il est
toujours de même et me comble de tendresse. Je ne
sais quelle métamorphose s'est faite en lui sur cette
montagne. »

Après un entretien intime, les deux amies, se
croyant suffisamment réconfortées, allèrent dans le
parc rejoindre leurs maris.

La petite marquise annonça elle-même à ces messieurs la nouvelle de l'entreprise de M. de Bretèche,
sans affectation.

« C'est un brave et grand cœur, dit le vicomte.

— Je l'ai toujours estimé ainsi, répondit le marquis, et il le prouve en dévouant sa vie à une œuvre
aussi utile à l'humanité ; les laïques sont aussi mis-
sionnaires à notre époque.

— Oui, Marquis, vous dites vrai, et M. de Bretèche est une de ces nobles âmes qui ne reculent
devant aucune mission pour faire le bien autour

d'elles et aller même le chercher au loin, au péril de leur vie.

« Vous, Mesdames, ajouta-t-il galamment en les regardant, vous avez aussi votre mérite, vous avez même à remplir la plus belle mission qui soit dans le monde, et plusieurs d'entre vous savent s'en acquitter merveilleusement; vous n'avez point pour cela à vous rendre parmi les sauvages, il vous suffit d'élever nos enfants et d'en faire des hommes, de faire de vos filles des femmes vertueuses, et en même temps d'apporter dans la vie intime le bonheur à vos maris. N'est-ce pas, cher marquis? Je suis heureux et fier, pour mon compte, de rendre cet hommage à la manière dont ma femme sait remplir sa mission.

— Mais, mon ami, répondit le marquis, je ne veux point vous céder en compliments bien mérités auprès de ma chère Mathilde; car personne plus que moi n'apprécie davantage la perfection avec laquelle elle remplit sa tâche.

— Oh! dit la petite marquise en prenant le bras de son mari et lui jetant un regard plein de soumission, ne dites pas que c'est une tâche, mais bien le devoir le plus doux partagé avec un ami si dévoué. »

Et une larme contenue retomba sur son cœur.

Le marquis remarqua bien parfois que son regard se perdait dans l'espace et que l'affection qu'elle ne cessait de lui témoigner avait des nuages mélanco-

liques de tristesse, mais alors il s'efforçait de les dis-
siper par les sollicitudes délicates qu'il lui prodiguait
de plus en plus.

Tous les pauvres et les malheureux de la contrée
avaient deux protectrices. Les deux amies étaient
connues de tous ceux qui souffraient, et quand on
voulait indiquer les perfections physiques et morales
d'une femme on disait :

Elle est belle et bonne comme la petite marquise.

FIN

TABLE

————

18

A PARIS

DES PRESSES DE D. JOUAUST

RUE SAINT-HONORÉ, 338.

7419 — Paris, imp. Jouaust, rue Saint-Honoré, 338.